2023
中国年选系列

中国作协创研部 选编

2023年中国
随笔
精选

长江出版传媒 长江文艺出版社

图书在版编目（CIP）数据

2023 年中国随笔精选 / 中国作协创研部选编. -- 武
汉：长江文艺出版社，2024.1
（2023 中国年选系列）
ISBN 978-7-5702-3376-2

Ⅰ. ①2… Ⅱ. ①中… Ⅲ. ①随笔－作品集－中国－
当代 Ⅳ. ①I267.1

中国国家版本馆 CIP 数据核字(2023)第 218582 号

2023 年中国随笔精选
2023 NIAN ZHONGGUO SUIBI JINGXUAN

责任编辑：陈欣然	责任校对：毛季慧	
封面设计：胡冰倩	责任印制：邱 莉 王光兴	

出版：长江出版传媒 长江文艺出版社
地址：武汉市雄楚大街 268 号　　　邮编：430070
发行：长江文艺出版社
http://www.cjlap.com
印刷：湖北画中画印刷有限公司

开本：680 毫米×980 毫米　　1/16　　　印张：14.75
版次：2024 年 1 月第 1 版　　　2024 年 1 月第 1 次印刷
字数：234 千字

定价：33.00 元

编选说明

　　每个年度，文坛上都有数以千万计的各类体裁的新作涌现，云蒸霞蔚，气象万千。它们之中不乏熠熠生辉的精品，然而，时间的波涛不息，倘若不能及时筛选，并通过书籍的形式将其固定下来，这些作品是很容易被新的创作所覆盖和湮没的。观诸现今的出版界，除了长篇小说热之外，专题性的、流派性的选本倒也不少，但这种年度性的关于某一文体的庄重的选本，则甚为罕见。也许这与它的市场效益不太丰厚有关。长江文艺出版社出于繁荣和发展文学事业的目的，不计经济上一时之得失，与我部合作，由我部负责编选，由他们负责出版，向社会、向广大读者隆重推出这一套选本，此举实属难能可贵。

　　这套丛书的选本包括：中篇小说选、短篇小说选、报告文学选、散文选、诗歌选和随笔选六种。每年一套，准备长期坚持下去。

　　我们的编辑方针是，力求选出该年度最有代表性的作品，力求选出精品和力作，力求能够反映该年度某个文体领域最主要的创作流派、题材热点、艺术形式上的微妙变化。同时，我们坚持风格、手法、形式、语言的充分多样化，注重作品的创新价值，注重满足广大读者的阅读期待，多选雅俗共赏的佳作。

　　我们认为，优良的文学选本对创作的示范、引导、推动作用是非常重要的，对读者的潜移默化作用也是十分突出的。除了示范、引导价值，它还具有文学史价值、资料文献价值、培育新人的价值，等等。我们不会忘记许多著名选本对文学发展所起到的巨大作用，我们也希望这套选本能够发挥它应有的作用。

这套书由中国作家协会创作研究部编选，具体的分工是：

中篇小说卷由何向阳、聂梦同志负责；

短篇小说卷由贺嘉钰、贾寒冰同志负责；

报告文学卷由李朝全同志负责；

散文卷由王清辉同志负责；

诗歌卷由李壮同志负责；

随笔卷由纳杨、刘诗宇同志负责。

中国作协创研部

目 录

文人语

文学与"算法"

南　帆

ChatGPT 及其"算法"

文学与"算法"这个话题已经存在一段时间，ChatGPT 再度把这个话题摆放到前台。尽管仅仅是随意聊聊，我还是必须做一个稍稍严谨些的说明：我没有能力完整评估 ChatGPT 的功能，预测这种科技产品的巨大潜力；我所谈论的仅仅是 ChatGPT 与文学关系的某些感想——我的考虑仍然局限于文学范畴。当然，哪怕仅仅栖身文学内部，我们仍然不断地察觉到人工智能的压力。"阿尔法狗"带来的震惊记忆犹新，"元宇宙"的冲击波接踵而至。现在，ChatGPT 又来敲门了。我们的文学——更大范围内，我们人文学科的思想能力——能否适应这种变化节奏？

如何评价 ChatGPT 的意义，相信许多人听说过比尔·盖茨的观点。他认为 ChatGPT 的降临不亚于个人电脑与互联网的诞生。这种观点表现出一个计算机行家的高瞻远瞩。我关注的是问题的另一面：哪些科技产品正在深刻地重塑我们的日常生活。物理学某种粒子的发现或者天文学某个行星轨迹的观测不会直接影响我们的衣食住行，绝大多数的家庭也没有必要配备一架前往太空的航天飞机。但是，汽车、电视机、手机这些科技产品几乎改变了每一个人的日常起居。ChatGPT 似乎也是如此。这个科技产品立即被引入家庭和办公室空间，驻扎在个人电脑里面，开始干预我们的思想、语言、交往。ChatGPT 会衍生出一种新型的社会关系吗？我们拭目以待。

简单地介绍两句并不多余。ChatGPT 是 OpenAI 公司开发的一个人工智能语言模型。千万不要低估"语言模型"这个词，以为仅仅是一个"安分守己"的软件。事实上这玩意儿可"能说"了。ChatGPT 背后拥有极为庞大的语料数据库，这个数据库包含人类几乎所有的知识、文本以及语言产品。ChatGPT 潜入这个数据库进行训练，具有重组各种数据的强大能力——这大约就是通常所说的"算力"。如此优秀的工具为什么不用？我们这些科技外行或者说"保守分子"还在外围徘徊观望的时候，捷足先登的人早就尝到了甜头。寂寞无聊的时候，可以与 ChatGPT 谈一谈天，不论是娱乐圈八卦、养生常识还是"驾驶摩托需要注意什么"。一个同事让 ChatGPT 起草一份学术会议开幕式的致辞。拿到第一稿之后，他觉得稿子太短，ChatGPT 立即添上数百字；他要求增加一些理论深度，ChatGPT 迅速补上一堆相关的概念术语。当然，ChatGPT 的能力并非局限于狭隘的语言表述，而是可以从事许多延展出来的工作。譬如，一个朋友用某一年的高考试卷测试 ChatGPT，据说答卷的成绩达到"二本"分数线。

这么一个好东西问世让人开心。但是，根据以往的经验，太好的东西多半会让人有些不安。ChatGPT 也是如此。我曾经在网络上读到一篇关于 ChatGPT 的简介。除了功能、构造与工作方式的说明，简介上还保证 ChatGPT 安全可靠，性情温顺，绝不会不守纪律、泄露商业机密或者个人隐私，如此等等。然而，简介的最后一条让人觉得有些恐怖——简介的撰稿者可能就是 ChatGPT 本身。我们有多少理由相信这种承诺？我立即记起电影《黑客帝国》的一个圈套：主人公英勇地打破计算机虚拟的假象返回真实，可是，谁知道所谓的"真实"是不是另一台计算机虚拟的假象？这似乎是无底的游戏——打破第二台计算机的欺骗之后还可能坠入第三台计算机的虚拟。ChatGPT 也是如此。没有人知道说话的人是谁，这种承诺是否拥有一个局外人的可靠位置。当然，如果不想卷入玄妙的哲学思辨，还是把这种不安先放一放，因为也没有什么好办法可以摆脱。另一些更为实际的担忧是，会不会有人利用 ChatGPT 从事不法活动，或者"作弊"。譬如，一些教师正在担心学生利用 ChatGPT 做作业或者写论文。不过，我看到齐泽克的观点之后，心中大为释然。齐泽克智慧地说，学生用 ChatGPT 写论文，我就用 ChatGPT 打成绩——咱们谁怕谁呀。这种观点不仅显示出齐泽克一贯的机智，而且开启了一个重要思路：启动 ChatGPT 对付 ChatGPT。利用 ChatGPT 犯罪？难道我们不会征召 ChatGPT 帮助逮住你吗——咱们谁怕谁。我们对于世界安全的信心开始恢复。抛开顾虑之后，我们就会开阔视野，启用ChatGPT做更多的事情。譬如，在海量的征婚启事之中，我们立即可以找到与自己趣味相投的人；开始谈恋爱的时候，ChatGPT还能帮上大忙。我们可以各自悄悄地在宿舍打电子游戏，同时指使两台电脑之中的ChatGPT互相甜言蜜语。

"算法"能写出什么样的作品

这种背景之下，ChatGPT与文学的关系仅仅是一个微不足道的小题目，估计只有我们这些从事文学研究的人稍有兴趣——甚至多数作家也懒得问津。既然ChatGPT可以提供各种语言产品，文学生产当然是题中应有之义。作家会不会因此失业？这并不是遥远的问题，而是ChatGPT正在制造的现实。人工智能的"算法"在自然科学领域成绩抢眼，现在又踏上文学舞台。许多人对于ChatGPT的表演啧啧称奇。ChatGPT当然可以写散文或者小说。为了节省篇幅，我还是引用一首据说是ChatGPT为杭州写的古典诗：

杭州夜泊船，烟花繁星间。
阑干桥头立，望南山楼台。
江城三月雨，柳絮舞翠微。
故园空自怜，离愁更深时。
水村山郭远，烟树楼台高。
秋风吹不尽，归鸿声断处。
今宵月明中，故人未归处。

怎么样——想要鼓掌吗？相对于现代人普遍的古典诗词水准，应该说写得还可以。"还可以"的意思是，这是一首像模像样的古典诗，但是算不上经典性的杰作。这种状况正常。即使是唐诗宋词，经典性的杰作也寥寥无几。可是，现在我要穿插进一个文学观念——这种观念在文学教育之中几乎不言而喻。

现今的杂志、书籍发表了众多文学作品。这些作品构成一个社会的文学生活。多数作品的功能无异于日常消费品，一部文学作品如同一把椅子、一台冰箱、一辆自行车。但是，文学教育通常以经典作品为中心，不仅分析研究经典作品的构成，而且形成一种观念：作家必须全力以赴对待每一部作品的写作。虽然绝大多数作品只能昙花一现，多数作家仍然按照经典作品的标准要求自己。这一点与椅子、冰箱、自行车的生产远为不同。木匠、工程师、技术工人目的明确：他们制造的产品满足日常需求即可，不必谋求椅子、冰箱、自行车独一无二，并且流传千古。相对地说，文学生产之中创造的使命远为显眼。现实世界已然存在，如果没有特殊的创造，文学何必再跳出来说三道四？哪怕多数作品籍籍无名，与日常消费品相差无几，然而，作家内心的目标并非仅仅是文学，而是一流的好文学。

我要强调一下文学与一流的好文学之间存在的门槛。从文学的外行到开始发表作品，这意味着跨过一道门槛；从开始发表作品到写出一流的好文学，这意味着跨过又一道门槛。我要说的是，第二道门槛比第一道门槛高得多。这是许多领域的普遍状况。譬如，500个小时的训练大约可以相当熟练地掌握乒乓球技术；然而，即使付出10倍的努力——5000个小时的训练并不能保证跻身于一流乒乓球运动员之列。

让我们及时返回ChatGPT这个话题。显然，ChatGPT可以胜任通常的文学生产，建设日常的文学环境，就像为一个公共大厅增添椅子或者为一个寓所增添冰箱。我想追问的是，ChatGPT能否跨过第二道门槛写出一流的好文学？这个问题令人迷茫。什么是一流的好文学？我们之间存在不少争议。ChatGPT再度使问题尖锐起来：共识尚未形成之前，ChatGPT有否可能擅自行动？ChatGPT会提出自己的标准吗？

"算法"视域下的文学创新问题

我想起了曾经读过的一篇科幻小说。我对于声势强大的科幻文学缺乏足够的热情，这无疑是落后于时代的表现。因此，机会凑巧的时候，我会悄悄地补一补课。那一天偶然在一本两年前的文学杂志上翻到一篇科幻小说，小说之中出现了一些陌生的科学概念。这引起了我的兴趣，顺便读完了小说——很抱歉现在已经记不起小说的篇名了。如果说，许多科幻作品热衷于制造超级战士，譬如《终结者》系列电影中的那个"老爹"什么的，那么，这篇科幻小说企图制造的是一个超级作家。赋予超级作家的重任是以"人工"写作的方式创新，写出这个世界独一无二的作品。"人工"是不可逾越的界限，哪怕人工智能的写作可以风光无限。必须说明一下，这一篇科幻小说发表的时候 ChatGPT 还没有问世。我对于超级作家的重任有些不以为然。既然逃不出《黑客帝国》那种虚拟的世界，还有什么必要拒绝人工智能提供的文学？管他来自古老的乘法口诀还是大型计算机的"算法"，一部作品让读者开心就行了。但是，这一篇科幻小说的作家显然更有志气——必须像重视贞操一样重视"人工"生产的意义。不论吊车可以吊起多大的重量，举重竞赛还是较量胳膊上的肌肉吧！

这篇小说的情节梗概是，一个天才的作家荣幸入选一项改造计划。科学家以各种高超的生物技术对他进行改造，极大地改善他的智商、情商，以至于他可以写出无与伦比的崭新作品。这时的世界当然已经拥有高科技的检测机制。对于前人作品的任何沿袭——更不用说剽窃——都将在一分钟之内被发现。超级作家面临极为苛刻的考验。他的作品要从无数现存作品留下的缝隙之中钻出来，犹如古希腊神话之中忒修斯尾随阿里阿德涅之线走出迷宫。这位超级作家是男的，改造他的科学家当然就是女的。他们之间必然擦出爱情的火花。然而，悲剧终于发生。根据法律规定，作家身体所接受的改造率不能超过49%，否则他将丧失人类的资格。这个超级作家获得巨大成功的同时，却被发现改造率远远超标。这是一个不可容忍的结果，他的声誉一败涂地。超级作家自杀了。他在天堂——或者说另一个平行世界——等着自己的爱人。

小说的情节介绍似乎有些冗长，因为情节并非讨论的重点。我的讨论要从激动人心的爱情庸俗地回到那个令人讨厌的学术问题：什么是一流的好文学？情节、人物、叙述语言、历史背景，宇宙之大、苍蝇之微，文学涉及的因素太多了，很难找到一个公约数作为普遍的标准。这一篇科幻小说将理想的文学标准设定为创新指数。我的后续想法要脱离这一篇小说的语境而开始涉及一个普遍的理论问题：一流的好文学与创新指数之间如何联系？创新指数愈高愈好吗？

"影响的焦虑"是一个著名的文学命题。所有作家都试图摆脱前辈作家的成功制造的阴影，重复他们的成功毋宁是失败。一流的好文学必定是创新的文学，这一点似乎毋庸置疑。于是，我曾经与一位诗人——我们都是纯粹的人工智能外行——共同从事"算法"的创新实验。当然只能以1+1这么简单的方式开始。以"清风"一词为例。"清风"衔接"明月"，这种组合几乎没有任何创新。汉语语料库之中，"清风明月"的组合数不胜数。相对地说，"清风"衔接"粪便"，这种组合相当新颖——可是，这种创新难道没有问题吗？首先，美学标准就无法通过。必须意识到，创新周围同时分布另外一批或显或隐的尺度，美学的、历史的、更大范围的意识形态，如此等等。问题复杂起来了。

前无古人的创新是不是那么重要？我终于产生了一些怀疑。一流的好文学并非一种空洞的拟想，而是存在许多公认的范例，譬如李白、苏东坡的诗文，譬如曹雪芹的《红楼梦》。如果一个作家以现代主义"意识流"加后现代的拼贴叙述未来火星上将要举行的一场化装舞会，"床前明月光""清风徐来，水波不兴"这些词句或者贾宝玉、林黛玉、薛宝钗这些人物就会因为陈旧而黯然失色吗？我并不是利用漫画式的对比讥讽创新，而是表明创新这个概念的内涵仍然遗留许多模糊之处。

换一个角度试试看。文学史保留了一大批经典作品。能否从众多经典作品之中概括出某种普遍的规律，从而看清文学的创新如何一个台阶又一个台阶地持续攀登？遗憾的是，这种设想很快就会失败。文学史是发散性的，众多经典作品之所以成为经典的理由各不相同。从杜甫的《望岳》、吴承恩的《西游记》、鲁迅的《阿Q正传》到莎士比亚的《哈姆雷特》、卡夫卡的《变形记》、乔伊斯的《尤利西斯》，这些经典作品之间几乎找不到清晰的公约数，不可比——将一条远洋轮船的吨位、一只狗的嗅觉、一个理发师的幽默感与空气的潮湿程度进行比较，什么结论也得不出来。

"算法"能否抵达不确定的目标

创新不是一个内涵清晰的概念，一流的好文学如同水中的倒影摇晃不定，ChatGPT会不会感到为难？人工智能的"算法"必须事先确定一个目标。"算法"的意义是，提供抵达这个目标的强大手段和工具。目标的模糊、摇摆乃至丧失可能使"算法"束手无策。"阿尔法狗"在围棋对弈之中的杰出表现已经人所共知。这种表现同时取决于一个确凿无疑的目标：

按照围棋的规则赢棋。"阿尔法狗"的所有计算都聚集在这个目标之下英勇地展开。如果将这个目标稍作修改——如果设定的目标是"下出一盘让对手心情愉悦的棋","阿尔法狗"的"算法"如何着手？什么叫作"心情"？如何定义"愉悦"？"心情"和"愉悦"是一个常数还是如同股票那样在时刻浮动？这些问题未曾明确之前，"阿尔法狗"简直无法开机。

　　这个意义上，造就一个超级战士比造就一个超级作家容易多了——难怪科幻作品纷纷选择前者。超级战士的靶子一清二楚，"算法"想方设法击毙敌手就可以；可是，超级作家目标含混、意图不明，强大的"算法"甚至不知道要干什么——当它在编织一个眼花缭乱的情节时，怎么能确定此刻的读者不是想要一句深刻的格言？这种状况带来了两个结论：第一，哪怕是在科幻文学的想象之中，人们的好战之心仍然远远超过审美的渴望；第二，尽管 ChatGPT 制造出了某种恐慌，但是，考虑到人工智能的发展方向，一些从事机械式工作的人员远比作家更容易失业。

　　最后，我想对于这个问题多说几句：众多经典作品成为经典的理由各不相同。事实上，这些理由至少包含了不同的天时、地利、人和。远古时期无法诞生现今的长篇小说经典。这不仅因为当时语言简朴、传播媒介原始，同时还因为单纯的社会关系无法提供曲折的情节作为长篇小说的躯干。"天时"的意义上，长篇小说的经典只能是近代或者现代社会的产物。"地利"的意义不难理解：一部作品通常首先在某种地域文化背景之中获得肯定，进而赢得经典的荣誉并且踏上世界文学舞台。改换一下地域文化背景，初始的成功甚至奇怪地消失了。例如，令人仰慕的唐诗宋词大约不会在中世纪的欧洲赢得强烈的反响。当然，我最想说的是"人和"。文学离不开"人"的经验体会、"人"的历史感受、"人"的不可代替的至亲至爱至痛至恨之情，如此等等。这恰恰是 ChatGPT 所匮乏的。ChatGPT 的"算法"能否复制出"人和"——包括形形色色的"个人"——拥有的所有经验？哪一天如果 ChatGPT 可以提供众多经典作品各不相同的理由，那么，文学的人工智能时代就真正到来了。

（选自《文艺报》2023 年 3 月 24 日）

北京雨燕以及行者

——对理想作家的比喻，在北京"十月文学之夜"的演讲及延伸

李敬泽

在北京的中轴线上，从永定门走向正阳门，一直走下去，直到钟鼓楼，一代一代的北京人都曾抬头看见天上那些鸟。很多很多年里，那些城楼都是北京最高的建筑，也是欧亚大陆东部这辽阔大地上最高的建筑，你仰望那飞檐翘角、金碧辉煌，阳光倾泻在琉璃瓦上，那屋脊就是世界屋脊，是一条确切的金线和界线，线之下是大地，是人间和帝国，线之上是天空、是昊天罔极。线之下是有，线之上是无。

然而，无中生有，还有那些鸟。那些玄鸟或者青鸟，它们在有和无的那条界线上盘旋，一年一度，去而复返，它们栖息在最高处，在那些城楼错综复杂的斗拱中筑巢，它们如箭镞破开蓝天，挣脱沉重的有，向空无而去。这些鸟，直到1870年才获得来自人类的命名，它们叫北京雨燕。

北京雨燕，这是唯一以北京命名的野生鸟类。此鸟非凡鸟，它精巧的头颅像一枚天真的子弹，它是黑褐色的，灰色花纹隐隐闪着银光，它披着华贵的披风，在天上飞。我们一直不知道它从哪儿来，到哪儿去。现在我们知道了，那是令人惊叹、令人敬畏的长征：每年4月，春风里它们来到北京，在高耸的城楼上筑巢产卵，然后，到了7月，它们出发了，向西北而去，此一去就要飞过欧亚大陆，直到红海，在那里拐一个弯，再沿着非洲大陆一直向南，飞到南非，这时已经是11月初了，北京已入冬天，北京雨燕却在南部非洲盛大的春天里盘旋，直到第二年的2月，它们该回来了，它们穿过非洲大陆、欧亚大陆，向着北京，向着安定门、正阳门而来。

这一来一去，大约三万八千公里。赤道周长四万公里，也就是说，北

京雨燕，它每年都要绕这个星球差不多飞上一圈儿。但这种鸟的神奇并不在这里，而在于，7月的某一天清晨，当它从正阳门飞起，扑到蓝天里，它就再也不停了，它就一直在天上飞。没想到吧？日复一日，它毫不停歇地飞，它在天上睡觉，在飞翔中睡觉，在飞翔中捕食飞虫，在飞翔中俯冲下去，掠取大河或大湖中溅起的水滴，甚至在飞翔中交配。在北京雨燕的一年中，除了雌鸟必须孵育雏鸟的两三个月，它们一直在天上，一直在飞。

——我都快忘了今天的主题是文学。我确实更喜欢谈鸟，但我不得不落回地面，回到主题。如果让我找一种动物、找一种鸟来形容来比喻我理想中的作家，那么他就是北京雨燕。在北京，你沿着中轴线走过去，那些宏伟的建筑都在召唤着我们，引领我们的目光向上升起。安定门、正阳门、天安门、午门、神武门、钟鼓楼，城楼拔地而起，把你的目光、你的心领向天空。北京雨燕把你的目光拉得更远，如果它是一个作家，他就是将天空、飞翔、远方、广阔无垠的世界认定为他的根性和天命。作为命定的飞行者，他对人的想象和思考以天空与大地为尺度；他必须御风而飞，他因此坚信虚构的意义，虚构就是空无中的有，或者有中的空无，通过虚构，他将俯瞰人类精神壮阔的普遍性。他必定会成为心怀天下的人，心事浩茫连广宇，无数的人、无尽的远方都与我有关，这不是简单地把自己融入白昼或黑夜、人间与世界，而是，一只孤独的北京雨燕抗拒着、承担着来自大地之心的引力。

比如曹雪芹。以曹雪芹为例已经成了我的习惯，任何事我都能扯到他身上。这某种程度上是因为，我们对他所知甚少，惊鸿一瞥，白云千载空悠悠。但尽管直接证据有限，我们确信他曾经飞过，他曾经在此筑巢，我们在接近空无中想象他，他是无中的有，他在有无之间。在这个意义上，他成为后世小说的元问题之所在，一切问题都可以追溯到他，都可以在我们的猜测中得到回应。

《红楼梦》第七十回，在那个春日，"林黛玉重建桃花社 史湘云偶填柳絮词"，心中蓝天丽日，雪芹兴致大好，安排宝玉和姑娘们放风筝，一大段文章摇曳生姿。这不是曹雪芹第一次写到风筝，第五回，贾宝玉梦游太虚幻境，翻看金陵十二钗正册，只见画的是"两人放风筝，一片大海，一只大船，船中有一女子掩面泣涕之状"，有四句诗写道："才自精明志自高，生于末世运偏消，清明涕送江边望，千里东风一梦遥。"大家都知道，这说的是探春的命，但我所留意的是那只风筝，指向大海、远方、乘千里东风而西去的风筝。

现在，我要问一个无聊的问题，那幅画里的风筝是一只什么样的风筝？好吧，你们都猜到了，那是燕子。我认为那是北京雨燕。

20世纪40年代中期，曾有一部据说是曹雪芹遗稿的《废艺斋丛稿》面世，后来又没了下落。其中的一种是关于风筝的书，部分文字和图谱经由当时人的摹写和回忆留了下来。这件事真真假假，在有无之间，反正原书是找不到了，信其有还是信其无，不是事实判断而是情感判断，我宁愿相信这本书是有的，因为这很像雪芹干的事，他就是这样的一个人。这本题为《南鹞北鸢考工志》的书，记叙了风筝怎么扎、怎么糊、怎么描绘图案、怎么放飞，所谓"扎、糊、绘、放"。关于风筝制作工艺的书，据我所知，只有一部宋代的《宣和风筝谱》，然后就是清代乾隆年间的这一本，所以，应该给曹雪芹颁发证书，宣布他是非物质文化遗产传承人。

在现存的《南鹞北鸢考工志》中，所有的风筝都是燕子。当然，风筝的形制多种多样，就像第七十回写的，可以是个美人，可以是大鱼、螃蟹，放个美人到天上，那是以天为纸在画画，放个大鱼、螃蟹上去，这就是以云为水。但在这本书中，燕子是模板是原型，又分为肥燕、瘦燕、比翼燕、半瘦燕、小燕、雏燕、燕爷爷、燕奶奶、燕夫妻、燕兄妹，一大家子在天上聚会。这很可能是当时风筝这个行当的惯例，从制作到售卖，燕子是基本款，甚至有人认为，北京风筝以"扎燕"为本，就是从雪芹开始。总之在雪芹这里，笼而统之，风筝就是燕子，燕子就是风筝。所以，第五回探春命里的那只风筝是什么形状？现在我告诉你，那是一只燕子。

那么，这只燕子是北京雨燕吗？"昔日王谢堂前燕，飞入寻常百姓家"，这句诗大家都很熟悉，盛衰兴亡之叹，这是古老的中国文明最深刻、最基本的一种情感，在周流代谢的人事与恒常的山川、自然之间回荡着这么一声深长的叹息。这种兴亡之叹也是曹雪芹在《红楼梦》里反复弹拨、他和他生前的读者最能共鸣同感的那根琴弦。但是，无论王谢堂前，还是寻常百姓家，一年一度来去的燕子，应该都不是北京雨燕，而是家燕。它们都叫燕，远看长得也像，但在动物学分类中，我们熟悉的家燕是雀形目燕科，而北京雨燕属于夜鹰目雨燕科；家燕和麻雀是亲戚，北京雨燕和夜鹰是亲戚，它和家燕反而没什么关系。顺便说一句，夜鹰和我们熟知的老鹰也没什么关系，所以夜鹰不是鹰，雨燕也不是燕。在寻常百姓家的屋檐下飞进飞出的燕子如果真的是昔日王谢堂前的燕子，那么，它肯定是家燕，绝不是雨燕。北京雨燕必须栖息在高峻之处，这样才有足够的高度让它飞起来，如果是寻常的屋檐，它来不及飞起就会栽到地上，这也是它们喜欢中轴线上那些高大城楼的原因。

曹雪芹扎糊绘制的那些燕子，究竟是家燕还是雨燕？这个问题是无解的。那些风筝的图案并不是写实的，而是拟人的、符号化的，赋予了各种各样的吉祥寓意。雪芹固然不知家燕和北京雨燕在动物学上的科目区别，但他是北京人，童年来到北京，在这里长大，他大概从来没有进入过我们现在称为故宫的地方，没有走进过天安门、午门。但是，正阳门和他家附近崇文门的天空上，每年晚春和初夏盘旋着的雨燕，必定是他眼中、心中的基本风景。那个时代的北京人，抬头就会看见那些燕子，然后低头走路。但有一个人，一定曾经长久注视那些燕子，那些盘旋在人间和天上的分界线上的青鸟，他就是曹雪芹，他是望着天上的人，是往天上放飞了一只又一只飞燕风筝的人，他的命里有天空、有永远高飞而不落地的鸟。

——那就是北京雨燕。然后，这样的一个作家会有一种奇异的尺度感，他把此时此地的一切都放入永恒大荒，无尽的时间和无尽的空间。他获得一种魔法般的能力，他写得越具象，也就越抽象，他写得越实，也就越虚。雪芹的前生是一只北京雨燕，他在未来再活一遍会是一个星际穿越的宇航员。说到底，他是既在而又不在的，天空或太虚或空无吸引着他，让他永久地处于对此时此刻的告别之中，是无限眷恋的，但本质上是决绝的，他痴迷于不断超越中的飞翔。

这样一个北京雨燕式的作家，会本能地拒绝在地性。比如曹雪芹，他和很多很多当代中国作家不同，他从未想过指认和确证他所在的地方。我曾经在一篇文章中谈过，曹雪芹成长于北京，《红楼梦》是北京故事，但是，在《红楼梦》中，他从未确切地描述过这座城市，我们可以推导出贾府和大观园的空间分布图，但在这部书中，你对整座城市的地理空间毫无概念，似乎是，这个人让大观园飘浮在空中，让飘浮在空中的大观园映照和指涉着广大世界、茫茫人间。

所以，如果让我为我理想中的作家选一个吉祥物、选一个LOGO，我选北京雨燕。但是，任何比喻都是有限的、矛盾的。比如水，上善若水，这水就是好水，以柔克刚、化育万物；水性杨花，这就不是好话，这水就是放荡的水。钱锺书把这叫作"比喻之两柄"，他在《管锥编》中引用希腊斯多噶派哲人的话"万物各有二柄"，好比阴阳二极，而人会抓住其中一个把柄来做比喻，抓哪一头取决于人想说什么。北京雨燕作为比喻，也有另外一头的把柄：它不能落地。它在民间有一个诨号，叫"无脚鸟"。它和家燕不同，家燕的脚是三趾前、一趾后，在地面上蹦蹦跳跳，后趾一蹬就起飞；但北京雨燕完全为飞行而生，根本没有计划落地，它的四趾全部朝前，只适合抓住高处的树枝或梁木，所以有脚等于无脚，落到地上既不能走也不能飞，被风雨或伤病打落在地，那就是死亡。

这让我想起另一个飞行家，说来大名鼎鼎，就是齐天大圣、行者悟空。孙行者法号悟空，名字不是白起的，它从石头缝里蹦出来，向着天空而去，他的事迹也是一部"石头记"，是在石头中、在山的重压下、在无限的沉重中向着无限的轻、无限的远、无限的空无。一个觔斗十万八千里，大地管不住他，人间的权力和琐碎管不住他。就是这样一只猴子，戴上了金箍，跟着唐僧去取经，九九八十一难还差一难，终于望见了西天灵山。《西游记》第九十八回，唐僧师徒在玉真观歇脚，第二天启程上灵山，金顶大仙要给他们指路，悟空嘴快，说："不必你送，老孙认得路。"大仙道："你认得的是云路，当从本路行。"悟空笑道："这个讲得是，老孙虽走了几遭，只是云来云去，实不曾踏着此地。"

这段话我以为是《西游记》的一处根本所在。小时候读《西游记》，总有一个大疑惑，既然目的就是取经，孙悟空那么能飞，而且自带导航熟门熟路，一个觔斗飞过去，把经书拎回来交给师父不就得了吗？悟空快递，使命必达，何必费那么大劲呢？看到第九十八回，作者才做出了回答，飞在天上、走"云路"能解决的问题就不是问题，人之为人的问题是，他必须走"本路"，他无法直接抵达终极。人总是要死的，但日子还得一天一天过，人是在向死而去的一天一天里，在"本路"、在地上的路获得他活着的意义。所以，"云路"上取的经不是真经，在大地上用双脚一步一步走过去，在人世的苦、人生的难中走过去，这才是道成肉身，才算得了真经。

孙悟空，这伟大的行者，他的本性是飞，他也终于学会了落地，学会了在地上一步一步走，走过万里长路而成佛。现在，话说到这儿，我心里马上就有了一个像行者那样的作家，他就是杜甫。

年轻时的杜甫是凤凰，心高万仞，壮志凌云。在传世最早的那首《望岳》中，他写道："荡胸生层云，决眦入归鸟。会当凌绝顶，一览众山小。"那时是开元二十四年，杜甫二十四岁，壮游山东、河北，"放荡齐赵间，裘马颇清狂"。遥望泰山，他的目光随飞鸟而上，他的心凌绝顶而小天下。这时的杜甫，笔下是骏马、是鹰，是千里万里的风：

> 胡马大宛名，锋棱瘦骨成。
> 竹批双耳峻，风入四蹄轻。
> 所向无空阔，真堪托死生。
> 骁腾有如此，万里可横行。

（《房兵曹胡马》）

这样的速度和激情，这样的一往无前、万里横行，这样杀人如草不闻声的豪气，不是杜甫了，是李白了，这样的诗完全可以编到《李太白集》里。在人生的这个时节，杜甫在天宝三载认识了李白，那一年李白四十四，杜甫三十三。第二年，他们同游齐赵，杜甫写下了《赠李白》："痛饮狂歌空度日，飞扬跋扈为谁雄。"这完全就是李白的句子。浦起龙《读杜心解》评论这首《赠李白》和另一首《画鹰》："自是年少气盛时，都为自己写照。"杜甫写的是李白，也是自己，杜甫此时的自己，其实就是李白。

李白这个人，真是"太白"啊。他光芒四射，从路人直到天子，很少有人不被他的光芒所震慑。我相信，这个人走到哪里，都是中心都是焦点，他是诗界的"克里斯玛"人格，是诗界的皇帝和神。他生前就活在世人的仰望中，如果今晚无人，他就提一壶酒仰望自己，热爱自己。

> 花间一壶酒，独酌无相亲。
> 举杯邀明月，对影成三人。
> 月既不解饮，影徒随我身。
> 暂伴月将影，行乐须及春。

我歌月徘徊，我舞影凌乱。

醒时相交欢，醉后各分散。

永结无情游，相期邈云汉。

（《月下独酌》其一）

这首诗写尽了他的一生。这样一个人，他永远是少年，希腊神话里的美少年那喀索斯看着水上的影子自恋，比起李白他真是弱爆了。李白是以天地为镜，只照见自己，对影而戏、对影而歌。他和杜甫同样经历了安史之乱，天崩地裂狼狈不堪，但在李白的诗里你看不出来。白衣胜雪，归来仍是少年，他根本不会被人世的离乱与浑浊所改变。

李白才是真正的、纯粹的北京雨燕，比曹雪芹更纯粹。他毕生不落地，他是"无脚鸟"、他是"谪仙人"，他只活在他自己那空阔无边的尺度里。无情最是李太白，他的伟大，他让杜甫、让后来人身不能至、心向往之的高格，就在于他真是不累，真是不牵挂，真是在飞，他在人世、在红尘中如此一意孤行如此飞扬跋扈放浪轻狂。据说金庸有名言：人生就该是"大闹一场，悄然离去"。金庸如果真这么说了，他心中所想的必是李白，而绝不是杜甫。李白在心里和笔下兀自大闹，他走的一直是"云路"，他就是那个大闹天宫的齐天大圣。他一生都在飞，喝醉了就高速醉驾，牛皮吹得更大，飞得更远更高。"决眦入归鸟"，杜甫眼巴巴地望着，李白就是杜甫眼里的那只鸟。杜甫一生都深情地遥望着怀想着李白，他那么爱李白，放不下李白，他爱的其实是他心中那个曾经的自己，那个青春勃发飞在"云路"上的自己。

但一定有一个时刻，生命里的关键时刻，也是中国诗歌和中国精神的一个关键时刻，杜甫忽然想明白了，他不是李白，他做不成李白，他注定要在这泥泞的人间踽踽独行，他的路就是人的"本路"，历经横逆、失败、劳苦，艰辛地为一餐饭、一瓢饮而奔忙，为夜雨中的一把春韭、为人和人的一点温情而感动。他如此卑微，"残杯与冷炙，到处潜悲辛"，他才是卑微到了泥土里。但也就是在泥土与泥泞中，在漫漫长路上，他才看得见"三吏"、看得见"三别"，在生命和生活的根部、底部，在寒冷、逼仄中，他的心贴向别人的心，他的妻子、他的孩子、他的朋友、路上那些陌生的受苦的人们。他终究不是仙人，他成了负重前行的行者，背负起人世的沉重，成了诗歌中的圣人。他的路太难了，李白写《蜀道难》，难于上青天，上青天对李白又有何难？背负青天朝下看，如雨燕如苍鹰，一篇《蜀道难》滚滚而下，东流到海。而杜甫，你读一读他生命中期以后、在安史之乱爆发后的诗吧，那些诗大多写在路上，是行者之歌跋涉者之歌，是荒野之歌漫漫"本路"之歌。哪里有什么"飞扬跋扈"，哪里有"所向无空阔"，而是一步一步、步步惊心，战栗着喘息着，流淌汗水和泪水，从极度劳顿的身体中提炼出来句子。"沉郁顿挫"，这是后世对杜甫诗风最通行的直观概括，怎么能不"顿挫"，那是一个行者一个登山者的顿挫喘息，那就是生命之累之艰难苦恨。

——杜甫之伟大就在于，他竟能把一切提炼为精悍的韵律、提炼为诗。他该有多么强韧的肺，多么炽热的心。他是中国文学中最伟大的行者。在他之前，只有屈原，但屈原更像是北京雨燕落在了地上，屈原的诗是雨燕落地后的悲歌绝唱。而杜甫，他是第一个走过并且写出"本路"的诗人，第一个直接面对累和喘息的诗人，第一个在累和喘息中为生命唱出意义的诗人。鲁迅说："无穷的远方、无数的人，都与我有关。"杜甫走向远方、走进无数人，取经的行者心中觉悟，这经不是在天上写好了等他来取，这经就是他一步一步行走在大地上写出来的。

杜甫晚年，写下《登高》，这时，杜甫五十六岁，快走不动了。留在世人眼中的杜甫形象从《望岳》开始，经过漫漫长路，最终定格于《登高》。

> 风急天高猿啸哀，渚清沙白鸟飞回。
> 无边落木萧萧下，不尽长江滚滚来。
> 万里悲秋常作客，百年多病独登台。
> 艰难苦恨繁霜鬓，潦倒新停浊酒杯。

他站到了山顶上，但他不是飞上去的，他并无"一览众山小"的豪情，他艰难地独自登上去爬上去，万里作客、百年多病，在天地山川里，在绝对的无限中，他找到回到了那个有限的苍老的自己。他从此为中国文学确立了一个根本的标高，他走了一路，白发浊酒，站在那里，最终，所有的中国人可能在旅途中、在路上看见他、看见自己。

后来，到了北宋，王安石编《四家诗选》，选四个唐宋大诗人，杜甫第一，韩愈第二，欧阳修第三，李白第四。有人问他，为什么李白才第四？他说："白豪放飘逸，人固莫及。然其格止于此而已，不知变也。至于甫，则悲欢穷泰发敛抑扬疾徐纵横无施不可……"（《渔隐丛话》卷六引《遁斋闲览》）王安石是"拗相公"、是一头倔驴，非要给李杜排座次分高下，但他看李杜的分别真是目光如炬。王安石又曾说，李白词语迅快，无疏脱处。这说的就是李白的速度李白的"飞"，"飞流直下三千尺"，飞得快、飞得流畅，这当然很"爽"，有人喜欢"爽"，可乐加冰；有人却喜欢苦茶或咖啡，在"不爽"中领会五味杂陈。李白的诗是"爽诗"，相比之下，杜甫就是"不爽"。

现在，我们有了两个比喻，北京雨燕和行者。有的作家，比如李白和曹雪芹，他们是雨燕。有的作家，比如杜甫，他是行者。但是我刚才说过，比喻有用、也有限。任何比喻，总是聚焦和照亮了所比事物的某种特性，同时也忽略了另外一些特性。李白是纯粹的雨燕，他的持久魅力也正在这份常人没法模仿、不可企及的纯粹。而杜甫曾经是雨燕，后来落了地，他竟在地上长出了脚，一步一步走过去，这何其难啊，李白和王维那样绝顶的心智都做不到。但是，现在让我们重读一遍《登高》，杜甫身体里的那只雨燕真的飞走了吗？没有，还在，他翱翔于天之高、地之阔、江河万古，然后，他缓缓地落下，落到此时此刻、此人此心。我刚才也是越说越爽，强调杜甫作为行者的艰难苦累，但艰难苦累并不能使一个人成为诗人。我们的幸运在于，这个人是杜甫，他也是雨燕。哪里有"所向无空阔"，杜甫的生命中竟然真的一直有，在绝对的重中依然能轻，在石头缝里望见了明月。他是悲、他是欢，他是穷途末路、他是通达安泰，他能收能放能屈能伸能快能慢，由此，他才能把艰难苦累淬炼成诗。

当这么谈论杜甫时，我还掉过头去重新想到了曹雪芹。曹雪芹，我刚才说他是雨燕，但他其实同时也是行者。这个人作为作家的横绝古今，正在于他既飞在"云路"上、又走在"本路"上。他的路既是"本路"又是"云路"，这不仅体现于他的实则虚之虚则实之，而且，站在他戛然而止的地方，我们已经能够隐约看出他将要前去的方向：走着走着，世间的大路走成了小路，小路走成了荒野，茫茫人海走成了孑然一人，一切有变成了一切无，飞向无限的空。《红楼梦》没有写完，实在是一大恨事，因为此情此景，古代小说里没有，后来的小说里也没有。我甚至大逆不道地怀疑，红楼写不完，其实是真的写不下去了，"云路"和"本路"越走越合不到一起，雪芹之死是把自己活活难死。

当我这么谈论杜甫和曹雪芹时，我心里想的其实是苏东坡，还有……好吧，留给你们去想吧，记起你们见过的雨燕、你们遭遇的行者。这些伟大的灵魂，在往昔的日子、现在的日子里一直陪伴着我们。他们是我们的理想作家，我们信任他们，我们确信，天上地下的路，他们替我们走过，他们将一直陪伴着我们，指引着我们。

然后，明年，春风里，去正阳门下，抬起头，迎着蓝天，去辨认杜甫、苏东坡、曹雪芹，当然，还有李白。

2022 年 10 月 28 日北京"十月文学之夜"演讲
据记录稿增补，11 月 28 日改定

（选自《万松浦》2023 年第 1 期）

在"文本"与"修辞"的背后

张清华

    本文要谈的"修辞与修行",是借了昌耀先生的话①,但显然有深意存焉。巧合的是,我差不多十年前也写过一篇短文,叫作《文本还是人本:如何做诗歌的细读批评》,与这个说法中的意思有些不谋而合。借此机会,我刚好有理由再谈一谈自己的一些想法。

    在今天,我们如果还是无限制地谈"修行"与"人本"的问题,会招致"现代性的嘲笑"。但我们同时又清楚,这一话题不是无边界的谈论,是在一个技术宰制,"机械复制"覆盖一切的时代,而且眼下又有了一个ChatGPT,未来俨然要直接替代我们这些写作者,把我们贬为"伪作者"或"次作者"了。在这种情形下,重新思考"人本"与"修行"问题,似乎有了新的必要。

    当然,"人本"并非是将关于诗歌的理解简单化,将"人格"问题"神格"化。任何时候我们谈论诗歌,都首先意味着是在说"文本",须落实到语言上。所有伟大的、杰出的文本,能够在人们的心灵中留下划痕的文本,都首先是语言击中了我们。但是在语言的背后,感动我们的东西究竟是什么?肯定还是那背后的主体,是"修行者"那个人。

    其实,几年前我的文章中也已阐述过这个意思。此处重提,是觉得经历得越多,就越容易认同一个更古老的经验,越容易想起孟子的那句老话:"颂其诗,读其书,不知其人,可乎?是以论其世也。"这是《孟子·

---

    ① 昌耀先生在1990年9月7日给董林的信中,回答了后者的一个问题:"极具高古之意的诗歌语言如何修炼?"他说:"功夫不在于修辞本身,而在于'修行'。"此信未刊,笔者是日前在《诗刊》召开的讨论会上见到的。

万章下》中的一句，他等于以此开创了中国文学批评的一个原初立场。这个"知人论世"，实际就是透过文章来看那个背后的人，理解那个人，那个生命的心灵与处境，这是理解所有文章和诗歌的终极目的。翻译成拉康的说法，其实也就是从文本背后的那个人身上读见了我们自己，照见了我们自己。所以，所谓"读其书，想见其为人也"，其实说的是读者自己，这才是理解的终极境界。所有的感动，本质都是我们的自我镜像的投射，是他人对自己的印证或者反照，我们从那些情境中感受到自己的"幸存"——或者"幸免"，并从中生发出存在的悲悯，存在的侥幸，与生命的怜惜，感同身受又置身其外，方能设想其人，设想其处境与经历。

显然，从他人身上发现自己，这是批评和阅读的终极真相，也是目标，舍此很难再有别的目标。依黑格尔的说法，所谓的"美"，即"人的主体（本质）力量的感性显现"，如果翻成拉康式的话，就是"照见了自己"。

所以我无法不认同上述古老的说法，只要生命只有一次，"每个人都是必死的"（海德格尔语）这一点不变，我们对诗歌的领悟、理解、阐释，根本上都是对于文本背后那个人的一种理解。再具体一点，也即对那个人的处境和命运的感受，这个至关重要。所有中国传统诗歌中最感人的地方，无不是因为诗人对其生命处境的描摹和展示。"处境"一旦显现，人的一切经验也随之显现，并且由现实处境升华为一种生命处境，进而提升为一种精神或人格处境，最终炼化为一种哲学境地——这就是陈子昂的"前不见古人，后不见来者。念天地之悠悠，独怆然而涕下"那样的一种孤绝；是张若虚的"江畔何人初见月，江月何年初照人""不知江月待何人，但见长江送流水"那样的怅惘与悲伤。我们会为这诗人的境遇——最终也是我们自己的境遇，而感动和哭泣。

这并不是古旧或腐朽的老套，因为它分明也同时抵达了现代主义，甚至存在主义意义上的主体与经验的阐释。其实与海德格尔所讨论"人的处境"——他在《林中路》等著作中讨论特拉克尔或者荷尔德林的诗时，所表达的那些观点，也是一样的。

因此我觉得，古往今来，人们关于诗的理解都是相通的。这相通之处就在于关于人的理解，关于人的境遇、命运，人的精神世界的领悟、认同，以及悲悯，永远都是接近的。诗歌的使命之一，便是"使一切人成为一切人的同时代人"（海子语）。这是我们研究诗、读诗，包括诵读诗的真谛。"朗诵诗"本质上并不是对文本的一种表演化的演绎或夸张，而是对于文本背后那个人的处境的一种悉心的体察。所以，多年前我听到某电视台节目主持人的朗诵时，曾贸然唐突地提出了意见，认为他们不是在表达，而是在曲解诗人与他们的作品。他们都是很优秀的"朗诵艺术家"，但他们没有真正了解作品背后的人究竟经历了什么，所以朗诵作品时完全悖离了那诗的含义。他们用一种格式化的高昂而甜美的语调，曲解了一首充满悲情与绝望的诗。所以，不加鉴别地认为这种语调会适用一切语言，其实是绝大的误会。

上述当然是最浅表普通的一个例子。再深一步说，我们的艺术家们之所以失了水准，是因为他们通常都只是通过"文本"与"修辞"来理解作品，他们通常做不到在文本与修辞的背后，去寻找诗歌的真相与真谛。

言归正传，我在近二十年前曾提出一个设定，将我个人谈论诗的基本标尺，或者叫最高标尺，设定为"生命本体论的诗学"。但是我觉得我始终没有充分的底气和资格，去阐释这样一种诗学，所以后来又借用了一个"修辞"——用了"上帝的诗学"的说法，而且又退了一步，叫作"猜测上帝的诗学"。不配去直接表述，难道"猜测"还不行么。上帝的诗学自然是绝对的诗学，我作为肉身凡胎，只能去假想这样一种尺度，以此实现一种借喻。

但其实这一借喻的含义，既很清晰也很直接，就是尝试从最高角度、最高的意义上，去解释什么叫"生命本体论的诗学"。生命本体，就是从诗人的生命人格实践的根本向度，去阐释和评价诗人的作品，去实现一种由主体生命投射的理解和印证。

我当然清楚，早已有前辈或同行提出过"生命诗学"一类概念，尤其是陈超，他的诗学思想影响深远。但我的意思与他不同，我所强调的，是诗歌的主体性和人本本位的意义；而他强调的，更多是历史伦理层面的人的价值。一个强调生命本身，一个强调伦理实践；一个立足历史，一个更倾向于哲学。让我稍微荡开一点，陈超诗学实践的成功之处，主要在于两点：一是他有新批评理论赋予的细读手段与方法；二是他倡扬以历史正义和精神担当为根基的生命诗学。前者给他提供了修辞层面、语意层面和文本层面的强大阐释力，所以，他首先是一个"文本主义"者，这也确立了他在"50后"批评家中非常突出的学院派地位，他的细读批评的专业与精微，在同代人中几乎无与伦比；其次就是基于他对历史正义的孜孜以求而提出的"生命诗学"，包括他的"深入当代""噬心主题""历史想象力"等等概念，都是后者的精神投射与自然延伸。说简单点，他的诗学构成中，一是文本主义，二是人本主义，两者构成了一个有机而巧妙的平衡。

我所说的"生命本体论的诗学"，应该比陈超的观点更普泛。我想提出的，是一种哲学意义上的"拟绝对的批评尺度"。但是这种绝对尺度对于具体的诗歌批评来说，并不总是适用，它只是标明一种极限和边界。但是它摆在那里，是一个终极的尺度——也就是"上帝的诗学"。上帝假如有诗学，意味着一定是最公平的，他的原则一定是，让诗人承受多少痛苦和磨难，便会赋予他多少价值。这就是我们从屈原的诗歌里所读到的东西，生命人格实践的珍贵与价值。直白一点说，他巨大的痛苦与牺牲，他非凡的生命人格实践，铸就了他诗歌的价值；而他的诗歌的境界，也反过来映照和印证了他出众的人格，他的文本和人格已经牢牢地互嵌在了一起。某种意义上也可以说，他写出了《离骚》这样的伟大诗篇，也便无法再苟活于世，必定会以身殉诗；反过来，他的愤而投江，也铸就了他诗歌的高度与感人的品质。很显然，如果屈原写出了《离骚》却还苟活在世界上，那么《离骚》就变成了一首虚伪的诗篇，它在诗歌史和文化史上的价值与意义，便立刻瓦解和贬值了。

这也是雅斯贝斯的观点。他曾说，现代以来"几乎所有的伟大诗人都是毁灭自己于作品之中，毁灭自己于深渊之中"。在他看来，大诗人只有一个例外就是歌德，歌德成功活到了老年。其他诗人无不是悲剧型深渊式的人格，他举的例子，就是荷尔德林、梵高这种绝对意义上的诗人，或者艺术家。我们可以顺道举出更多，波德莱尔、兰波、魏尔伦、尼采、克莱斯特、西尔维娅·普拉斯、弗吉尼亚·伍尔夫……他们都是因为生命人格中的某种悲剧性，而同时凸显了其诗歌的意义。再向前追溯，浪漫主义诗人的人格就更带有悲剧性，但与现代主义者相比，他们更接近于海子所形容的"王子""半神"和"英雄"之类，而后者则更接近于本雅明所说的"身份暧昧者"，幽灵般的"游荡者"身份。他们与浪漫主义诗人充满优越感的明亮的人格范型相比，显得过于阴暗和幽晦了。

自然，这些说法差不多都属于"前现代主义"的一种理解了，如果在

"当代性"的意义上，我们不能要求诗人写出一首伟大诗篇，都要以身殉诗。海子式的行为，可能已经成为历史了，海子之后，所有试图以自杀来完成自己文本的诗人，几乎再无成功者。这也应了雅斯贝斯的话，他们是"历史一次性生存的诗人"，是无法复制和模仿的，就像屈原是不可复制的一样。海子也有同样的说法，即"一次性写作""一次性诗歌行动"，所以这样的诗学也近乎是残酷的。即使有类似的例子，其意义也明显被降解了。但即使被降解，生命人格实践依然对作品具有印证或映照的作用。让我举出一个例子——卧夫。他活着的时候，没有人相信他是一个有着"海子式"性格的诗人。我们都以为他是一个与我们一样的凡夫俗子，没有人真正关注过他。每次参加诗歌活动，他都像一位小报记者，手拿相机为所有人拍照，然后会说："等我发照片给你。"有时他腋下还会夹着一大卷宣纸，见人就请签名，让人误以为是个不入流的收藏家，一个诗歌混混。但就是这位卧夫，有一天竟然死在了燕山孤绝的山顶，是绝食而亡。如果不是因为警方碰巧找到了关键线索，他可能会被作为一个无名的死者处理掉，幸好他有一次酒驾被公安部门留下了基因样本，才被核实了身份。当他去世以后，好些人忽然发现，他的诗居然还写得很好。我受到震动之余，也找出他的作品，忽发现我也被感动了。那时我从他的诗中读到了过去完全没有意识到的东西，读到了他对生命的态度、他的悲观与决绝、通达与洞悉，也读到了他的执着与放手、爱欲与幻灭……而且竟如此不俗，如此丰富而深远。可是，他活着的时候却从没有人重视，没人给予过他哪怕一点点真诚的理解与面对。而现在，当我们直面这样一个让人痛彻心扉的悲剧的时候，我们才忽然发现了他诗歌中的价值，那些无可替代的真诚与率性、善良与美好，这些情愫也才忽然变得那样珍贵，令人感动和唏嘘。

这一例证让我感觉到，人本主义的诗歌观是多么自然和重要。假如我们仅仅把卧夫的作品当作普通的文本，把他的诙谐和简洁当作一种"修辞"风格，就不止显得浅薄，而且有些轻薄和不道德。一旦我们将这些文本同眼前这个令人惋惜和心痛的人联系起来，一切马上变得不一样，他的文本中立刻显现出了珍贵的、可以印证某种生命绝境的东西。连同他的诙谐与幽默，也变成了令人感到噬心的反证。

显然，生命诗学观让我改变了对卧夫与他的诗歌的看法，尽管他并没有在社会历史的意义上成为一个了不起的人，但他也绝不是原来我们所误解的那个卑微的诗歌混混，而是一个纯粹的、独具性灵的人；他的作品也不是可有可无的无病呻吟，而是一个独具高格的灵魂的映像与写照。这也表明，从生命本体论的角度来关照作品，和纯粹从文本看文本，得出的结论是完全不一样的。

这或许能够辅助我们解开，什么是"生命本体论的诗学"。这已经比屈原、海子的绝对性例子降解了一级。但我以为还不能算是"说清楚"了，因为这依然有可能将这一问题神化和圣化。我们尤其不能把诗人"悲剧性的生命人格实践"，变成一种变相的"嗜血的道德主义"解读。这就要我们必须再后退一步，不把诗歌的生命意义与价值建立在狭义的"人的牺牲"这种前提下，而是试图寻求更加平缓、普通和朴素的理解。即，不止屈原那种惨烈的生命实践是珍贵的，李白式的隐逸遁世与纵情山水也是诗意的，杜甫那种悲天悯人感时伤世的人格也是令人钦敬的，苏东坡那洞悉生死旷达彻悟的人生，也都有独一无二的意义。甚至杜牧式的玩世放纵、李煜式的悲情没落，也都足以映照他们的作品，使之彰显出不同寻常的意义与价值。因此，像火山爆发那样是一种人格，如春蚕吐丝也是一种人格。无论读李商隐还是读李煜，我们都不会将其人的境遇置之度外。

所以，我所强调的生命人格实践，显然不是从道德角度的阐释。像南唐后主，假如我们从政治学、伦理学、社会学的角度来看待，他足以称得上是一个蠢材，甚至是懦夫，既不是一个合格的皇帝，也不是一个凡俗意义上的丈夫。然而他却写出了感人的诗篇，为何？因为他真实而坦然地面对了自己的失败，他将一个失败者的处境真实地、淋漓尽致地呈现了出来，这就足以令人感慨、感动。当他写出了这一切的时候，我们反而觉得他是一个不俗的人，也称得起一种人格的典范。就我个人而言，其实我更认同像李煜这样的失败者，他真诚地面对了自己的命运，他就成了一个了不起的诗人。王国维说的"以血书者也"，即"以生命为赌注的写作"，这一境界对他而言，当然是被迫的，并非一个英雄的逻辑，但这被迫的"以血""以命"本身，也是一种悲剧的境遇。所以他说"词至李后主，而眼界始大"，我对这一说法深为认同。

说到了王国维，他的诗话之所以令人叫绝，在我看来，就是因为他持了生命本体论的看法，他讨论诗的时候，无一不是讨论生命本身，讨论人的身世、处境与灵魂。

因此"修身"也好，"人本"也罢，绝不是一个道德主义的立场，不是世俗意义上的"成功"与"成仁"。我前文所说的，其实都是"牺牲"或"失败"式的"人本"，这与司马迁所说的"发愤之作"，骨子里都属同一逻辑，所以尚不能算是完成了"当代性的阐释"。如果要实现这一点，那就必须还要承认，"生命人格"不止包含了情感逻辑、道德基础、人生的失败、失意、磨损、衰败，还应该承认超出上述的"智力逻辑"。比如欧阳江河，他在生活当中几乎完全区别于以上所提到的诗人，因为他几乎与痛苦和颓废无缘，与失败和灰暗无缘。他是我们生活中的永动机，也是当代诗歌"观念的发动机"，在他这儿我从没有读到过类似"牺牲"与"失败"的半点痕迹。那么我们的生命本体论的诗学在他这儿还有没有效力？显然也是有的。他这本身就是"创格"，他为我们创建了一种与古典式人格完全区别的，甚至与浪漫主义、现代主义的人格范型也没有什么关系的，一种新的"积极的"人格类型，一个不会"感伤"和"流泪"的生命主体。当然他也许可以归为一种更加"返古型"的，为席勒所说的自然意义上的"朴素的诗人"，如荷马、品达，或是维吉尔、奥维德式的诗人，他更近似于"智力"意义上的"史诗诗人"，而不是"情感"意义上的"感伤的诗人"。

所以，"当代性"或许应该或者至少是可以包含这样一种人格类型的：不以情感或负面的情志反噬自身的，不以毁灭与牺牲、痛苦与颓废、疾病与缺陷等等为特征的新类型。诗人倚靠智力与知性生存和写作，那种传统意义上的"人格化"的属性，则被淡化、潜隐、改造和替换，这也应该是值得我们承认和考量的。

说了这么多，依然没有说清楚，在"修辞"和"文本"背后到底是什么，只能勉强地说，所谓"修身"和"人本"才是根本，不止对于写作者来说是如此，对于文本的阐释者也同样适用。

（选自《诗刊》2023年第15期）

音乐、气场和"系统1"

马慧元

一

最早所谓"想象的共同体"的说法，大约是关于民族主义之类的政治概念。不过我一直觉得，任何一件艺术作品，一本著名的书，一首曲子，一幅画，甚至一个持久存在的广场或者雕塑，都会在世界上构建一个"想象的共同体"。因为它们都有持续的受众，尤其是在语言、叙事中进进出出，被各种新闻、笔记洗礼过，担当过许多故事背景的一群"听说过它们的人"。

我想，音乐会现场的听众，也是这样一个共同体。

经过这两年左右的艺术大萧条，最近加拿大的各类音乐会如雨后春笋，争先恐后上演。我自己则充满甜蜜的烦恼，面对密布的演出信息陷入选择焦虑。也因为各式各样的音乐会空前密集，各种人群交集增加，不同经验就纷至沓来。比如有些场次的演出，居然有了乐章之间乱鼓掌的人。之前若干年，我在北美几乎从未见过这种现象，也几乎没有经历过音乐会上的不安静。

乐章之间的掌声，我个人不喜欢，但感觉也有点复杂。某些心胸宽阔的朋友说，乱鼓掌不是坏事，很多人可能是第一次来听，这不是音乐人群扩大的象征吗？我没那么乐观。不过扪心自问，掌声虽然惹人嫌，倒还不至于是洪水猛兽，但往往会破坏我个人对这个"共同体"的想象。虽然我去音乐会都是自己默默听，有时候忙着翻乐谱，根本不关注周围的人，但现场气氛不可能不影响到我。有时候，演出现场效果非我所喜，但现场的热烈反应让我小小吃惊，也受到感染。而我原本就十分喜欢的演出，则在他人的烘托和强化下使我的情绪更得到释放，也使我更感动。演出后的全体起立鼓掌，是仪式也是礼物，让人的感受有安放之处，让热情化为相信。

二

我一向喜欢观察运动员，觉得他们跟舞台上的音乐家有许多相似之处。运动场上或者表演舞台上，人处在一种"热"（hectic）的状态，太深的思考做不了，但情绪上的刺激可以引发身体这个系统的变化。比如，身经百战的世界冠军们会没听过球迷喊"加油"，会没听过教练说"努力""别泄气""别紧张，没问题"？这些老生常谈对电视观众是废话，但对场上的人就还真管用。同理，舞台上的表演艺术家也处在"运动员"状态，乐队指挥对乐队成员做出某种特别的刺激（手势、表情），真就能引发音乐的变化。而台下的掌声，对资深艺术家仍然未失激励。处在"热"状态的人，自成一个奇妙的系统——就拿乒乓球来说，每当教练在暂停的时候对选手说"放慢""控制节奏"这样的话，我都觉得十分精彩和奇妙——这往往就是呼吸的节奏，动作的节奏，甚至包括跑去捡球的节奏。教练观察球员的动作，自然知道他处在哪种状态。教练成功的语言激励，犹如"点穴治难疾"。

人们之所以去现场，无论是球赛、演出还是竞选演说之类；大多是着迷于那个气场。气场这东西到底是什么？它真实存在吗？是某个空间里破碎的声响、气味、环绕自己的空间感，还是人头攒动之下互相传染的群体认同？现场球迷的大哭大笑，如果在家看电视恐怕不会发生，因为各种情绪要经过身边人的镜像和放大才能表达透彻。气场之外，"士气""人气"亦然。大概，人是一种生物，"很多人"又是另外一种，个体在"很多人"中淹没，但"很多人"迸发出另一种力量：生机、热情和暴力。至于"气"的参数，则可以讨论。细分"很多人"，两百人和几千人大约有明显差别，几万人和一亿人可能就没那么大差别了。科幻大师阿西莫夫的《银河帝国》里，这一点特别令人震撼：人类数量还是太少了，如果多到几百亿，我们这个社会可能就是另一种样子。此为题外话。

关于"场"，最近我读的《思考，快与慢》（*Thinking, Fast and Slow*）一书，多多少少回答了这个问题。虽然它的重点不在于人群行为学和心理学，但它展开讲述的"系统1""系统2"概念，对我思考感兴趣的音乐表达、人群反应极有启发。

在心理学家卡尼曼这里，"系统1"是指一些较自发、不用多想的精神活动，而"系统2"是需要集中精神进行计算或选择的活动。"系统1"包括（仅选几个例子）：

· 辨析两个物体哪个更近
· 找出声音的源头
· 计算 2+2
· 辨别声音中有无敌意
· 理解简单句子
......

而"系统2"包括：

· 在马戏团表演中关注小丑
· 在记忆中搜寻一个熟悉的声音
· 在一个句子中数出字母 a 的频率
· 计算 17×24
......

真正有趣的是"系统1"，因为它无所不在，但可能被忽视。让我来举一些类似的例子，关于"系统1"的判断（仅限于社交类）：

· 小朋友去上学，感觉同学们看不起自己，虽然他们没说什么——因为小朋友说话有乡下口音；
· 别人恭维我今天头发格外好看，虽然我细想觉得不是真的，但当时仍然十分欣喜，因为这种迅速的反应令人无法抗拒；
· 到了一个新环境，感觉同事们很不友好（事实上没有人做任何坏事，也没有骂人）；
· 政治家现场演讲的煽动（只看录像的人，觉得很蠢，现场的人则疯狂跳脚欢呼）；

·开会的时候，某人想说什么，大家都看出来他欲言又止。

这些例子仅仅是"系统1"的一小部分，但可以说明，人不须细细思索计算，就能从表情、声调等因素中捕捉气氛，也能判断出社交中的动态，"××不喜欢我"。其他的社会性例子还包括：种族/城乡/性别歧视（因为表面的印象不自主地误判）和社交礼貌——微笑或者一句温和的"你好"，貌似肤浅，但能深刻影响情绪，所以陌生人之间的礼貌和尊重并非可有可无。

两个系统之说，并无科学定义，作者用"较少的努力和较直接的反应，并且很难抗拒"（差不多也就是所谓"下意识"）来定义第一类，已经很严密了。但如果问，哪个脑区负责"系统1"？肯定得不到好的答案。因为它在调动全脑，既不愚蠢也不简单，而且没法像开关一样被关掉，所以种种一眼之内形成的社会偏见极难克服，它需要有意识的努力。

"系统2"则负责复杂、较专注的思考和自我批评。它经过工作，可能推翻或者批准"系统1"的认知。但它很懒，而且任何学习、记忆和思考过程都要消耗大量葡萄糖，所以它非必要不活跃——进化过程中，生物体都尽量节省能量，能偷懒就偷懒，即便在需求很多的人类这里，也是只有"不得不"才努力思索。

人类大脑的不理性（也就是被"系统1"主导的），是卡尼曼研究的主要课题，贯穿他的几本书。除了《思考，快与慢》，后来的《噪音》（*Noise*）一书，更是关于误判、误信、错觉的分析，包括专家的认知陷阱。仅就音乐而言，大家都知道，音乐大师对同行的反应，也未必都出于理性，不然国际音乐比赛就不会有那么多争议了。专业经验让他们的"系统1"跟普通人略有不同，但他们也一定有直接的反应，尤其是那种压倒一切、格外自信的感受，所以比赛评委可能会有严重误判，资深教师、教练对年轻人的预测，也可能与现实有天壤之别。

作者举出一些"系统1"的特性，除了"只关注已存在的证据，忽略可能未知的证据"这种网络争论中极常见的现象之外，其中有几点特别有趣：

·夸大一致性（光环效应）

· 为联想记忆中出现的几个想法创造出一个完整叙事

第一点往往表现在：某方面有趣（颜值高或者有故事）的人，往往显得其他方面也很好。即便在相对客观的古典音乐界，著名音乐家来演奏，观众会更聚精会神，吸收到更多东西；作曲家、演奏者的人生故事会参与音乐叙事，影响听者对音乐的判断。而对第二点，网络词汇中有的是"脑补"这类说法，所以相信读者都能举出自己的例子。两者其实相关，都出于人的"讲故事"愿望：想把已知的较少事实，串出一个自己愿意相信的圆满故事。

人脑的这些毛病闹出的笑话自古有之。比如普鲁斯特的《追寻逝去的时光》中，就有当时著名的德雷福斯冤案对朋友圈的分裂一事（这个官司长达十余年，原本简单的事件在历史中越卷越复杂，越来越难澄清）。种种传播极广、已经深深嵌入大量人群和叙事的谣言，原来根本不新鲜，类似的上下文和条件，在历史上复现过无数次，只是历史上的反转和辟谣较慢而已。但在本书之上，我想斗胆补充一点，不理性、误信和误判是双刃剑，人的艺术感受，快感、美感等，多多少少来自此处，甚至可以说，这种人脑能力的局限，包括懒惰、轻信、情绪化、短期记忆对当下判断的操纵，就是艺术的一部分基础。我觉得普鲁斯特就是个"脑补大师"，他也是把社交之中的"系统1"观测透彻，并把"系统1"和"系统2"的互相转化玩到极致的大师。在他那里，音乐、绘画、表演、教堂、火车站这些情景的渗透，就是巨著灵魂的一部分。普通人"系统1"的快闪般运作，在他这里变形、放大，凝固成一座座雕塑。

不管普鲁斯特笔下的富人们如何附庸风雅，这些情景至少说明了一个事实："系统1"深刻参与社交，帮助人们创建一个个音乐会共同体、画展共同体。对艺术而言，这样的无形社区是生存之本——但凡走向衰落的艺术，首先是这个共同体受到威胁，如果放在古典音乐上可能就是，大家很难凑在一起玩室内乐了（更有甚者，操习古典音乐深深影响了人正常社交的机会）。当然，经典艺术在历史上被人反复研究分析，多少会中和社交或者个体直观经验的影响，因为即便反复观看，可能会给个体注入新的幻觉和记忆，艺术体验仍然和记忆、和人捆绑在一起。

普鲁斯特放纵和放大自己的"系统1"，从来不脸红，各种瞬间印象被他理直气壮地定格成连篇累牍的陈述，一件衣服、一个握手的姿势都会被分析透彻，"系统1"早已在"系统2"这里获得合理化。他也会着迷一些人的姓名，动辄展开两页，某人名字的发音和颜色的联系，又可以写好几页。这一点，我们也都实践过——语言可以不精确，也可以充满联想和发散。章回小说、民间传说，换一个上下文就是"网络谣言"。诗歌呢，语词的外延都由联想而生，而它刚刚生发的时候，并没有足够逻辑的佐证，只有妄人才能接受它。然而在语言中，哪怕跟科学相近的词语，都充满隐喻和意义的跃迁，从"对酒当歌，人生几何"到几何学中的"几何"，这个跳跃体现人脑之"错"，但也是些微奇迹；从作为"物质运动转换的量度"的绝对数值"能量"，到特指个人主观能动性的"精神能量"，是误读也是生活体验下的替换和拉伸。语词被近似地替换几次，可能面目皆非，也可能更抽象、更丰富。

三

在科学读物中阅读人脑胚胎的发育过程和人脑的结构，对此我会窃笑不已：人脑这个设计啊，太搞了！全无章法和效率，就像一款糟糕过时的老软件，全靠凑合，有问题现想办法。它能把有用的东西都塞入这个有限的空间，已经很棒，此外还能运转，就更了不起。所以，人脑无论从物理形态还是运行的功能来说，绝对不是来自上帝或者一个天才的精准设计，而是在漫长的进化中挣扎出来的一款烂软件，但，也没有更好的办法——确切地说，或可优化个体，而作为共同体的人类拥有漫长的历史和深厚的文化，惯性极强。你改得了自己，改得了别人吗？就连电脑软件，也依赖于整个工业的环境呢。

那么上面说了，因为"系统2"的特性：专注、深度思考、自我克制，它对人脑消耗较大，故经常缺席，所以人会陷入海量的误判之中。如果你的目的是做出投资决策、投票给候选人、计算较复杂问题，绝不能让"系统1"来主导，但人脑对熟悉事物的亲近和喜爱，不仅是生物演化的结果，也是进步和变化的基础。作者有一章专门谈认知上的放松（cognitive ease），举出几种在人类生活中某对象可以称为"熟悉"的情况（如下图）。作者也说过，好心情、创造力、容易轻信和"系统1"的主导性，往往同时出现——也就是说，有的人容易轻信，但也可能表现为直觉强、有创造力、精神愉快（所谓一时兴起）。这种放松可以是轻信的原因，也可以是轻信的结果。

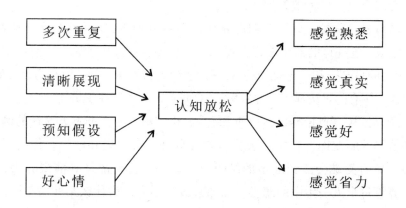

之后作者又谈到一些错觉："自以为"记得，"自以为了解"。我恍然大悟，怪不得我们即使没读过莎士比亚，也理直气壮地说他已过气；贝多芬同理，在没听过或者只熟悉几秒钟的旋律的情况下仍然感觉他"过时了"。这时如果你调动"系统2"认真辨析，可能会告诉自己"这些作品对自己都是新鲜的"，但"系统1"糊里糊涂又不可抗拒地告诉你：太熟，土得掉渣。又比如，近年来我一场完整的篮球赛都没看，只见过网上几个镜头一闪而过，但认为自己"知道篮球怎么回事"，甚至觉得自己"看腻了"。缤纷万物难以取舍，我们靠着"系统1"的哄骗过完一生，只有少数自以为值得的事情，才肯投资较多的葡萄糖，去格物致知。

四

"系统1"还有个特点：对巅峰和结束印象最深。

作者在"生命的故事"一章中也说到，看了很多次歌剧《茶花女》，每次仍然觉得最后十分钟对女主角至关重要。为什么？她之前的生命不重要吗？但在我们观众眼里，患绝症的人多活一年或者少活一年没那么要紧，偏偏那几分钟最要紧，因为这几分钟就造成一个不同的人生，我们也会读到一个不同的故事。这些判断都建立在我们的"系统1"的需求之上：

靠巨大的、短时间内的对比来完成体验。我看歌剧不算多，印象的确如此：主人公的人生往往在草草的叙述中度过，比背景还模糊，只有几个戏剧场景中，咏叹调没完没了。大约歌剧的形式，加上大明星炫技的需求，必须无限夸大可以大唱特唱的段落。

故事要有高潮，要有记得住的结尾，这在任何跟叙事有关的艺术中都是老生常谈，连纯粹的器乐曲也会模拟这个叙述弧线。作者说，人有两部分，"经历中的自己"和"记忆中的自己"。我想大胆延伸一下：所有的经历都来自讲述，所有的想法都是一种叙事，"自我意识"就存在于讲述之中。

所以，从《奥德赛》到《西游记》，再到情节剧，都不乏这样的例子。互相拉黑的朋友圈，在主人公去世前几分钟，会出现和解吗？伤痕累累、众叛亲离的英雄会活到战争的结束吗？这些事件，都是导演最着力的地方。算算每个人一生中的悲喜，加加减减算不完，为什么某些时刻更为重要？为什么运动员在领奖台上喜极而泣的瞬间，能顺利地说服自己过去十年的痛苦很值得？在这一点上，艺术和人生互相模仿。人们津津乐道名人离婚，但忘记人家已经在一起度过几十年，婚姻已经比离婚后的人生还长；也有人年轻时快活半生，但在故事中成为"老来潦倒"的主人公，好像生命接近终点的地方才是人生的定义，甚至不仅旁观者，当事人很可能也这样总结自己，历史的书写也是如此，和平、少变化的长时期获得的笔墨往往少于剧烈变化的短时期，因为我们的记忆容易忽略时长，但容易记忆结尾和巅峰——虽然也有"××在于过程"这种说法，但过程一旦化为叙事，往往由"事件"串联。所以，度假村都是按给人创造新奇巅峰体验、储存有趣记忆来设计的。作者说，很多人都相信，如果自己将来失去记忆，现在的度假就毫无意义——同理，假设自己会失忆，当下的痛苦也不再那么痛。

五

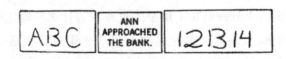

关于错觉，作者举了上图的例子：虽然左右两个框中的 B 都有一定的

模糊性，也可看成13，但左框绝大多数人都读成 B，右框绝大多数人读成121314，虽然两个 B 完全相同。我读到这里吃了一惊，我的天，多少艺术手段都建立在用上下文来玩弄意识和记忆的"错误"（fallacy）之上啊！

话说我自己弹琴，老师会说这个句子这样呼吸，因为之前类似的段落就是这样的，要保持一致，也有时候因为某些缘故，要故意做出改变，跟前面形成对比。这些音乐处理的前提，都是我们有共同的记忆、想象和幻觉。音乐形式中的曲式、配器、和声规律，无不如此，有时甚至能跨文化。

是不是可以这样看，设计音乐处理的演奏家、指挥家往往是出于"系统 2"的考虑，但听音乐的人，往往处于"系统 1"状态，负责"被打动"。

就拿"对比"这个手段来说，它几乎存在于所有跟时序相关的艺术中（甚至包括空间顺序）。典型的是音乐。假如需要加强两小节，演奏者往往故意把倒数第三小节做得弱一些，以求效果更佳。即便在强音较多的长段落，演奏家一定找机会偷偷弱一下。而强弱，还不一定真用声音的物理性强弱来体现，它可以用微微休止、断开来造成强调感。这里的假设是：听者的短期记忆能够持续至少三四小节，并能不需努力地辨识出来；听者的短期记忆没有持续全曲。这个假设针对的是演奏家想象中的"公众"，调动"系统 1"恰好能达到效果。而如果听者是古尔德那样的记忆天才或者是熟读乐谱的人，有些小手段可能没那么有效（所以我们对熟悉的作品，有时候不喜欢太廉价的处理，这被称为庸俗）；当然可以这样说，如果我非常熟悉一段音乐，到了经过"系统 2"的思考的状态，那么它已经改写了我的"系统 1"，所以我的下意识和熟悉之前已经不同。

而如果听者完全没有音乐经验，或者对这个作品整个"蒙圈"，根本没听出这一强弱对比在上下文中的作用，手段同样无效。

这些基本的手段貌似简单，依靠的正是人的下意识和习惯认知，若听众无此误读或者错觉，或者说没有这样一个"系统 1"的共同体，艺术就会成为无源之水。当然，人群的误读并不那么均一，所以艺术家也并不总能获得自己想要的效果。

六

作者卡尼曼是一位心理学家，却获得了诺贝尔经济奖。经济、金融、政治决策，大约是直接和人脑的错觉有关，也直接和群体行为有关；但我期待有人会条分缕析地，从艺术语言和心理学、神经科学的互动，来写新的接受史。著名艺术史家贡布里希的《艺术与错觉》就是一个极好的例子，而他的另一本《规范和形式》依我看也和错觉相关——规范一词看上去死板，实则掩藏了大量"系统1"的机密，这是我的大胆猜测，并且我以为，音乐的种种传统法则中，曲式最能体现记忆和声响的互动，故音乐史家完全可以写这样一本音乐中的《规范和形式》，去解读节奏、音色、曲式之间互动的心理和生理基础。

总之不管哪类艺术，只要它的复杂度足够进入历史和叙事，一定充斥着这两种系统的缠斗与合作，哪怕在个体上合作得并不顺畅。但终归，有了"系统1"，我们有直接的反应，能承接和享受快乐，而且因为它的不可抗拒，追求快乐永远是人类社会的驱动力之一；"系统2"让我们去设计和创造快乐，去经历较长的努力，所以我们有了复杂不和谐音乐、不自然的色彩、晦涩的叙事。人追求快乐，但快乐在复杂文明中呈现出多样性，它可以分为"快的快乐"和"慢的快乐"，"快乐到底的快乐"和"混合不快乐的快乐"。就拿音乐演奏来说，虽然音乐家尽量引诱、满足听者的"系统1"，但可能也不放过你我的"系统2"，音乐家甚至期待这样一场智性的对话。比如赋格曲这个东西，主题遍布全曲，它的严密形式和微妙变化超越了一般的短期记忆范围，听者的"系统1"往往抓不住它，对多个声部更不能一下子做出准确反应。又如巴赫的《哥德堡变奏曲》，所谓变奏，其实极难辨识，种种手法都得仔细阅读才能看清。在规模较大或者结构细致的作品中，音乐家不肯迁就听者，而是努力追逐自己想要的东西，那些必须经过"系统2"、消耗大量葡糖才能发现的东西。结果可能是音乐不易听，不好卖，但这样的音乐还就存在了，经久不衰，类似的文化产品数不胜数——开个玩笑：人类既能耕作，世上的葡萄糖存量就会不断增加，可供无数大脑制造艰难的精神产品去燃烧。

而作家之心对"系统1"和"系统2"的贪婪征用，更是满坑满谷。

最近的英国《卫报》上，澳洲作家米勒（Patti Miller）评论《追寻逝去的时光》，我读得真是醍醐灌顶——她说对普鲁斯特这段特别有感（这是著名的小玛德莱蛋糕出现之后）："……这很像日本人玩的一个游戏，他们把一些折好的小纸片，浸在盛满清水的瓷碗里，这些形状差不多的小纸片，在往下沉的当口，纷纷伸展开来，显出轮廓，展示色彩，变幻不定，或为花，或为房屋，或为人物，而神态各异，惟妙惟肖。现在也是这样，我们的花园和斯万先生的苗圃里的所有花卉，还有维沃纳河里的睡莲，乡间本分的村民和他们的小屋，教堂，整个贡布雷和它周围的景色，一切的一切，形态缤纷，具体而微，大街小巷和花园，全都从我的茶杯里浮现出来。"米勒接着说："每次我读到这句，都会瞬间感到那种创造力一下子弹跃出来，种子突然迸裂、胚胎中的心脏开始了第一跳的力量，那种不可抗拒的谦卑和新事物的恐怖感都轰然现形。"

普鲁斯特这样的句子实在俯拾皆是，不过它的确是个不错的例子，充满"系统 1"和"系统 2"的美妙追逐，米勒捕捉住这一点，让我颇为共鸣。而我认为，"这些形状差不多的小纸片，在往下沉的当口，纷纷伸展开来，显出轮廓"这一句，就来自快闪的妄念和穿越，也正是"系统 1"的灵光乍现。所以米勒的标题我非常认同："天啊，充满巨大弱点和可怕缺陷的人类，怎么居然能创造？"

参考文献

https：//www. theguardian. com/books/2022/nov/12/reading – proust – aloud–how–can–it–be–that–deeply–flawed–and–terrible–humans–have–the–capacity–to–create.

Thinking，Fast and Slow，by Daniel Kahneman，Penguin Books，2011.

Noise：*A Flaw in Human Judgment*，by Cass R. Sunstein，Daniel Kahneman，and Olivier Sibony，Harper Collins，2021.

［法］马塞尔·普鲁斯特著.《追寻逝去的时光》，周克希译. 华东师范大学出版社，2019。

（选自《书城》2023 年 1 月号）

靖蓉的一餐饭

林　遥

一

　　我记得第一次读《射雕英雄传》时，正当冬日，家乡延庆，旧属察哈尔，后隶张家口，划归北京市才六十余年。长城以北，塞外风雪，凛冽苦寒，北京城内已通暖气，我家旧屋，不过一蜂窝煤炉子而已。我读到靖蓉初遇在张家口，地缘相近，顿觉亲切。追读至郭靖要请小叫花黄蓉吃饭，黄蓉点菜，如数家珍，大摆其谱，我直接看蒙，转头看屋外雪色浓烈，这次第竟有几分温暖。书里的黄蓉为教训以貌取人的店小二，开口就说："别忙吃肉，咱们先吃果子。喂，伙计，先来四干果、四鲜果，两咸酸、四蜜饯。"能说出这样内行话的人，当然是吃过见过的主儿，但店小二仍不服气，问："大爷要些什么果子蜜饯？"黄蓉则说："这种穷地方小酒店，好东西谅你也弄不出来，就这样吧，干果四样是荔枝、桂圆、蒸枣、银杏。鲜果你拣时新的。咸酸要砌香樱桃和姜丝梅儿，不知这儿买不买得到？蜜饯么？就是玫瑰金橘、香药葡萄、糖霜桃条、梨肉好郎君。"

　　黄蓉紧接着要了"八个马马虎虎的酒菜"："花炊鹌子、炒鸭掌、鸡舌羹、鹿肚酿江瑶、鸳鸯煎牛筋、菊花兔丝、爆獐腿，姜醋金银蹄子。"又配了十二样下饭的菜，八样点心，摆满了两张拼起来的桌子。

　　这段文字最早发表在《香港商报》，是《射雕英雄传》连载的第一百四十天，时间是 1957 年 5 月 22 日，那天是星期三，干果中写的是"圆眼"，八道菜中，写的是"葱花兔丝"。这个我查了当天连载的报纸，确认无误。报纸连载同时，由金庸授权香港三育图书文具公司结集出版，每册五回，一共出了十六册。结集的第三册书中，"葱花兔丝"已经改成了"菊花兔丝"，不知当初报纸上是排字的错误，还是金庸自己修改过了。十六年后，金庸修订《射雕英雄传》，同时在《明报晚报》连载，字句之间有些出入，"圆眼"改成了"桂圆"，其他菜品名称直到世纪新修版再也没有变。

一年前的这个月，金庸和《大公报》的新闻记者朱玫举行婚礼，地点在香港美丽华酒店，彼时，金庸在《新晚报》（《大公报》旗下报纸）当编辑，写随笔和影评。编辑工资不多，他业余给长城电影制片有限公司当编剧。爱情和事业，肉眼可见般茁壮成长。

1957年的4月11日，金庸写下靖蓉相遇这段文字前的一个月，他以本名查良镛编剧的电影《绝代佳人》，在中国文化部1949至1955年优秀影片授奖大会上获得优秀影片荣誉奖，他自己获得编剧金奖章。这个月，他在《长城画报》第七十五期发表电影《小鸽子姑娘》的插曲《泥土是宝贝》的歌词，署名林欢。《小鸽子姑娘》也是他编剧的电影。此时他与大公报社的管理方式已经产生了分歧，但恐怕也不会想到，第三年他将辞去编辑职务，进入长城电影制片有限公司当一名专职编剧，而《射雕英雄传》完稿之日，他会离开"长城"，自己去创办一份前途未卜的报纸《明报》。

1957年的5月，金庸已经渡过了去年人们对《碧血剑》"江郎才尽"的批评期，大家对《射雕英雄传》颇为看好。郭靖也终于要从蒙古回到中原，书中的女主角现身，一亮相就是点了一桌子菜。那么黄蓉所点菜品究竟都是什么？有的从菜名上约略可以推断出食材原料，但是具体做法，绝大部分不复见于今日。也是这个月，金庸和百剑堂主、梁羽生合著的《三剑楼随笔》单行本由香港文宗出版社刊行，金庸对于翻阅掌故随笔愈发熟稔，当黄蓉脱口而出这些菜品时，想必早已经做足了功夫。

少年时沉迷于精彩的故事情节，虽然当时想过，以金庸喜欢"引经据典"的行文方式，这些菜断不会来历不明，不过此念头在脑海中一闪而过，也没再纠结。

后来学业无寸进，颇读杂书，在南宋周密所撰的《武林旧事》中，看到"卷九"的一则史料"高宗幸张府节次略"，记述宋高宗赵构去清河郡王张俊家吃饭，附有一份菜单，对比之下，略有恍然大悟之感：原来黄蓉的模仿对象是张俊啊！

"武林"这个词，当然非武侠小说中的武林，乃是杭州旧称，南宋时的都城临安，因西湖周围群山名"武林"，故此而得名。

张俊是凤翔府成纪（今甘肃天水）人，原是弓箭手出身，后来在赵构即位时立过功，与岳飞、韩世忠、刘光世并称南宋"中兴四将"，但其为人贪婪好财，"桧知张俊贪，可以利动，乃许以罢诸将兵，专以付俊，俾赞其议。俊果利其言，背同列而自归于桧，桧深感之。至是，得俊语，复投其所甚欲"。秦桧答应张俊，将岳飞的兵权交给他，于是在秦桧授意下，张俊收买岳飞部将，炮制伪证，出首状告岳飞，促成岳飞的冤狱。张俊的行为为人所不齿，明朝万历年间重铸岳飞墓前跪像时，就将张俊铸像列入其中。"中兴四将"和铁铸奸佞中都有他，历史之吊诡，无耻者的嘴脸与施政者的权柄，总是刷新着人们的认知。

南宋绍兴十二年（1142），张俊迎合宋高宗赵构和秦桧与金国和谈，主动交出兵权，罢枢密使，进清河郡王，开始了退休敛财的生活。十年之间，张俊疯狂兼并土地，名下田产达到了惊人的一百余万亩，这还不包括张俊占有的大量园林、住宅。张俊每年收租，光大米就有一百万石，相当于南宋最富庶的绍兴府全年财政收入的两倍，房租达七万三千贯钱。《夷坚志》里记载，张俊家里银子太多，为了防盗，他将银子堆积在一起，铸成千两一个的大银球，取名"没奈何"，意思是小偷来了也没办法。

绍兴二十一年（1151）十月，宋高宗来到张俊家吃了一顿饭，张俊之豪奢，从《武林旧事》中开列的单子上可见一斑。

宋高宗此行当然不是独自前往，还带有秦桧等朝中的大臣和宫中侍卫，怎么看都有点"吃大户"的意思。在这次家宴上，张俊给皇帝上了各种点心正菜就有一百八十八道，秦桧等大臣侍卫的菜品大概一百一十道，按照等级不同，各有安排。除了吃喝，走的时候还有"伴手礼"，张俊进献了金器一千两、珠子六万九千多颗、玛瑙碗二十件，还有各种精细玉器四十多件，绫罗绸缎一千匹以及一大批名贵的古玩字画。郭靖请黄蓉吃罢饭后，先予貂裘，再赠宝马，倒是颇符合宋代宴席规矩。

二

张俊的家宴在正餐开始前，就先上几轮"开胃菜"，这些相当于摆放在客人面前的小零食。第一轮先来"绣花高饤一行八果罍"："香圆、真柑、石榴、枨子、鹅梨、乳梨、榠楂、花木瓜。""饤"是贮食、盛放之意，一般仅作为陈设，所以这八道属于"看果"，意思是看的，不能直接食用。此处的香圆，估计就是香橼，干制后的果实，是一味中药。这有点像现在摆放在大餐桌上的鲜花。第二轮是"乐仙干果子叉袋儿一行"，这就是干果了。黄蓉点的四样干果荔枝、龙眼、蒸枣、银杏出现，除了这四样，还有八样：香莲、椰子、榛子、松子、梨肉、枣圈、莲子肉、林檎旋。

第三轮是"缕金香药一行"："脑子花儿、甘草花儿、朱砂圆子、木香、丁香、水龙脑、史君子、缩砂花儿、官桂花儿、白术人参、橄榄花儿。"这些也不是吃的，而是能散发香味的香料，用来清新空气，大致属于现在的空气清新剂。第四轮是"雕花蜜煎一行"："雕花梅球儿、红消花、雕花笋、蜜冬瓜鱼儿、雕花红团花、木瓜大段儿、雕花金橘、青梅荷叶儿、雕花姜、蜜笋花儿、雕花枨子、木瓜方花儿。"这部分相当于今天的食材雕刻，只不过是蜜饯雕刻，增加宴席的视觉艺术。

这些只看不吃的菜，黄蓉估计郭靖这种来自蒙古的汉子理解不了，而且她也不认为这家店里有这样的香料和雕工，也就此省略掉了。

第五轮是"砌香咸酸一行"：黄蓉点的砌香樱桃和姜丝梅有了，剩下有十样："香药木瓜、椒梅、香药藤花、紫苏奈香、砌香葡萄、砌香萱花柳儿、甘草花儿、梅肉饼儿、水红姜、杂丝梅饼儿。"从名字上来看，砌香咸酸除了添加香药，应该是咸的，可能是盐渍，因为上一轮是蜜饯，这一轮要在味觉上化解前一类的甜腻。

第六轮是"脯腊一行"，亦即干制肉品，包括十味："肉线条子、皂角铤子、云梦犯儿、虾腊、肉腊、嫲房、旋鲊、金山咸豉、酒醋肉、肉瓜齑"。皂角铤子，其实就是长条肉干；云梦犯儿，是晒干之后再蒸的猪肉；"嫲"通"奶"，应该是今天内蒙古的奶渣子；鲊是肉末，肉瓜齑是切碎的肉。总之，这一批全是干肉和奶制品，黄蓉看郭靖来自蒙古，张口就要切一斤牛肉、半斤羊肝，知道摆上桌他也不会感觉新鲜，于是就此略过。

第七轮是"垂手八盘子"："拣蜂儿、番葡萄、香莲事件念珠、巴榄子、大金橘、新椰子、象牙板、小橄榄、榆柑子。"第八轮是"切时果一行"："春藕、鹅梨饼子、甘蔗、乳梨月儿、红柿子、切怅子、切绿橘、生藕铤子。"第九轮是："时新果子一行"："金橘、葳杨梅、新罗葛、切蜜荸、切脆怅、榆柑子、新椰子、切宜母子、藕铤儿、甘蔗奈香、新柑子、梨五花子。"这三部分，主要是鲜果，橙子、橘子、椰子、柿子、橄榄、杨梅、莲藕、巴旦木（巴榄子）等都出现了，而且从南到北，从东到西，从春到冬，从中到外，无所不包，要知道那可是在一千多年前，将这些水果收集起来，该费何等的人力物力，真是匪夷所思。

黄蓉倒是没有难为店小二，只说"拣时新的"，时当隆冬，张家口地处塞上，虽然没有直接点名，但是能找到几个鲜果子已经极为不易了。金庸在这里虽然写的是张家口，但郭靖所处的时代还没有这座城市，要到明代因边务才会设立。金代时，此地属西京路，若说金朝统治时期这一地区有重镇的话，恐怕是张家口以北三百里外的九连城。但甭说再往北，故乡延庆在新中国成立初期，属于张家口地区，我小时的冬天，除了地窖里的"国光"苹果，也就剩下冻海棠，何况一千多年前。金庸在这里不写明，我估计他自己也不知黄蓉该点什么了。

第十轮是"雕花蜜煎"、第十一轮是"砌香咸酸"，与此前一样，照方抓药，重来一遍。第十二轮是"珑缠果子一行"，出现了黄蓉口中的香药葡萄，其他十一种是："荔枝甘露饼、荔枝蓼花、荔枝好郎君、珑缠桃条、酥胡桃、缠枣圈、缠梨肉、香莲事件、缠松子、糖霜玉蜂儿、白缠桃条。"从"珑缠"的名字来看，应为裹缠白糖之类的干、鲜果品。周密的另一本书《浩然斋雅谈》里有说："俗以油饧缀糁作饵，名之曰蓼花，取其形似……"蓼花本是植物，这个是取其形状命名。这种食物我小时候吃过，属于北京稻香村点心"大八件"之一，呈圆柱形，外面裹白糖，里面是蜂窝状的。

这种"珑缠"在《西游记》中也提到过。孙悟空在朱紫国给国王治好了病，国王宴请师徒四人，席中有"斗糖龙缠列狮仙，饼锭拖炉摆凤侣"。"龙缠"就是"珑缠"，清代陈元龙编撰的类书《格致镜原》卷二十三载："缠糖或以茶、芝麻、砂仁、胡桃、杏仁、薄荷各为体缠之。"可见这种食物一直不间断地流传了下来。

黄蓉所点蜜饯类的糖霜桃条，估计就是这部分的珑缠桃条，玫瑰金橘和香药葡萄应是蜜渍之后裹白糖。梨肉好郎君这个名字是金庸杜撰，自荔枝好郎君变化而来，大概因为黄蓉在四干果时已经点过荔枝，是以变成了梨肉好郎君。

不过这样一改，完全是金庸想当然耳。北宋蔡襄的《荔枝谱》中记载，福建地区用红盐法、白晒法和蜜煎法保存荔枝，"荔枝好郎君"大概率是蜜渍的荔枝。梨子因为含水量多，酸度低，很少选为蜜饯原料，这一行业技术金庸可能不知道。

三

走笔至此，正餐前的"开胃菜"终于结束，宴席开始上正菜。分为下酒十五盏：第一盏，花炊鹌子、荔枝白腰子；第二盏，娴房签、三脆羹；第三盏，羊舌签、萌芽肚胘；第四盏，肫掌签、鹌子羹；第五盏，肚胘脍、鸳鸯煤肚；第六盏，沙鱼脍、炒沙鱼衬汤；第七盏，鳝鱼炒鲎、鹅肫掌汤齑；第八盏，螃蟹酿枨、娴房玉蕊羹；第九盏，鲜蹄子脍、南炒鳝；第十盏，洗手蟹、鯚鱼假蛤蜊；第十一盏，五珍脍、螃蟹清羹；第十二盏，鹌子水晶脍、猪肚假江瑶；第十三盏，虾枨脍、虾鱼汤齑；第十四盏，水母脍、二色茧儿羹；第十五盏，蛤蜊生、血粉羹。

黄蓉所点的下酒菜，第一道也是花炊鹌子，与张俊家宴的正菜相同。宋代人似乎很喜欢吃鹌鹑，《东京梦华录》中有"新法鹌子羹"，南宋吴自牧的《梦粱录》有"山药鹌子""笋焙鹌子""蜜炙鹌子""鹌子羹"等多种鹌鹑的做法。

黄蓉点的其他七道菜：炒鸭掌、鸡舌羹、鹿肚酿江瑶、鸳鸯煎牛筋、菊花兔丝、爆獐腿、姜醋金银蹄子，虽然没有出现在上面的菜单里，但很多制作方法，原材料和名目极为相似，比如"炒""羹""鸳鸯""酿""肚"等。

野史上说宋真宗时的宰相吕蒙正每天早晨要吃鸡舌羹，每日靡费数百只鸡，黄蓉点的鸡舌羹应是出自这里。

《东京梦华录》中记载当时兔肉的做法：盘兔、炒兔、葱泼兔。其中没有兔丝，不过宋代林洪的《山家清供》中有一则兔肉吃法："遇雪天，得一兔，无庖人可制。师云：'山间只用薄批、酒、酱、椒料沃之。以风炉安座上，用水少半铫，候汤响，一杯后，各分以箸，令自夹入汤摆熟，啖之，乃随意，各以汁供。'"这道菜名为"拨霞供"，做法就是将兔肉切成薄片，用酒、酱、椒料腌制以后涮锅子。黄蓉所点之菊花兔丝应与此相类，兔丝汆烫，形似菊花。

《山家清供》也记载了炙獐，将獐子肉切成大块，用盐和调料腌制后，用羊油包裹，猛火烤熟，弃羊油，食獐肉。黄蓉所谓爆獐腿，应该是这样的做法。今天厨艺中的"爆"，指的是旺火少油、快速翻炒，不过前提是你要先有一口冷锻技术成熟的薄铁锅，但这种先进的冶铁技术，当时算是军工，一般地方还真没铁锅，只有高端酒楼才可能拥有，平民家没有吃炒菜的。黄蓉点炒鸭掌，考验的不是食材和厨师手艺，反而像是酒楼的档次。

姜醋金银蹄子，姜醋是做法，金银蹄子应是火腿和新鲜肘子同烹。蹄指蹄髈，北方叫肘子。昔日名噪一时的南海十三郎，本名江誉镠，虽为粤剧编曲名家，出身却是广州世家子弟，其父江孔殷是著名美食家，侄女江献珠后来也成为美食家，她记录江家菜谱时，有一道金银肘子，主料就是火腿和肘子，颇费工夫，先煮再冲冷，再煮后去骨，将火腿酿于肘子中，叠成双层上桌。

下酒十五盏里还出现了很多"签"，这个有点费解，因这个菜品名字广泛出现在两宋的笔记中，在此后元明的记载中难以寻觅。"签"应是一种做法，但究竟怎么做，却是众说纷纭。现在较多的一种说法认为，既然叫"签"，就和竹子有关，大概是一种竹帘。竹帘能做什么呢？那就是食物切碎卷起。大宋皇帝日常饮食记录《玉食批》中说："以蝤蛑为签、为馄饨、为橙瓮，止取两螯。余悉弃之地，谓非贵人食。"蝤蛑就是梭子蟹，取两螯的肉可以做"签"，可想其碎。

从这里引申开去想，今天中国饮食中的豆腐皮、蛋皮、网油等，依旧还在承担这种将食物卷起，然后或炸、或蒸的工艺。我在河北昌黎吃过一道菜，名字就叫炸签子，点菜时以为是类似牙签肉的熟食，上菜后发现，做法就是将肉剁碎揉成团，然后裹上绿豆面炸制。

下酒的十五盏三十道菜上完，还没到结束的时候，接下来还有插食七种：炒白腰子、炙肚胘、炙鹌子脯、润鸡、润兔、炙炊饼、炊饼窗骨；劝酒果子库十番：砌香果子、雕花蜜煎、时新果子、独装巴揽子、咸酸蜜煎、装大金橘小橄榄、独装新椰子、四时果四色、对装拣松番葡萄、对装春藕陈公梨。另有所谓厨劝酒十味，即江鳐煠肚、江鳐生、螬蚌签、姜醋生螺、香螺煠肚、姜醋假公权、煨牡蛎、牡蛎煠肚、假公权煠肚、蟑蚷煠肚。与插食一样，这些不计入正式下酒的十五盏。

插食在《东京梦华录》中提到过，是说在食物上插上鲜花、小旗子等作装饰，使得食物好看，这里的插食应该是宋代宴席上的"插食盘架"，这是一种竹编的架子，形似假山，可以盛放餐具，让宴席更加立体，形成视觉上的层次感。

这些菜品上罢，还有细垒四卓（桌），又次细垒二卓（桌）：内有蜜煎、咸酸、时新、脯腊等件；对食十盏二十分：莲花鸭签、茧儿羹、三珍脍、南炒鳝、水母脍、鹌子羹、鲟鱼脍、三脆羹、洗手蟹、胘肚煠。

书说至此，张俊为宋高宗安排的这场"豪门盛宴"，终于全部上齐。宋高宗的随行人员，按照官位等级，每人各不相同，这里就不再详细列举了。

下酒、插食、厨劝酒里面的一些菜，黄蓉在张家口没有点过，但是她师父"北丐"洪七公却吃到了。在《射雕英雄传》第三十三回"来日大难"中，靖蓉二人与洪七公别后重逢，洪七公在老顽童周伯通的保护下，流连南宋皇宫数月，除了"连吃了四次鸳鸯五珍脍，算是过足了瘾"，又吃了"荔枝白腰子、鹌子羹、羊舌签、姜醋香螺、牡蛎酿羊肚……"据此看来，张俊府上的厨师与皇宫御厨擅长的菜品还是很相似的。

在这儿又不得不提一下"鸳鸯五珍脍"，因为这道菜在《射雕英雄传》中，让洪七公一直惦记。小说里说这道菜出自南宋皇宫御厨，张俊家宴正菜中也有"五珍脍"，只不过没有"鸳鸯"。这道菜因为"厨房里的家生、炭火、碗盏都是成套特制的，只要一件不合，味道就不免差了点儿"，别地儿还吃不到。洪七公身受重伤，念念不忘的就是再吃一顿"鸳鸯五珍脍"。

鸳鸯是指使用两种主料，抑或同一主料采用两种做法，颇似今天吃鱼头，一半剁椒，一半泡椒。"脍"字现在用得很少了，我们常设"脍炙人口"，"脍"和"炙"本意就是两种烹饪方法。"脍"为切得极薄的生肉片，"炙"则是将肉用火烧，现在我们基本都称其为"烤"，但是"烤"这个汉字出现得极晚，据说乃是齐白石自创出来的字。古书里提到烤肉，只称为炙。

"脍"的吃法，主要是鱼生。西晋的季鹰先生张翰见秋风起，"因思吴中莼菜羹、鲈鱼脍"，想念的就是一盘生鱼片。北宋汴梁有金明池，每年三月三都要举办一项重要活动，称为"临水斫脍"。人们在池边举行垂钓比赛，钓上的鱼，游人要花比市面高出一倍的价钱买下，现场切片煎吃。苏东坡笔下的诗句"运肘风生看斫脍，随刀雪落惊飞缕"，描绘的便是这样的场景。

前面说的张俊宴席正菜的第十三盏有虾枨脍，枨就是"橙"，虾肉片得极薄，挤上橙汁，这不就是今天的龙虾刺身吗？

按中国人今日的理解，吃鱼生肉生的习惯，仿佛是来自日式料理，其实不然。不只是日本，东南亚国家有很多这样的菜品，除了鱼虾蟹，泰国至今还会将新杀的野味切丝，拌上各种调料直接吃，是以我认为的"鸳鸯五珍脍"应是以两般不同蔬菜垫底，上面叠放五种不同的薄肉片，佐以料汁，算是一道生鲜。

为了写这篇文章，我还将《射雕英雄传》的几个电视剧版本找来看了，无一例外，剧组道具安排的都是五颜六色、腾着热气的一盆汤菜，"鸳鸯五珍脍"成了"鸳鸯五珍烩"，成了乱炖，可惜汤菜在宋代不叫"烩"，而是"羹"。

黄蓉在店里"马马虎虎"点了八个酒菜，着实吓坏了店小二，至于十二道下饭的菜和八样点心，店小二不敢再问，生怕问了自家做不出来，只管拣最好的安排。他不问，金庸也没写，不过通过张俊家宴的菜单子，大概也能想象得出。

四

写到这儿，不知大家是否觉得熟悉，这种上菜的次序和仪式与传统相声《报菜名》如出一辙。相声里说，正菜之前，先上"四干、四鲜、四蜜饯、四冷荤、三甜碗、四点心"。四干是黑瓜子、白瓜子、花生蘸、甜杏仁儿；四鲜是北山苹果、深州蜜桃、桂林马蹄、广东荔枝；四蜜饯是青梅橘饼、桂花八珍、冰糖山楂、圆肉瓜条；四冷荤是全羊肝儿、熘蟹腿儿、白斩鸡、烧排骨；三甜碗是莲子粥、杏仁茶、糖蒸八宝饭；四点心是芙蓉糕、喇嘛糕、油炸烩子、炸元宵，接下去才是正菜蒸关羔、蒸熊掌、蒸鹿尾儿、烧花鸭、烧雏鸡……

这段相声《报菜名》也叫《菜单子》，是 20 世纪 20 年代京津相声名家李德锡（艺名万人迷）创作，罗列了二百多道菜，到 30 年代，经过很多相声演员不断增添删减，加工整理，逐渐形成今天大家所熟识的文本，在表演的过程中，也被称"满汉全席"。实际上这些菜和"满汉全席"并无关系，但是从中可以窥见当时民间对于宴席菜品安排的认知。

民国时期，北京有位"市长名厨"周大文，字华章，他家境殷实，年轻时在奉军里当过幕僚，精通无线电，能破译密码。周华章平时票京剧，喜古玩，擅长烹饪，和张学良是拜把子兄弟，1931 年到 1933 年，当过两年北平市长。因为喜欢烹饪，他广泛结交宫廷和民间名厨，后来下海当了主厨，中餐西餐都做。他的一个女儿，就是后来的京剧名家刘长瑜，她以饰演《红灯记》中的李铁梅一角为人熟知。

周华章写了一本《烹调与健康》的书，其中有他对当年北京老厨师的访问。据老厨师说，北京老年间宴席的排场因循古礼，每桌席最初只一人，后来坐三人，逐渐增为五人，最多的也没超过六人。周华章记载了他了解的清代最丰盛的满汉燕翅烧烤全席，这种宴席是民间宴席的最高规格，总计有六大件、六小件、四押桌、两道点心、二十四个碟子，包括四干、四鲜、四蜜饯、八冷荤、四热炒。此外，还有一道进门点心、两道茶。进门点心有甜有咸，一干一稀。甜干点心有酥合子、山药饼，稀的有糖莲子、冰糖百合、杏仁茶；咸干点心有烧麦、蒸饺，稀的有汤面、馄饨等。每样份量极小，有专用的碟、碗、匙，比席间的用具要小。两道茶，一道是甜的，多用桂圆、红枣、莲子；另一道是普通茶叶，夏季用绿茶，冬季用花茶或红茶。入座前，每人面前先摆好匙、箸、食碟、双子和抱怀碟，再摆水果碟在桌子的四个角上；若是台面有鲜花，要摆在靠鲜花的里面，再交叉摆蜜饯和干果，中心摆冷荤。一桌三人，分为主人、主宾、陪客。正菜之前，将这些摆齐，请来宾入席。主人先敬酒，再分敬干果和蜜饯，再敬酒后，开始上热炒。

满汉燕翅烧烤全席分六大件和六小件，鸭翅席、鱼唇席、海参席都是四大件六小件。所谓大件小件有鱼翅、烧烤等菜，做法不同，分大小碗。从清末到民初，宴席逐渐简化，先减去干果碟和蜜饯碟，后又减去鲜果碟，只留四冷荤、四热炒、八个大件或十个大件。不久又减去四热炒，只留四冷荤、八大件或十六大件。

相声所言，乃是根据民众所熟悉的生活素材加以创作，宴席当然上不了那么多菜，但这种宴席规格形式，一直存在于民间。食材品质有高低之别，但相应的仪式一直保留着。我幼时家乡延庆的宴席，称为"八八席"，意为八个大碗炖菜和八个小碗炒菜。四人一桌，最多五人，落座之后，先上茶点（糕点），不许上四盘或六盘，俗话说"四六不成材"，其他数量均可，最多时九盘。上茶时随上茶水，点心可吃可不吃，一般很少吃，有点"看食"的意思。茶点撤下后上"九个压桌碟"，包括"三干、三鲜、三冷荤"皆为凉菜，菜品各异，并无具体要求。如果只有六小碗炒菜，则称为"八六席"，大碗最后一个都上丸子汤，取"完"字谐音，表示菜肴已经上齐。

五

我手头保留着一份民国时期延庆名厨王昆山的菜单子。王昆山是延庆陶庄村人，生于清光绪元年（1875），十六岁到北京城学艺，光绪二十年（1894）艺成回到延庆，在延庆的永宁望族胡家当厨师。

永宁现在属延庆下辖的一个镇，旧有城池，明宣德五年（1430）三月由阳武侯薛禄修筑，正统年间以砖石砌固。永宁往南即为明十三陵，为明代长城防线上的重要军镇，拱卫陵京。胡氏始祖胡维，字之刚，永平府滦州人，明初受命镇抚永宁，二世胡显、三世胡泳，均授武略将军，其后的数百年间繁衍为大族。十二世胡先达，道光二年（1822）进士，历任江苏溧阳、武进知县，后至贵州任松桃同知。胡先达在永宁办了两件大事：一是联络其他人捐银四千五百五十七两，购地创立缙山书院，鼓励乡土教育；二是捐资修建义冢，让殁于此地的外地人能入土为安。胡先达的孙子胡元陔，清末举人，迁居山西右玉，他有个女儿，按胡氏族谱十五世"寿"字排，取名胡寿楣，后改名胡楣，在20世纪30年代成为著名作家，与潘柳黛、张爱玲、苏青并称为"民国四大才女"，笔名关露。

王昆山能入胡家为厨，就在于他深谙传统宴席的规矩和菜品制作，时人对其操持宴席的刀口、色泽、火候等，认为恰到好处，技术全面，所以他也经常被人请去料理延庆地区结婚、丧事、满月、寿诞、暖房等宴席。他留下的菜单写得分明：

九碟茶食：每碟二饽饽（小点心）五个，计二斤二两五钱。

九碟凉碟："三干"核桃仁、花生米、瓜条；"三鲜"橘子、葡萄、大枣；"三荤"卤肝、灌肠、熏肉。

八碗小碗：格炸夹、包肉、喇嘛肉、酥肉、烧干贝、烩珧柱、烧海参丁、烩鱿鱼丝。

八碗大碗：红烧肉、白肘子、红烧鲤鱼、清炖鸡、鱼肚汤、海参汤、海米汤、肉丸子汤。

这种席面虽与北京城里的宴席菜肴数量和质量无法比，但基本上是比照传统宴席场面程序、仪式进行的，先上点心，再上押桌，然后是小碗、大碗，最后是主食。

徐珂的《清稗类钞》饮食类的众多篇目中有类似记载："肴馔以烧烤或蒸菜之盛于大碗者为敬，然通例以鱼翅为多。碗则八大八小，碟则十六或十二。""计酒席食品之丰俭……更以碟碗之多寡别之，曰十六碟八大八小，曰十二碟六大六小，曰八碟四大四小。"

延庆北为张家口，南临北京城，张家口的蔚县至今还流行着八大碗，而京南的房山、大兴及与之毗邻的河北保定一带，当地举办宴席时还流传着传统席面，称为"十二八席""八八席"等，前者指六小碟、六小碗、八大碗，后者指四小碟、四小碗、八大碗。

再往前溯源，清代中叶有一本菜谱大全《调鼎集》，其"进馔款式"及"上、中席"肴馔有具体描述，记载有"十六碟、四热炒（二点一汤）、四大碗（四点一汤）、四烧炸、两暖盘、两暖碗"；"十六碟双拼高装、四小碗、四小盘、五中碗、六点一茶、五中盘"；"十二碟、四热炒、十小碗、一点一汤、五大碗、四大盘、一点一汤"；"新式八碗、一大碗汤、四碟或十碗、不用点；或四大碗、四暖碗、四点、八碟、十小碗、内以热炒四碗配之"；等等。其所用的诸如"燕窝、鱼翅、鲍鱼"等高档食材以及"高足盘、暖碗（中挖空心连底，内装烧酒点燃后保持温度）、攒盘"等组合器皿，明显自高档筵式礼俗转化而来。

《礼记·礼运》说："夫礼之初，始诸饮食。"按《礼记》所述，中国的宴席礼仪在周代时就已经形成了一套较为完善的制度。随着时代发展、食材的广泛出现、烹饪技法的进步，贵族宴席愈加繁复，以《射雕英雄传》描写的宋代为例，社会上出现了"四司六局"，就是专门负责高档餐饮的管理机构。据宋代灌园耐得翁《都城纪胜》"四司六局"记："官府贵家置四司六局，各有所掌，故筵席排当，凡事整齐，都下街市亦有之。常时人户，每遇礼席，以钱倩之，皆可办也。"

帐设司，负责宴席的环境布置；茶酒司，又名宾客司，负责邀请、迎送、送茶、斟酒等协助主家进行招待；台盘司，负责端菜、撤盘子、餐具清洗等；厨司，负责宴席菜品的制作，从选料到烹调，都是他们的任务。果子局，负责采买和装饰时新水果；蜜煎局，采办蜜饯类等干果；菜蔬局，负责采购少见或时新蔬菜，以及糟卤菜等；油烛局，负责宴席进行时的灯火照明；香药局，负责供应各种香料，及时清洁空气，提供醒酒汤药；排办局，负责宴席环境挂画、插花、擦拭桌椅、洒扫地面等。

看这些资料，今天的人依然会觉得咋舌，一场宴席的方方面面都有专业机构为你想到了。南宋张俊宴席的一套排场，绝不是临时起意，而是当时奢靡风气的反映。并且"常时人户，每遇礼席，以钱倩之，皆可办也"。只要你有钱，相应的场面谁都可以置办。

由宋延至明清，这种宴席制度下移辐射至社会其他群体，并开始互相参照，趋于合璧，模式逐渐固化，形成特定"套路"。清代李光庭的《乡言解颐》一书记录了嘉庆、道光年间京畿一带的宴席模式："其时席面用四大碗、四七寸盘、四中碗，谓之，四大八小。所用不过鸡豚鱼蔬，而必整必熟，无生吞活剥之弊，亦属能手。今则改旧生新，用小碟小碗……"稍晚刊行的顾禄的《桐桥倚棹录》记载的是苏州一带风土，卷十"市廛"载："盆碟则十二、十六之分，统谓之'围仙'，言其围于八仙桌上，故有是名也。其菜则有八盆四菜、四大八小、五菜、四荤八拆，以及五簋、六菜、八菜、十大碗之别……"这些文字勾勒出了苏州"斟酌桥三山馆"酒楼的宴席规格。

以此观之，南北菜品不同，但宴席的规制差相仿佛，本质上讲，这种有主有宾的宴席，实际是一种社交活动。为使这种社交活动富于秩序条理，所以形成相应的"仪式感"，成为宴席的指导和档次区别。

郭靖在张家口请黄蓉吃的这一顿饭，黄蓉按照宋代宴席的规制，随意点了菜，其中隐含的却是中国人千年以来对宴席的态度和认知。金庸的小说之所以耐读，就在于虽是小说中简单的闲笔，但其来有据，且这种闲笔在今日生活中，依然可以寻到参照，这可能是其小说雅俗共赏、拥有旺盛生命力的原因。

六

1932 年春，金庸八岁，表兄徐志摩灵柩迎回故乡安葬，他作为代表前往吊唁，按着礼节，受到了隆重接待。金庸在徐志摩的灵前跪拜后，六十余岁的老舅舅徐申如向金庸作揖答谢，徐志摩十四岁的儿子则向金庸磕头答礼，然后安排金庸独自一人入席。他只是个八岁的孩子，不会喝酒，做了个样子，吃了几口菜就告辞了。

金庸后来回忆："我一生之中，只有这一次经验，是一个人独自坐一张大桌子吃酒席。桌上放满了热腾腾的菜肴，我当时想，大概皇帝吃饭就是这样子吧。两个穿白袍的男仆在旁斟酒盛饭……"

徐申如亲自将金庸送出大门，安排家里的船，由船夫和男仆护送他回家，并向金庸父母呈上礼物作为答谢。

这次丧礼上的宴席，依然是遵循中国传统宴席的礼俗。

1969 年，金庸四十五岁，已经是《明报》的大老板，事业有成。《明报》创刊十年，此时日销十二万份，十年生聚，已在香港雄踞一席，旗下的《明报月刊》则在海外知识分子中颇受尊重。

先后当过《明报月刊》和《明报》总编辑十几年的董桥曾回忆："当年，查先生给我的聘书上提醒我必须'遵照《明报》一贯中立、客观、尊重事实、公正评论之方针执行编辑工作。在政治上不偏不倚，在文化上爱护中华民族之传统，在学术上维持容纳各家学说之宽容精神'。"

1969 年的世界并不安宁。2 月 3 日，阿拉法特成为巴勒斯坦武装力量领导人；3 月 2 日，中苏在珍宝岛开战；3 月 28 日，美国前总统艾森豪威尔逝世。这一年，还有卡扎菲发动政变，诞生了阿拉伯利比亚共和国；越南的胡志明逝世；人类登上月球……

金庸在《明报》上连续写下多篇"社评"。5月20日，金庸在《创刊十年，亦喜亦忧》中说："十年后，《明报》已不怎么小了。我们企图报道整个世界、中国（内地）和香港的进步和幸福，但不幸的是，十年来报纸的篇幅之中，充满了国家的危难和人民的眼泪……我们只希望，《明报》今后能有更多令人喜悦的消息向读者们报道，希望我们的国家和社会中，今后会有更多的欢笑，更少的忧伤。"

金庸的心里并不快乐，因其政治立场，《明报》毁誉交加，以至于前两年他需要避居新加坡。他的充满寓意的小说《笑傲江湖》连载接近尾声，他也准备要撰写最后一部小说《鹿鼎记》。

1969年夏日的一天黄昏，金庸来到位于北角的金舫酒店七楼的"蜜月吧"默默喝啤酒。1966年9月19日，《明报》社址搬到北角英皇道的南康大厦，距离这里并不太远。"蜜月吧"有小隔间，门前有珠帘，颇具私密性，《明报》的董千里、陈非、倪匡等人常喜欢到这里喝啤酒、写稿子，渐渐影响到金庸也跟了过来。

这是个暑假，十六岁的女学生林乐怡为了学业，正在"蜜月吧"打工，当一名小侍应。在她的眼中，她看到一个穿着皱巴巴西装的中年男人，独自一人默默喝啤酒，他一人喝了好几杯，也不吃东西。少女很担心，觉得他这样下去会喝醉，于是上前问他，喝了这么多酒，肚子饿不饿？金庸没有说话，只是点了点头。林乐怡说："我点一客火腿扒给你吃好不好？"金庸仍然无语。年轻的林乐怡觉得他可能不方便，就冲动了一下，说："不要紧的，我请你吃。"女孩子当然是客气，金庸却立刻点了头。火腿扒端上，金庸吃完火腿扒，饮罢啤酒，起身走了，临走时对林乐怡说了句"谢谢"。林乐怡愣住了，她没想到这个中年男人真的不结账就走了。她自己只是个小侍应，怎料到中年男人当了真。过了两天，金庸和《明报》的另一位创始人沈宝新一起来了，两人边喝啤酒边聊天。林乐怡上去打招呼，却见这个男人始终不提那天的事，心想也就算了。回到柜台，经理却说："你认识那个男人啊？"林乐怡怒气未息，说："就是这个男人，前天见过他，没有付账。"经理吃惊，说这是《明报》的大老板查先生，也就是武侠小说作家金庸。林乐怡从来不看武侠小说，觉得这种书有什么好看的。又过两天，金庸再次来到"蜜月吧"，他拿出一个精致的盒子送给林乐怡，低声说："谢谢你那天请我吃火腿扒，小小礼物，不成敬意。"林乐怡打开盒子，发现里面是一块浪琴手表。这块表价值两千七百元，当时香港普通人的月收入不过一两百元，真不是一个小数目。

坊间关于金庸和林乐怡相识有颇多传闻，此为林乐怡当面对沈西城所言，料来无差。西城先生对我感喟说："情多必自伤，金庸亦如是。"

众所周知，1976年，金庸与朱玫离婚，林乐怡成为他的第三任妻子，陪他度过了四十二年的余生。

昔日的金舫酒店，今日已经变为金舫大厦。2017年，我路过香港北角，恰好路过金舫大厦，此大厦经过20世纪70年代的改建，早已寻觅不到旧照片中的样子。不知道当初金庸被林乐怡请了一客火腿扒时，他会不会想起自己十年前，笔下的郭靖在张家口请黄蓉吃的那一餐饭。书中情节成为生活中的谶语，郭靖不识"东邪"的贵女，林乐怡也不识《明报》的大老板。或许在金庸的记忆里，让两人相识的这顿饭，虽然仅仅是一顿火腿扒，可能远胜过那些摆满了两张桌子的菜。

金舫大厦兀自矗立，往事如烟，俱风流云散了。

（选自《天涯》2023年第3期）

怪力乱神的神农架

陈应松

　　神农架是一个怪力乱神的地方，这里的怪力乱神横行肆虐。湖南湖北都曾是一个国家，它叫楚国，而楚人好巫鬼。但巫鬼最为集中的地方似乎在神农架，鬼神妖怪住在神农架。当然，湖南也是鬼神横行霸道的地方，湘西这个地方就鬼魂乱窜，竟然有世界上最怪力乱神的赶尸。有一个道县，有数千个"鬼崽"，那儿有个鬼崽岭，在那里发现埋在地表层的地下人物石雕群像，还有大量露于地表，规模数千个，这些人物石雕像大的约一米，小的约三十厘米。在另一个通道县则充斥着投胎转世的人，当地叫再生人，这些人满口鬼话，都说记得他们的前世，完全是半人半神。在通道县，怪力乱神满街走，这是非常有意思的。反正，在楚国这块地方，巫鬼们活得非常惬意，魅力不减，热情不衰。

　　在神农架——实际上它也是屈原的故乡，秭归在神农架南坡，当地山民认为野人就是山精木魅，山精木魅又叫山魈、山鬼、山混子，屈原写过山鬼。所谓山混子，就是在深山老林游手好闲混吃混喝的野混混，说是因为人死了精气未化，某一个刮风打雷下雨的深夜就突然力大无穷，顶开棺材，浑身披着的白毛跑着跑着变成了红毛，就是红毛野人，他们身材高大，健步如飞。神农架人还坚信人一天十二个时辰有两个时辰是牲口，其余时间才是人。这个怪力乱神我写进了长篇小说《猎人峰》和《到天边收割》中。

　　大家知道我们这个地球上有四大未解之谜，一是野人；二是百慕大，沉船无数，但神农架有许多类似的地方人进去就会失踪，叫迷魂堖。我在小说《云彩擦过悬崖》中写到一个小孩丢失的故事，是个真事。这个小孩在板壁岩失踪，第二天人们找到他时，他出现在山底下一条河的对岸，已经死了，身上全是干的。河水汹涌，他是怎么过去的？而且他的脖子上有一个洞。我的一位当年挂职时神农架林区党办的同事，他也在板壁岩迷路，转了一天没有转出来。我在获鲁迅文学奖的小说《松鸦为什么鸣叫》中写到一个皇界垭，汽车翻越此垭时司机耳朵里会出现敲锣打鼓的声音，一时迷糊，汽车就掉进了悬崖。这个地方也是真实存在的。在道路不好的20世纪，经常发生车毁人亡的悲剧。世界第三个未解之谜是飞碟，UFO，据"中国第一野人迷"张金星的书中叙述，他在海拔两千八百米的南天门住时看到过许多飞碟。还有人目击到有一队队的飞碟在神农架山顶上飞过。有文章说，神农架是外星人的基地。地球还有一个未解之谜是尼斯湖怪。在神农架，也有水怪，看到水怪的人太多了。比方说有一种水怪叫大癞嘟，就是一种巨大的癞蛤蟆，你在岸上行走，它突然从水里伸出长长的爪子来抓岸上的人吃。如果你反抗它，用石头砸它，那么你周围几米见方的地方就会电闪雷鸣，下起暴雨，几米之外，依然阳光灿烂。这种大癞嘟就是神农架的水怪，经常出没的地方是神农架新华乡烂棕峡，那里人进不去。峡谷里有许多双头金龟。我在神农架挂职的时候，还是一个同事在他的自传书上说，一次他经过一个山中大水潭时，看到一个巨大的水怪，高昂起长长的头在水上簌簌地奔跑，犁起几米高的水花。新华乡还有一处森林中的深潭，在石屋头村和猫儿观村之间，前后至少有二十人在同一深潭里看到许多巨型水生动物。我在那儿听他们说，每到六至八月，这种怪兽就会活跃出现，浮出水面时，嘴里喷出几丈高的水柱，接着冒出一阵青烟。水怪一出现，天就会下大雨。他们叫这些水怪"癞头疱"，它们皮肤灰色，头扁圆形，有两只灯笼一样的大圆眼睛并放光，嘴巴张开后足有四尺多长，前肢端生有五趾，又长又宽，满身癞疱。我们就会想到灭绝的恐龙，如蛇颈龙等。恐龙灭绝了。在神农架有没有遗存，这个水怪究竟是什么东西，谁也说不清楚。神农架是大约一亿年前从海底钻出来的陆地，七千万年前还是沼泽，这里生活着无效古老的大型兽脚类动物，如板齿犀、利齿猪、剑齿象等，因此，有恐龙躲过第四纪冰川灾难残存下来，也不奇怪。第四纪冰川期也就是冰河时期，是从二百五十万年前开始并一直持续至今的，而这个冰川期还没有过去，南北极还有大量的冰川。在中国许多地方依然有冰川存在，我们现在依然生活在第四纪冰川期里。而关于野人之谜，科学家推测他们是腊玛古猿和南方古猿的后代，这两种古猿也都灭绝了。在神农架红坪的犀牛洞里，发掘出了南方古猿的化石，如果野人真是古猿的后代，那是不可思议的事。世界上的秘密太多，留着等人们破解。

神农架的怪力乱神事件太多了。比如在神农架的夜晚，山上会有奇怪的光团，我写进了《马嘶岭血案》，而这竟然是真实的，有明确记载。20世纪80年代初中美科学家在神农架联合进行生物考察时，住在深山里，晚上有一个很大的光团出现在他们的帐篷外，怎么赶也不走，后来有持猎枪的朝那个光团开枪，光团消失一会儿后又出现了。一连几天，光团都在那儿流窜，就像是监视他们一样，至今没有一个说法。神农架老君山一个叫戴家山的村庄有一块田，在夜晚就会发出明亮的光束，可以照两百米远，只在二月和八月出现，你走近又不见了。神农架还有人见过棺材兽，见过驴头狼，见过脆骨蛇，见过土蛋等数不胜数的异物。

神农架的怪力乱神，还表现在风俗习惯上，最奇怪的是喝酒有一百零八种酒规。比如敬酒，有个人来给你敬酒，你看着他将酒倒入酒杯，他一饮而尽，然后你再看着他将酒倒入他的杯中，将杯子放到你面前。这是什么意思？就是要你用他的杯子将酒喝干。你还没喝，一桌人都说给你敬酒，都将酒喝下，再用各自的杯子倒满，放到你面前，你面前马上摆了一排杯子，你必须一杯杯喝了。这种敬酒方式，在全国是独一无二的。这种敬酒很容易喝醉，喝死。比方，喝过一巡，桌上有十个人，你必须喝十杯，还加上自己的酒，叫门杯，就是十一杯。酒过二巡呢，又是十一杯，三巡呢？在神农架，常有喝酒喝死的报道和传闻，但酒规如此，死了也要喝。这是什么原因？我刚开始到神农架去，觉得不解，后来终于明白了，这是因为深山老林，过去有土匪下蒙汗药，你喝下，再用你的杯子敬酒给客人喝，这表示这酒我没有下毒，杯也没毒。客人喝干，可将杯再斟满还给对方，这叫"回杯"，这是回敬反击的机会，而且机会平等。另外，给对面或斜对面坐的客人敬酒叫"对面笑"。主人如果先喝一杯，再按座次轮转叫"转杯"；大家一起给一个人敬酒叫"放排"；客人敬酒时，再把他的门杯斟满叫"添财"。你如果将门杯和别人的敬杯喝了斟满依次往下传就叫"赶麻雀"；隔一人敬酒叫"跳杯"或"炮打隔山杯"；客人喝得慢，没及时还杯，另一个人又来凑热闹再给你敬一杯叫"催杯"。几个人约好同时和另一人一起喝杯酒叫"抬杯"，还有"左右杯""同凳杯""转弯抹角杯""急流水"，等等。更奇怪的是你喝酒时洒了一滴要罚三杯，喝酒不得屁股抬起来，就是不能起身，这表示对别人的尊重，只要抬屁股就罚三杯。还有一个怪力乱神的酒俗，你进了山民家的门，人家给你端来一个杯子，你以为是茶水，仰头就喝，一定会后悔，那是酒。进门一杯酒，没有茶，这酒叫"冷疙瘩酒"，也叫"冷酒"。喝了冷酒，马上正餐，是喝热酒。所以，我劝大家去神农架游玩，别到山民家去，你可能会喝得有去无回。

《论语》中说："子不语怪力乱神。"孔子不谈论怪力乱神，因为孔子比我们高级，是个圣人，我们是普通人，是作家，我们就是靠述说怪力乱神为生的。如果你给一个作家说，我们在通道县又发现了一个再生人，你有否兴趣去采访一下，这个作家去还是不去？回答是屁颠颠地赶快去。中国文学的怪力乱神始于《山海经》，大家去看就知道了。明明是一些虚构神扯，但被一些人引用得头头是道，仿佛是比如今 GPS 更准确的地图。

但我去神农架不是因为这些怪力乱神追新逐奇去寻找野人的，作为一个作家，我还是想找一个地方，来表达我对文学的看法，而且这个地方必须是安静的、遥远的、荒芜的。如果说这世界哪儿最荒芜，那就是森林，森林是世界上最大的杂草。我当时想，这个地方也必须是别人从未写过、从未涉足的领域。后来，我几乎所有的小说，写的都是与神农架有关的故事，可称为"神农架系列小说"。

关于对神农架的歌颂和表白，我实在是不厌其烦地在讲。比如，从这里可以看到两亿多年至六千五百万年前"燕山运动"而导致的扭曲狰狞、褶皱断裂，能清晰地看到第四纪冰川经历的剥蚀地貌和 U 形谷，巨大的冰斗、角峰、刃脊、漂砾、冰川运行时巨大的擦痕等。可以看见因为高寒而在湖北任何地方看不到的冰雪、雪线、凌柱、冰瀑。可以看见因地壳碰撞和挤压而产生的河流、瀑布。看见那些躲过第四纪冰川而侥幸活下来的草木与鸟兽。我在长篇小说《森林沉默》中，借一个研究生花仙子的口写过对森林的感受，有这么一段："森林里的东西，我们真的什么也不知道，那是我们祖先远古的家当。那些草木、山川、河流，远离了我们。一些生活在这儿的遗民，与它们融为一体，看守着我们祖先的财产，却不知道它们的珍贵和秘密。那些来自上帝对大地生命的悸动，苍穹下沉默的群山，是静止的神祇，它们因静默而庄严优雅。竹鼠在竹根下噬咬，鹰在峡谷盘旋，鼯鼠在林中滑翔，鸣禽在大喊大叫，松鼠在树上神经质转圈……这一切，对我们究竟意味着什么？美丽的旷野、山冈、峡谷和森林，到处是断裂的石峰、隐藏的树林。飞泉流溅、矿脉闪耀、蒸气弥漫，没有像一座山和一片森林那样更充溢着生命的激情了。它流水丰沛，源源不断。它的生命深邃、绵延，永远有着大自然赋予的青春。"

几乎每个夏天，我都在神农架生活。我也像湖南的韩少功先生一样，处于半隐居状态。我住的地方虽然没有韩少功的八景洞那么有景色，但神农架就是我的天堂，夏天太凉快了，没有一丝灰尘，桌了一个月不抹也没有关系。

早些年我去神农架挂职深入生活，是有写作私心的，但现在我已没有了私心，神农架成了我肉体与精神即灵与肉的双重故乡。为什么要去神农架，我也在想这个问题，平时没有怎么思考过。中国的文学照我看实际上是一种"割据"，每个人占了一块地方，莫言占了山东高密东北乡，韩少功占了湖南汨罗的马桥村，贾平凹占了商洛的棣花村，张炜占的是胶东海边的一个鱼廷鲅村，阎连科是把耧山脉。他们虽然占的只是一个村一个乡一个镇一座山，但割据的地盘还是很大的，就像韩少功说的，回到乡野，无碍放眼世界，整个中国整个世界都属于他们。中国文学的割据是从20世纪80年代开始的"文学圈地运动"，80年代出道早的作家，他们每个都攻占了一个山头一块地盘。我虽然在80年代写作，却是写诗歌，等我转行写小说时，文学的圈地运动结束了。自90年代之后，在中国，想在小说界成名是非常困难的。也就是说，留给后来者的地方已经不多了。我写小说时发现写什么也不中用，怎么写都不行。你玩先锋，你玩不过余华、苏童；搞寻根文学，搞不过韩少功；搞乡土文学，搞不过莫言、贾平凹、张炜；搞城市文学，搞不过王安忆……那么我就想到我也去占个山头试试，到当时还没有开发的神农架刨一块地种上我想象的粮食，这就阴错阳差、歪打正着在神农架扎下了根。

说到神农架，还有一个让人不明白的地方，有一个独特的地理标志。就是每到夏季，几乎每天下一场雨，于是神农架有了雨季。这就奇怪了，雨季出现在云南靠东南亚的某些地方，在四季分明的湖北哪有雨季？关于神农架是否存在雨季，学界有争议，但不可否认的是，这里的雨水太充沛。神农架是南北气候的交汇地带，南方的暖湿气流过不去，就停留在了这里，因为这个地方就是秦岭，是秦岭的余脉，也是四川大巴山余脉，而秦岭是中国南北方的分界线。虽然20世纪70年代这儿的森林几乎被砍伐殆尽，可没过几年，一旦封山育林，天然林保护，又重新出现了一片森林。我写过《豹子最后的舞蹈》，写的是神农架最后一只豹子被一个女青年打死了，成就了一个英雄，灭绝了一个物种。但现在，豹子又回来了，还有人多次亲眼看到了老虎。独特的地理气候、独特的民俗文化和独特的生存方式是可以成为独特的文学元素，用来在文坛占据一席之地的。

我认为，像莫言、张炜、贾平凹、韩少功，他们的存在简直与这个时代无关，就像几颗孤星在深邃的天空上闪烁，而文坛大多数人还没有走上像希腊神话中的奥林匹斯山，大部分作家的作品还没有长出天使神灵一样的翅膀，还拖着沉重的世俗的肉身在尘土和泥泞里挣扎。我们不过是在写一种叫小说的文字，而那些大家是在创造一种叫小说的天体。除了天分以外，作家创造神灵之前，要像那种独特的气候条件一样，也为自己创造一个文学的小气候，雨水充沛，森林蓊绿，百兽奔跑，百鸟翻飞，河流蜿蜒，峡谷幽深。

我虽然不是为了怪力乱神去的，可事实上神农架的怪力乱神成就了我，事情就这么矛盾。那么神农架给文坛带来了什么呢？它对我又意味着什么？

神农架系列小说刚开始在文坛出现时，文坛可能缺少像我这种充满力量感和异质感的叙述。小说的品质恶化，虚假情感横行，越来越脱离中国当下的生活，作家在城市的浮躁中、在网络文学的商业暴力中无所适从，而我的所谓苦难叙事、底层叙事虽然有偏颇之处，但有新鲜感，于是《马嘶岭血案》《太平狗》《母亲》《豹子最后的舞蹈》等引起了关注。另外，我多少沾了一些生态文学的光，尽管我并没有打算专门写生态，但最后我还是被归类在这类更有永久价值的文学中；而苦难叙事，主要指我，被评论界批得一塌糊涂，说我展示暴力血腥，说我的小说就是诉苦大会，弄得我非常沮丧，甚至不想写了。当然，喜欢、同情、支持、宽容和理解我小说的人还是多数，甚至有的人认为我的中篇小说是近年最好的小说，我也获得了几乎所有国内的中篇小说奖，包括鲁迅文学奖。

我的情绪波动特别大，不过我还是对我书写的对象充满自信。我的文学世界正在慢慢脱离世俗的泥潭，向上飞升，我认为我有了生长翅膀和飞翔的能力。努力将小说写得好看一点，是我的目标。我时常鼓励自己，我是为喜欢我的读者写作的。我的心中，读者第一。因为，作家要面对这个世界、面对未来的时候，必须先面对读者，真心喜欢你的读者。一个好作家，一定能征服好读者。好作家，要求助于好读者，因为作品中留出的一半的想象空间，是靠读者填满的，靠读者完成的。

我不认为我非常努力，我只是在做一件事，而且非常专注，就是将一座本来是优质旅游地的山冈披上神性的外表，我在神农架这座山上造神，把神农架从形而下拉向形而上。神农架海拔三千多米，说高不高，说低不低，也不在信仰区域，没有那么纯净的雪山，也没有忠实的信徒，没有人去朝拜这座山，人们去那儿大多是猎奇，是避暑。现在全国许多人住在那儿，在荒郊野岭深山老林找野人，还有人在那儿辟谷，导游小姐干的全是误导，她们的导游词都是错的，还附带兜售一些伪民俗，可以说，俗不可耐。去神农架，千万不要听信导游小姐的言说。

神农架是一座神山，现在想来，我给这座山赋予神性，将神灵们安置在山上，我一定会得到回报。一个作家，一定要完全真心地尊敬和信仰一座山、一条河、一棵树，让一座山、一条河或者一棵树成为神灵出没的地方。另外，我要做的是让我笔下的神农架在地理上离世俗更偏僻，更荒芜，更高远，更洁净。这样当我进入的时候，我才会虔诚地、安静地对待笔下所有对象。一座高不可攀的山，这是我所想象并景仰的。神农架是我作品中的神山和灵山，与那个旅游的目的地国家森林公园、国家地质公园、国家湿地公园的神农架几乎没有关系了，那儿对别人就是个避暑之地、滑雪之处、户外运动场所，是一个被商业绑架和抢掠的淘金之地，而我写的神农架是一个独立存在的世界，一个传说中充满魅惑的山冈。一个真正的好作家要接过上帝给你的活儿，就是要改造一块地方，改造一块地方的生态，让这块地方适合诞生神灵和幻想，诞生新的童谣，诞生新的神话和传说。

神农架对我意味着什么？实际上意味着重建一种文学，重建一种文学的趣味，重建我们对山川森林的尊敬，重建一种语言，一种与大山相匹配的灵动的语言，一种坚硬的、陡峭的、热浪滚滚的语言，一种闻所未闻的深山老林的故事。再有就是我从"流寇"到重建自己的根据地，有了一个安身立命之所，有了这样一块领地，就像那些大兽一样，具有强烈的排他性，这里不仅是人与兽、草与木、雨与雪的生死场，也是自己生活的生死场，我在这里审视世界到底对我的存在意味着什么。

我虽然不是为了怪力乱神去的，但怪力乱神助我达到了我想完成的任务和使命。比如我的长篇小说《猎人峰》，写了野猪比人还精明的故事，人与野猪的大战，人失败了。中篇小说《豹子最后的舞蹈》，是写豹子家族最后一个生存者向猎人复仇的故事。还有《巨兽》，是一个山村被一头隐隐约约的巨兽折磨得死去活来的故事，这头从未现形的巨兽，造成了巨大的恐慌和悲剧。我最新的长篇小说《森林沉默》，写到了一个人给一头小熊喂醉醒花酒，让它产生幻觉，帮他杀死了自己的仇人。写到了森林里有九头鸟赶着一群野猪用嘴犁地。写到了因为杀死豹子，豹子的眼光最后沉入地下凝结为一颗豹目珠，这颗珠子为镇山之宝，被杀豹人挖走后山体松动、泥石流、地震、洪水都出现了，于是这座山的厄运开始了，因为削平山头建造飞机场，挖走了一蔸千年大药王，这个药王疙瘩被卖到城里，这个山区的人从此失去了药王的庇护，疾病丛生，得绝症，灾难连连，等等。怪力乱神作为文学的源头，可以重建文学的强健基因，可以冲击读者、冲击文坛因现实主义而钝化的大脑、麻木的情感。怪力乱神不是发源于巫鬼，而是来源于土地，来自我们相当陌生的生存现状，有它的异质感、粗糙感，有生命的野性和韧性，有戏剧性，有穿透力，对文学的规则有颠覆性。文学在当下真的需要这在民间和大地上诞生的"他处的生活"和怪力乱神，而新的文学的正当性就成立了。从一定意义上说，读者的接受是文学正当性和新规则新样式确立的前提。就像阎连科说的，你给读者一滴水，就是告诉他们一片大海。如果你给读者一棵树，同样是要让他们看到一片森林的景观。问题是，你要有一滴水，要有一棵树，一棵特别的树，它是那个神秘的、浩大的、带点邪顽的森林基因。

一个作家跟一个普通读者或者一个城市人，热爱一座山，热爱的目的和作用是不同的。为了一部小说，为了文学，我去热爱一座山是全身心的托付。但一个人喜欢一座山，顶多将它当作一个知己，不会当作神一样供起来，还有人把它当作生命的终结点。比方说，神农架每年都有一些精神出现障碍的外地人，到这里的森林结束生命，他认为这很浪漫。这种热爱是残酷的、狂热的、恐怖的、偏执的。还有人万里迢迢，跑去神农架放生，特别是放生剧毒蛇，这些蛇咬死了当地的村民，这种事在前些年有报道。我的热爱是完全彻底的归附，我创造了神，我供奉神，我求得宁静和单纯，我宁愿让自己变得愚昧，也不要去亵渎这座山。我举个小例子：有一年夏天我在山里行走时，在海拔一千多米的地方突然发现了一株小构树，构树怎么会在这样的海拔出现？构树是很贱的树，在平原上任何地方生长，在水泥墙上也生长，灰头土脸，疯长过后也没有任何用，不成材。神农架长的树都是很稀有的树，构树是怎么飘来，并在这里出现的？它的周围全是我喜欢的树，不能让它在这里扎根繁殖，我就将这棵构树苗拔掉了，结果坏了大事。当天晚上我散步的时候，因为蹦跳了一下，就崴了脚，踩到一块石头，我听到我脚里的撕裂声，知道出事了，后来被送到镇医院拍片，诊断为肌腱撕裂，脚踝尖骨折，整个脚都青肿了。我在山里几十年行走，从来没有崴过脚，而这次受伤三个月还没有痊愈。我的强烈感觉是：神农架的一草一木都是有神灵的，不能动它们，否则就会有灾祸上身。我自己造的神，我自己信了，也同时得到了应验。再或者，哪一个神灵，不是我们人类自己造的？

山岳河谷，一草一木，在很久以前上苍就把它们规划好了，我们不得有半点破坏，要相信山上全是神灵。我的长篇小说《森林沉默》后有个创作谈，叫《我选择回到森林》。我前面说到韩少功先生，他选择回到他下放的地方汨罗八景洞。他除了冬天去海南外，基本上在那个地方。我前几年去汨罗讲课时去过他的家，当地人叫他韩爹。那个地方在水库边，风景绝美，简直是世外桃源，但也有一种寂寞的感觉，就是天荒水远之地，很像古人"行到水穷处，坐看云起时"的地方。韩少功穿力士鞋，有粪桶、粪瓢，有全套农具，自己种橘子、辣椒、茄子、葱蒜。我们那次去，把他刚成熟的橘子全摘光了，他依然乐呵呵的。他把这称为一种半隐居的生活，实际上他那里成了一个文学的重要聚集场所，相当于文学的布达拉宫或者圣湖神山什么的，许多文学人都是带着朝圣的心情去拜访韩少功的。

我回到森林的想法很简单，那里夏天凉快，空气干净，没有俗务，没有应酬，没有烦恼。我看了韩少功的访谈，他也说去汨罗半隐居是增加他接触文人圈以外生活的机会，更重要的是可以实现自然与文明之间、体力劳动与脑力劳动之间的平衡，他觉得这是更符合人性的生活。他说：写作者首先是看世界，如果视觉图景都是雷同的，会有疲劳感。从审美的角度来说，我们会去寻找有个性的地方。中国的城乡接合部占很大比重，不像一些发达国家已经完全没有乡村了，我们有自然的文化差异，这对写作者来说是不错的条件。我选择乡下，因为我不好热闹，喜欢和文学圈外的人打交道，比如商人、农民、工人，他们的知识都是从实践中成长起来的，是原创性的。

托尔斯泰也说过这样一句话："人到了六十岁就应当回到森林中去。"他觉得森林更适宜人在名利无所谓的老年时代生活。在离莫斯科很远的图拉，那个托尔斯泰庄园我去过，就是在森林里面，而且这个森林与他有关系，因为在他埋葬的那儿，有一大片苹果树，都是他亲手种植的，至今还结着果。他在莫斯科城中的那个楼房，我们也去过。在图拉的托尔斯泰庄园里，他睡的床只有我们的沙发宽，长度也没有两米，估计得蜷着脚睡觉，但他在莫斯科的房子非常豪华，餐具、家具都精致得不得了，床也宽大。他在图拉森林中的庄园有三个村庄，他会干农活，还会耕地，喂马，教庄园里农民的孩子。在莫斯科那样的大都市，他过的是土豪生活，肯定有过声色犬马，和普希金一样。普希金当年在圣彼得堡就过着声色犬马的生活，每天晚上都要参加舞会，现在我们看他是打肿脸充胖子，其实负债累累，他之所以要与丹特斯决斗，也是想了结这种荒唐的生活。托尔斯泰年轻时也是个纨绔子弟，十八岁就继承了那个大庄园，可六十岁后果然就隐居在了森林里。我说我回到森林是我最好的选择，顺应了人生的节律。在八景洞水边隐居的韩少功，他的《山南水北》中有过许多在那里生活的描述。韩少功曾引用农村的老话，他说在那个地方，可以上半夜想想自己，下半夜想想别人。这样的隐士就不是一个闲客，而是更深入地参与和审视我们这个时代，在这样远离文学的地方和时刻，有自省、慎独的可能。并且将过滤掉生活中丑陋的、痛苦的、恶的东西，而愿意为了自己的身心健康，放大生活中美好的、快乐的、善的东西。自我放逐，乐在山水。古人有语云："山能平妄，水可涤心。"还说："山含瑞气，水带恩光。"自然有不言之教。水中的恩光是什么光，只有住在水边的人才知道。还有一种说法："山可逃名，水可濯缨。"意思大致是一样的。

怪力乱神的神农架除了让文学自我疯长外，还让我逃离物质的裹挟，回归清透的生活。当生态农业如火如荼，生态写作固然也时髦，但生态的生活更紧迫，不要化学农药，不要膨大剂催熟剂除草剂，不要商业操作的文学同样是更有价值更有营养的。

最后我想说的是，神农架于我，文学不是最重要的，被信息屏蔽、躲开商业追杀、被那个我们已经厌倦的熟人圈子遗忘、自得其乐的生活最重要。文学是让人记住乡愁的，而森林是我们人类最古老的乡愁，是我们最初的故乡，若能唤醒人们以及人的灵魂回到故乡，文学最终的目的也就达到了。

（选自《芙蓉》2023 年第 3 期）

小心简洁的漩涡

阿 乙

我不保证我能谈得好，甚至可以说，这让我非常忐忑和尴尬。但凡涉及理论、概念、逻辑，我就感到紧张。这和农民害怕讲农业知识一样。我认为，写作和批评，看似亲近，却存在着一种类似生殖隔离的隔绝。能够跨越这巨大沟壑，在两个领域都建立成绩的人，实属罕见。二十年前，我只写了几篇书评，就永远地终止了这一尝试。以后，我并不害怕写一篇万字的小说，却把写不足千字的创作谈视为畏途。这次之所以为文，是因无法对陈培浩教授说不。我们都知道，他在推动一件事哪怕是最小的事时总是拿出最为认真和最为热忱的态度，并且着力于让他的朋友和同道获得踏实的进步。我尽最大力气来说这个话题，但不保证它不走偏。文中不当之处难免，还望批评指正。

自 2006 年始至 2019 年，在写作中，我对一种原则——即它方便于读者接收、理解、接受——有所遵循。前二者（接收、理解）尚可说我们在执行一种职业纪律，白居易不就是这样做的吗？他务求使村妪也能听懂他的诗句。后一者（接受）却暴露了我们拉拢、讨好和迁就读者的居心。稍后我还会阐述"接受"对作者的摆布。我先谈自己是怎么走上"方便之道"的。在写小说之前，我有过九年媒体经历。很长时间内，我认为，在媒体写稿、编稿，就其操作方式而言，和文学创作是一回事。如果说它们有什么区别，就是媒体写作者不能及时地被认为是作家。一些和我一样从媒体人最后变为作家的人，想法和我差不多，觉得在媒体和在文坛，耕耘的东西差不多。因此，把在媒体工作时遵守的法则移用到文学写作，是自然的。2005 年，我从单位《新京报》领回梅尔文·门彻撰写的教材《新闻报道与写作》，彻夜阅读，此后又数次温习。目的是更好地编辑记者稿件，特别是特写这样的长篇报道。当时，我也尝试写点小说。我对写小说是茫然的，迫切需要知道在这样的写作里，应该做什么和不做什么。我就把《新闻报道与写作》当作指南，因为它每一页都在教我们应该写什么、不写什么，怎么写会留住读者、怎么写又吓跑读者。

有这么一些准则刻在我的脑子里：

——在写之前，用一句话概括你要写什么，并使之统贯全文；
——尽量使用动词；
——尽量使用更普通的词；
——尽量使用短句；
——尽量用最少的话把事情说清；
——细节及故事性。

对当时的我而言，这就意味着"什么是好的小说语言"，或者说是"合格的小说语言"。随后我接触到的一系列作家如亚历山德罗、巴里科、海明威、加缪、芥川龙之介、卡佛、耶茨，可以说是这本教材不断的回响。加缪、海明威、马尔克斯干过记者，这份经历或许侵蚀了他们的写作。巴里科简直是用速写的方式写作，句子短又快，极为轻逸，有时不免让人想到古龙。在最初的小说写作里，我不使用副词，比较少地使用形容词和名词，最大程度地减少文章的冗余部分（这种精简，甚至体现为执拗，比如"曾经"一定要用"曾"，"但是"一定要用"但"，也绝不使用感叹号、问号，而是把它们都简化为句号）。受到鼓励的是动词（台湾同行骆以军称我是"动词占有者"）。示例：《杨村的一则咒语》："打工的人慢慢归来，在孩子们面前变化出会唱歌的纸、黄金手机以及不会燃烧但是也会吸得冒烟的香烟，这些东西修改了杨村。"这使得我的文章离开修饰、缠绕的羁绊，没有门槛，没有阻碍，读者拿起它，像坐上一辆一次也不刹车的汽车，能较为轻松地抵达终点。良好的反馈使我常年坚持这种写法。如果我们冒险一点，用一个词来概括这种由读写双方建立的方便条约，那就是"简洁"。首先是行文上的简洁，就像上面说的。其次是从性格、精神、思想和道德层面简化人物。

长期以来，人们认为，媒体和事实画着等号。一些媒体人也这样认为，并且是真诚地认为。鲜有媒体会说自己撒谎，或者在有选择地报道事实。但是只要我们认清媒体存在的基础，就知道，真实对它而言，有时是奢侈的理想。多数媒体的存在，仰赖于它能触及的最广大受众。或者说，它的目的是占有最广大受众。如果我们把报纸办成学报，那么它连一名校对都养不起。在电视、互联网（特别是自媒体、短视频）出现后，媒体所仅存的一点试图向人们输出点什么的矜持彻底消失了。它沦丧为赤裸裸的迎合。还有什么比收视率、点击率、关注数——它们统称为流量——更为折磨一个新时代媒体人神经的呢？那么，只有克制的人才会想到，要在真实和迎合之间形成某种平衡（这是多么难实现啊）。多数的，不过是打着真实的旗号，行迎合之实。那么，什么是最广大的受众。我想借用尼尔·波兹曼《娱乐至死》的说法，就是它包含了学历最低同时数目最多的人群。也就是说，一个广告、一则报道、一篇小说、一部电视剧，只有让我们的妈妈甚至是小脚的祖母看懂了，才能说抵达社会的每一个角落，才能说取得绩效。显著的例子是《艺术人生》，懂艺术的观众少之又少，但这个节目收视率高，原因是它不触及艺术，而是着力搜刮访谈对象的感人事迹。昆德拉在《不能承受的生命之轻》中用"媚俗"一词来定义这种取悦最大公约数的行为："与出格无涉，它召唤的，是深深印在人们头脑中的关键形象：薄情的女孩、遭遗弃的父亲、草坪上奔跑的孩子、遭背叛的祖国、初恋的回忆等等。"

　　自 2006 年至 2019 年这十数年里，我在写作上态度暧昧。我既写过媚俗或共情的文字，也对其有过反省和抵制。应该说，时间越靠后，媚俗的文章就写得越少，但这并不意味着我在接受访谈时不配合人家媚俗。早期我写过一篇关于爷爷的随笔：《子宫》。它几乎是我受到反馈最多的一篇文章。有人甚至为此感激我。今天，我能清楚地感知到，之所以有这么多人给它投票，是因为它拒绝呈现一个老人的自私、昏庸、吝啬、无能——把这些呈现出来对很多人来说属于大逆不道——而只呈现了他的温存，以及对我的爱。或者，虽然呈现了一点他不好的一面，这种呈现也是为了更好地服务于对他身上的爱的塑造。另外，我写过《狐仙》《火星》《诗人》这样的小说或随笔，大概也是这个思路。在写的时候，我提前感受到读者的支持，陷入某种激情中。但在称赞如期而至时，我感到惭愧。因为我虽不能说为了取悦于人而出卖了所写的对象，却至少是简化和窄化了他们。

以 2019 年为限，我开始采用一种与简洁相对的写法，也即繁复。也就是到这时，我才觉得自己面对读者时，不是一个媒体或者一个媒体人，而是一个创造者。这里面有几个契机。一是我没有办法做到把写作和自己分裂。在一次座谈会上，一位网络作家分享他的经历，他说每当写过一段时间，就感觉自己文笔渐长，可当他把渐长的文笔应用进去，就会发现打赏额在显著减少，因此他把文笔又调回去。这意味着他是一名值得尊重的职业作者。但我没办法做到让作品和自己失去联系，本质上我是一个求知的人。一些进步——无论是阅读上的、思维上的，还是写作能力上的——好不容易得来，我不想背叛它。另外，鼓吹自己不支持的想法，这也让我忸怩。一是在阅读过福克纳、陀思妥耶夫斯基、马塞尔·普鲁斯特、詹姆斯·乔伊斯的作品——在克洛德·西蒙眼里，它们代表小说真正开始了——之后，我意识到，方便或者说简洁，对伟大构成了妨碍。伟大和小说的密度、小说的体量应当成正比。把我们知道的，包括发生的、未发生的、欢迎的、厌恶的、主动的、被动的、表面的、隐藏的、语言上的、心理层面上的乃至意志上的，尽量地呈现，其必要性要胜过对它们一顿刀砍斧削。或者说，在书写时，尊重笔下人物，其意义大于尊重读者。抑或，只有对笔下人物尊重才能说是对读者尊重。（举一个例子：从公路上望见一名农夫在耕作，我们可能会很快想到田园风光以及诗意地栖居之类的，但是写作的任务更应该是分析他对这种摧残他一生的劳动的厌恶，以及心怀厌恶却又丝毫不敢离开的无奈，甚至可以说是贪婪。他的这种时时被厄运袭击的念头，可能导致他对望过去的我们心怀敌意。正如那些被关在笼子里的动物仇恨地看着游客。）一是仅仅从行文操作而言，简洁也不见得总是给我们带去某种质感。把副词视为陷阱，一味排斥是没有意义的。在博尔赫斯小说《小径分岔的花园》和格非小说《迷舟》的结尾，作者分别这样写："我特别小心地扣下扳机。" "警卫员站在离萧只有三步远的地方，非常认真地打完了六发子弹。"如果没有副词的加入，那么我们完全无法理解杀手必欲致对方死命的决心以及他拥有的这种素质。还有比喻，如果我们一味制裁这种手段，那么我们就会失去把世界上两件孤立的事物联系在一起的机会。在普鲁斯特那里，比喻甚至成为某种基础手段。

2019 年春天，我动笔写长篇《未婚妻》。在叙事开始之前，我这样对自己交代：

简洁，容易被认为是好的、可取的、值得鼓励的，但我们应该注意到它给我们带来的天然损失。有时，简洁并非朝着一个善的目的而去（比如"省略每一次经验中的细节因素"，而留下它们的"一般性表征"），而就是为了扭曲或使坏（比如省略掉马那淫荡的阳具而保留它深情款款的双眼，因为那样便于抽取读者的情感）。简洁作为一种风气，正在给作者和读者带去一定的妨害。有时候，我们并不主动去扭曲或使坏，而只是对此默许。有时甚至不是默许，而只是未能察觉。我认为，在描述一件像是从 A 走到 B 这样的事时，我们理应打起十二分精神，甚至是强迫自己，去看自己是不是只在描述它的表象。为了得到真相，采用芝诺说过的两分法（尽管它是一种悖论）是值得的，也就是说，为了从 A 走到 B，我们要先走到这段路程的中间，而要走到这中间，又要先走到这中间的中间，以此类推，直到什么也没有撂下。

（选自《四川文学》2023 年第 5 期）

读史叹

青春之我
——邓中夏与"初心"

韩毓海

中国共产党早期组织的基础，是五四时期的社团，这些社团是年轻人创建的，《红楼》一书就是写这些年轻人，写这些"青春之我"——我在写作的时候，经常想象他们年轻时的模样，其中包括邓中夏。

我特别想写好邓中夏。一是因为他是我们北大中文系的，现在中文系的办公楼里挂了很多先贤的照片，但其中却没有邓中夏，而我以为，他始终是在的。二是说起五四运动，从1918年5月新华门请愿到举办平民演讲团，从创办《国民杂志》到领导五四运动，邓中夏都是杰出的领袖。三是从留下的照片看，他非常帅，是那种非常干净、单纯的美，邓中夏这一辈子，与"油腻"二字不沾边，他永远年轻。

把《红楼》书稿交给中国青年出版社，很大程度上，也是因为邓中夏创办了《中国青年》杂志，他在那里发表了很多重要的文章，他是北大中文系的诗人啊，他的诗比胡适的好，但在如今的各种白话诗选本里几乎无一留存。

1920年5月，罗家伦、段锡朋、周炳琳等"五大臣"出国留学，其时，同为学生领袖的邓中夏也在留学名单里，但他淡然放弃了，那时罗家伦、段锡朋说，我们不能总是破坏，现在要建设，中国真正被人看得起，就必须有自己的科学与学术，所以，我们要出国好好学习。而邓中夏则说，中国要被人看得起，首先得自己看得起自己的劳动者，中国的劳工不站起来，中国永远不能站起来。就这样，一部分学生领袖出国了，而邓中夏放弃出国，从此成为中国工人运动的领袖。

邓中夏毕生最厌恶做官，他父亲邓典谟是北洋政府的高官，后在国民政府做官，邓中夏大学毕业后，父亲给他在农商部找了职务，但他拒绝去。邓中夏放弃出国留学后，去长辛店举办工人夜校，那时他写过一首诗：东方吹来十月的风/唤起我们苦弟兄/无产阶级快起来/拿起铁锤去进攻//红旗一举千里明/铁锤一举山河动/无产阶级快起来/冲破乌云天地红。解放后，编大型舞蹈史诗《东方红》，总理说，把这首诗放到史诗里吧。但没有几个人知道这首诗是邓中夏写的。

作为中国工人运动的领袖，邓中夏领导了省港大罢工，大革命时代，整个广州乃至广东的工人纠察队都是他领导的，蒋介石那个时候很忌惮他，知道他很厉害，他能演讲，会作文，善于鼓动。关键是他手里有枪。1927 年，上海"四一二"反革命事变，蒋介石汲取在广东的教训，首先就是下了上海工人纠察队从孙传芳手里夺来的枪，上海起义的成果，就这么丧失了。而武汉的左派，包括汪精卫等人，一看共产党已经没有了枪，没了实力，就立即变成右派。

虽然诗人往往富于理想主义，但邓中夏知道政治归根到底是实力。大革命失败之后，是邓中夏率先提议举行南昌起义，因为他知道，理想再高远，也要脚踏实地——枪一丢，再如何侈谈革命都没用了，靠写诗、演讲都没用，因为政治是靠实力说话的——这就是毛泽东后来反复指出的，须知政权是从枪杆子里取得的，枪是能够打死人的，在我们党的历史上，再也不能有"缴枪"这种事。

然后，邓中夏去上海大学担任总务长，实际上是上海大学的校长，为共产党办了一所大学。他把瞿秋白、茅盾等人请去上课，自己也上课，丁玲等人就是被上海大学吸引去的。可以说，邓中夏主持上海大学时期，上海大学的社会科学是最好的，蔡元培创造了新文科，而邓中夏在上海大学创办了中国的社会科学教学教育体系。

邓中夏学问极好，不在瞿秋白之下。那时，他在《中国青年》杂志写文章，把"五四"以来的思潮，划分为"封建主义""自由主义"和"社会主义"，或者"保守的""自由的"和"进步的"。20 世纪 90 年代，余英时先生把五四思潮划分为"保守主义""自由主义"和"激进主义"，海内外皆以为此乃余先生了不起的发明，其实，这不过是落了几十年前邓中夏文章的窠臼。

邓中夏被从莫斯科驱逐回国后去了湘鄂西根据地，担任红二军团政委。王明回国后，立即撤了他的职，派夏曦去湘鄂西。夏曦到任后，让邓中夏反省，立即进行肃反，几乎把洪湖根据地的党员都杀光了。

邓中夏在洪湖奉命检查自己的所谓错误的时候，用一个旧式的账簿，凭记忆写出一本《中国共产党史稿》，交给郑绍文保存，说总有一天可以出版的。但1932年8月国民党进攻洪湖根据地时，郑绍文失掉了全部行李，其中包括这部党史。邓中夏牺牲前，在南京监狱遇到难友郑绍文，得知稿子丢失，遂叹息说："再也没有机会写这样的东西了。"

1932年12月末，邓中夏化名回到上海，但因为王明掌权了，所以他没有工作，没有收入，连吃饭的钱都没有，生活只靠妻子李惠馨在日本纱厂做工的每月七块钱收入，而房租就要三块钱。

1933年，邓中夏在上海法租界被捕，受尽了酷刑。5月15日晚，国民党中央委员方治来看他，说：你是共产党的老前辈，却被莫斯科回来的那几个小流氓欺负出卖到这样，我们都为你抱不平。你觉得，在莫斯科派来的这些小流氓统治下，中共还会有什么前途吗？你这样的了不起的学者，这样有思想的政治家，何必与他们为伍呢？邓中夏回答：我要问问你，一个害杨梅大疮到第三期已经无可救药的人，是否有权利去讥笑那些偶感伤风咳嗽的人？我们共产党人不掩盖自己的错误，我们的工作是为中国的劳苦大众谋解放，谋平等，你们站在劳动大众的对立面上，你们连人心都没有，有什么资格来可怜我！

这是很著名的对话。邓中夏牺牲之前，郑绍文对邓中夏说，牢房里的同志们要我向你提个要求，想请你给我们讲一次党课，讲一次党史。

邓中夏说，党史？我在洪湖写过一本，可惜在战斗中丢失了，好，凭着记忆，就讲一讲，听的人可以扩大些，非党积极分子也可以参加。

杀邓中夏，是蒋介石的手令，蒋介石认为，一方面，邓中夏出身官宦，却脑子进水，要为工农要平等；另一方面，他人长得太帅，煽动能力太大，天生是当明星当领袖的材料。用今天的话来说，邓中夏是卡里斯马型人物，无产阶级革命能闹起来，全凭这样的人物。

蔡元培与蒋介石有个共同的朋友是张静江。蔡元培第一次辞去民国教育总长职务后，带着一家老小去了法国，他在法国结识了三个朋友：张静江、李石曾、汪精卫。他们四人当时受商务印书馆之托，在法国创办《学风》杂志，出版"学风丛书"，打算以此掀起新文化运动，这三位朋友，对蔡元培影响很大。

邓中夏曾经写文章批驳张静江，因此，蔡元培也对邓中夏不满。张静江更以为，邓中夏这种"好人家的儿郎"竟然去替工人说话，做工人领袖，这是新文化运动走了歪路的结果。1926年国民党二届二中全会，提出清党，张静江被蒋介石拱出来，担任国民党中央执行委员会主席。蒋介石那时需要靠上英、美、日，他与汪精卫、黄郛、张继、宋子文的关系就是互相利用，而蔡元培和张静江则是书生意气，自己兴高采烈当了蒋介石的枪。

然而，国民党政权败亡之前，在卖了自己又帮蒋介石输光了本钱之后，作为蒋介石金主的张静江终于愤慨地说：国民党之失败，是败在本党同僚、利益集团手上，因为扶助农工，不仅是共产党的政治主张，也是孙中山的主张，是一切现代革命者共同的主张。为什么？因为不解决土地问题，即不能激发广大农民的革命热情；如果不解决土地私有化问题，就不能为工业化发展创造劳动力的条件；如果不解决工人的收入问题，中国的工业就不能发展。总之，不回应工农的诉求，一个无论怎样标榜革命的党，早晚要亡党。国民党果然失败了，因为国民党是站在地主资本家的立场上，帮助他们压迫、剥削中国大多数的工农，国民党的失败在于本党同僚，即国民党内部所谓的乡绅资本家代言人、代理人。

话说得真好。其实，如果翻翻蒋介石、汪精卫、张静江这些人曾经说过的话，他们当年嘴上鼓吹革命，号称代表工农，那真是天花乱坠，他们曾经高呼的那些肉麻吹捧革命乃至马列主义的口号，是邓中夏这种人说不出来的。

而邓中夏天上有知，听到张静江们的这番反悔，估计要笑出声来。

邓中夏出身于统治阶级，官宦人家，但他放弃出国留学。他参加创立共产党，他为劳动人民求平等，乃是发自初心，发自本心、自心。因此，不但他父亲无法劝阻他，世界上千难万险也不能阻挡他，王明、蒋介石更不能阻挡他。初心、自心、本心、自我、自由——在邓中夏那里是高度统一的。

究竟什么是初心？初心就是本心，就是发自本心。《华严经》说不忘初心，就是说一切要发自本心，发自自心、自性。

六祖慧能临行前讲的话，谈到了初心、自心、佛心与众生的关系。在我看来，用来说邓中夏这些"青春之我"，用来解释李大钊的"青春之我"，也是恰当的：

> 汝等谛听，后代迷人，若识众生，即是佛性，若不识众生，万劫觅佛难逢。欲求见佛，但识众生，只为众生觅佛，非是佛迷众生，自性若悟，众生是佛，自性若迷，佛是众生，自性平等，众生是佛，自性邪险，佛是众生。我心自有佛，自佛是真佛，自若无佛心，何处求真佛？

毛泽东也是这样的人，他也有一个青春之我。看他的词："携来百侣曾游，忆往昔峥嵘岁月稠，恰同学少年，风华正茂，书生意气，挥斥方遒。"他八十二岁的时候说："人对自己的童年，自己的故乡，过去的朋侣，感情总是很深的，很难忘记的，到老年更容易回忆、怀念这些。"可见，虽到了生命末期，身处那个特别的时代，老人家依然壮怀激烈。

（选自《读书》2023 年第 7 期）

追寻周克芹

范 宇

一

1991 年 4 月 22 日，周克芹去世的次年，我出生于简阳市石桥镇野猫村。在这个曾经留下过周克芹诸多悲欢的石桥小镇里，我呱呱坠地的哭声，似乎带着几分遥远的追忆，让我多年之后，在遥望中不断追寻文学的理想。

只是在这个叫野猫村的闭塞村子里，没有人察觉到，更没有人料想到。对于尚只能用哭笑表达悲欢的我，更是无从在中国文坛或周克芹老乡们的痛心中找到追寻的蛛丝马迹。

村子里，没有人对我提起过周克芹，也没有人谈及他的成名作《许茂和他的女儿们》，这是村里人少有的默契之一。父辈们日出而作、日落而息地劳作着、生活着，像我一样的少年们则漫山遍野地挥霍着无忧无虑的时光，周克芹蜚声文坛的声名仿佛与这里的一切都无关。

祖父经常带我去石桥镇上赶集，一杯盖碗茶，是他必不可少的消遣。古色古香的茶铺里，三教九流的人聚在一起谈天说地，但那么多年过去，他们的口中却甚少谈及周克芹。周克芹曾在镇上读过私塾、念过中学、阅览过一些或有启蒙意义的文学书籍，可仿佛这里的一切都没有引起太大的波澜，沱江永远静静流淌，古镇依然阳光慵懒。

不是这里的人不知晓蜚声文坛的周克芹，也不是这里的人没有读过远近闻名的《许茂和他的女儿们》，更不是这里的人没有看过小说改编的轰动一时的电影。谁会选择性遗忘一位为这片土地深沉书写的作家、老乡呢？

或许是太多的遗憾和悲痛交织在一起吧，父辈们用三缄其口的默契，把大地的悲鸣交还给大地，把内心的伤口包裹于内心。

这种"好心"造成的后果是，像我这样出生于 20 世纪 90 年代的同龄人，在很长的岁月里并不知晓周克芹的存在，更遑论阅读他的作品了。久而久之，给人造成的假象或错觉是，这片先生用生命书写的土地，似乎在慢慢选择将之遗忘。

这是生于斯长于斯的祖辈们惯用的"伎俩"。当年，成长于这片土地的作家罗淑刚刚凭借《生人妻》声名鹊起，却由于产褥热不幸辞世，为 20 世纪三四十年代的中国文坛留下一个巨大的遗憾。面对罗淑，面对文坛的遗憾，生活在这里的人们，曾经做出过同样的选择，以至于中学时与罗淑的同房后辈罗春颖成为同桌，在她无意之间提起罗淑时，也没有引起我太大的关注和过多的追忆。

真正听说"周克芹"这个名字，是在念中学的地方历史教材里，好像就是在罗春颖向我提起罗淑的前后时间里。教材里虽专节介绍了周克芹，但篇幅并不长，我印象里不过两三页千余字，附了他的照片。这是我第一次见到周克芹的样子，瘦瘦的，脸上写满沧桑，却遮不住浓郁的书生意气。

"周克芹是我们简阳的著名作家，其创作的长篇小说《许茂和他的女儿们》获得首届茅盾文学奖……"历史老师邓力在向我们讲解周克芹生平及其代表作时，带着几分历史的理性，相对较为隐忍与克制。但到了语文老师王为民这里，话风就完全变了，时而慷慨激昂无比自豪，时而悲痛遗憾泪流满面，活脱脱成了"豪放派"，内心的悲欢溢于言表。

两位老师的选择性表达，年少的同学们大多不能理解与共情，台上无论是平铺直叙还是娓娓道来，台下打瞌睡的仍在打瞌睡，摆龙门阵的还在摆龙门阵，仿佛隔着两个世界，隔着千万里人生，产生不了多大的联系。不过，总有那么几名学生，听得全神贯注，时不时把头转向窗外，望向远山，看向大地，若有所思。这几名学生中，有罗淑的同房后辈罗春颖，也有已能写一手漂亮文章的段秀，还有我这个天真烂漫的"淘气包"。

与罗春颖、段秀比起来，我就像是个例外。但多年之后，当我按捺不住内心的冲动，跨上追寻周克芹文学理想之路时，多么感谢历史老师的理性和语文老师的感性。是他们，在理性与感性之间，营造起一个强烈的人文磁场，虽然看不见摸不着，却始终伴随着我、指引着我。

人生的一扇窗，就这样被预留，等着有一天我去打开，追寻看似不着边际的世界。

二

像是注定，高中时期，我来到周克芹曾经就读过的"诚明中学"念书。校名早已修改为"石桥中学"，但学校的简介中总少不了周克芹的皇皇成就，这是经久而不衰、历久而弥新的光辉。

在这里，周克芹的精神，更像是人生的坐标、沉默的指引。周克芹的名字更多出现在迎新晚会和毕业典礼校长的致辞中、漫不经心的文化长廊展示里、鲜有人至的窄小图书室里，除此之外，很少从师生之间的互动和交流中冒出与之相关的种种话题来。面对高考的"唯分数论"，老师和同学们几乎把所有的时间与精力都投放在了语数外、理化生或政史地上，偶有对文学情有独钟的同学在上课时偷看文学类书籍被老师发现了，也会被善意地提醒或"警告"。

被高考的"战车"拉着一路向前奔跑的我，虽然有时也会因为多愁善感的青春写下一些天马行空的文字，但终究徘徊在文学的大门之外。此时的我，哪里能想到，当越过高考的门槛之后，在遥远的西北黄土地上，那扇被预留的窗将会被岁月的钥匙打开。

我曾在多篇创作谈中提到，进入阅读世界，踏入写作之门，是受到余秋雨作品的影响。直到现在，我仍深以为然。但细细想来，在与余秋雨作品相遇之前，其实周克芹的精神早已在冥冥之中提供了某种指引，让我在前行的三岔路口，无意识地做出人生的某种选择。或许，没有在三岔路口的一次次无意识选择，也就不会有之后的种种因缘际会。

如果说余秋雨作品让我对写作产生了浓厚兴趣，那么周克芹的作品则让我在有限的人生阅历中选择了写作的题材。

我就读的西北民族大学位于甘肃兰州，这里与周克芹的故乡风貌大相径庭。当我在自然环境和生活习俗迥异的他乡，首次完整地阅读周克芹的《许茂和他的女儿们》和罗淑的《生人妻》等一系列作品时，内心犹如涨潮的海水汹涌澎湃，产生了深深的情感共鸣和精神认同。他们笔下书写的故事，分明就发生在我熟悉的故乡、成长的沃土，虽然隔着不同的年代，但以文学的方式在这片土地上留下的烙印依然清晰可见、散发的理想仍然温暖人心。

也正是在这个阶段，初试文学创作的我，毫无疑问把笔触投向了故乡，投向了周克芹、罗淑等文学先辈曾经书写过的这片热土。记得在异乡写下的第一篇相对成形的散文习作叫《家乡的炊烟》，文中描绘的是在村子里日日可见却时时忽视的炊烟——当我置身于异乡的陌生环境里，一缕缕炊烟升腾在我的脑海里，弯弯曲曲的，若有若无的，像极了乡愁的模样。虽然文章十分稚嫩，但我却首次感受到了故乡的分量。《一把寂寞的锄头》《彼岸的故乡》《扁担的一生》……故乡的炊烟、锄头、扁担、水井、柴禾等稀松平常的物件，逐渐在漂泊的游子心头变得生动起来、深刻起来。

2012年，因为《彼岸的故乡》一文忝列由河北省作家协会主办的孙犁文学奖优秀奖，有幸来到孙犁的故乡衡水市安平县。正是在前往安平的火车上，我才阅读了解到孙犁与周克芹之间千丝万缕的联系。孙犁十分欣赏周克芹的作品，由于身体、视力等原因，守在炉火边从电台里听完了《许茂和他的女儿们》。孙犁认为《许茂和他的女儿们》是一部有观察、有体会、有见解、有理想的小说，并把周克芹及这部小说列为"素日尊重之作者及爱重之作品"。周克芹则阅读了大量孙犁的作品，充分吸收和转化了作品中的文学养分。因此，不少文学评论家认为，周克芹的作品在一定程度上传承和拓展了孙犁构建的乡土文学传统。

《许茂和他的女儿们》获得首届茅盾文学奖，周克芹前往北京领奖时，孙犁托人带话要见他。他赶紧来到孙犁下榻的房间，激动万分，双手颤抖，抽烟时连火柴都无法划燃……当我在数十年后，踏上孙犁的故土，面对他构建起的乡土文学磁场，我内心的激动又何尝不是如此呢？在众多获奖者中，年仅21岁的我，无疑是后生晚学，诚惶诚恐。当一位文学界前辈问起我获奖作品写作的内容时，我内心十分忐忑，脑子里一片空白，半天抖不出一个字来。好一会儿才颤颤巍巍抖出一句来："写的是老乡周克芹曾经书写过的那片土地，也是生养我、滋润我、影响我的那片土地。"前辈微微一笑点了点头，没再多言，仿佛"那片土地"的精神指引已完全消解了他心中的疑惑。

两年后，《彼岸的故乡》一文又有幸获得由家乡简阳市人民政府主办的"周克芹文艺创作奖"。这次获奖，让我感到十分激动，激动的不是获奖本身，而是这样一篇不大成熟的文章似乎又将两位互相敬重的前辈作家联系在一起。当然，这种"联系"，更多是我个人的情感走向和独特感受，带有强烈的自我意识。作为一名非专业写作者，我绝不敢奢望传承和拓展乡土文学传统，但我愿意在创作的道路上追寻孙犁、周克芹的文学精神，不断尝试为"文学的故乡"写下一些不见得深刻但情感必然充沛的文字。

2013年，我写下一篇题为《不曾关闭的窗户》的散文，文中的主人公正是曾经慷慨激昂为我们讲述周克芹故事及作品的语文老师王为民。该文主要叙述了他和痴呆儿子之间的故事，故事并不离奇曲折，却折射出人世间平凡而伟大的父爱。此文发表后，有幸获得由作家网、《人民文学》杂志社等共同主办的第四届全国高校征文一等奖。在北京师范大学举办的颁奖典礼上，我作为获奖代表发言，发言中专门提到了周克芹笔下的故土简阳。

在我发言结束后，坐在嘉宾席上的简阳籍作家李鸣生把我叫住，和我聊起了家乡，聊起了周克芹，并勉励我继续为家乡书写。李鸣生的勉励，让我倍感温暖，备受鼓舞。多年之后，我在李鸣生的《面向生活 背对文坛》一文中才了解到，他的文学创作道路也深受周克芹的影响。他在文章中写道："此后在我混迹文坛20年的岁月里，我时常想起的便是克芹老师当年对我说过的那句话'面向生活，背对文坛'。不知不觉中这句话成了时常警醒我的座右铭。"

现在回想起来，在那次颁奖典礼上，我与李鸣生短暂交流的共识，除了来自共同的家乡情结，还来自共同的精神追寻。不用多言，这精神与"文学的故乡"有关，与周克芹构建起的文学磁场有关，与李鸣生奉为座右铭的"面向生活，背对文坛"有关。

三

这些年，由于琐碎而繁忙的工作，留给创作的时间和空间并不多，这也导致不少朋友产生这样的疑惑——"范宇，你还在坚持创作吗？"其实，我对家乡这片土地的固执书写从未中断，对周克芹精神追寻的坚定脚步从未停止，在为数不多的创作中，仍然保持着对文学的最大敬畏，对故乡的饱满热情。

所谓追寻，并非一味怀旧地在故纸堆里"打转转"，而是在传承中不断创新，持续书写革新的时代。周克芹正是在沙汀、艾芜、赵树理、柳青、孙犁等作家构建起的偌大乡土文学磁场中，传承与创新，书写所处时代的种种变革，才有了创作出反映时代的伟大作品的可能。当我们在周克芹一系列乡土作品中汲取养分时，更应"传承弘扬这一书写大地的坚韧情怀"（简阳籍作家傅恒言），在脱贫攻坚、乡村振兴的千年乡土变革中找到为人民书写的精神内核。

或许，这才是追寻周克芹精神的最好方式。

作为一名记者，我时常会奔走在处于大变革时代的乡村，感受和书写新时代的巨大变化。从乡村面貌、产业结构到乡亲精神、生活方式的日新月异，都成了我在新闻报道中记录的重要篇章。正如同时兼具作家和记者双重身份的蒋蓝说："新闻结束的地方，就是文学开始的地方。"我也在前辈们的文学实践和创作经验中，尝试着把新闻报道中的理性叙事转化为更具个人色彩的文学创作，努力在伟大的时代里书写故乡的永恒。

周克芹对创作提出了明确要求，"使思想符合时代"。在我看来，这片产生过伟大文学作品的土地，就是"文学的故乡"，就是取之不尽、用之不竭的创作源泉。很长一段时间，我一边在刘中桥、胡其云、杨小愿等作家的回忆中丰富对周克芹人物形象和精神内涵的认识，一边在深夜的案头一次次书写"文学的故乡"，这是我面对这片土地的必然选择。

不仅是我，由这片土地产生的文学磁场，早已越过简阳的山山水水，在更加宏大的时间和空间里影响着一批又一批有着纯粹文学理想的追寻者。或许，当写作的路上有了足以瞻仰的高地，心中就有了方向，精神就有了指引，脚下就有了力量。

2019年7月9日至11日，四川省作家协会和简阳市委、市政府共同举办"名家看四川·再寻周克芹"文学交流活动，刘庆邦、王祥夫、罗伟章、王十月、弋舟等50余名全国知名作家心甘情愿不远千里来到简阳，来到周克芹笔下的"文学的故乡"。刘庆邦在《周克芹的魂》中写道："去简阳的活动中，我对其中的一项活动更感兴趣，那就是走进周克芹故里，'再寻周克芹'。"在作家们眼里，没有什么理由比文化更有说服力。

此次文学交流活动设置了拜谒周克芹墓的环节，这也是作家们在简阳期间最神往的一次集体行动。这次行动的前夜，四川省作家协会委托我写一篇悼词，在作家们拜谒周克芹墓时吟诵，以此表达对周克芹的无限怀念和对周克芹精神的永恒追寻。面对这份委托，我内心是诚惶诚恐的，要直面周克芹的文学精神，要代表那么多作家的追思，胸无多少文墨的我，有些底气不足。但我没有推辞，作为在"文学的故乡"长大的孩子，作为一路追寻周克芹精神的写作者，即便可能词不达意、词不逮理，但内心的情感一定如琉璃般纯粹。

　　是夜，我的脑海里回荡着葫芦坝的往事，浮现着周克芹的坚守，思考着写作者的初心。一个个汉字从这片土地中冒出来，借我之手，组合成深情的句子，幻化为追寻的脚步。悼词《再寻周克芹》，寥寥八百余字，似乎每个字都夹带着泥土的芬芳，都裹挟着晚辈的敬仰，月光里的热泪见证着这一切。次日的拜谒仪式由李鸣生主持，作家凌仕江在周克芹墓前代表作家们吟诵了这篇悼词——

　　　　雄州七月，草木蔓发，告慰英灵。

　　　　今日，群贤毕至，高朋咸集，我们怀着无比敬意，来到克芹先生墓前，共同感念拜谒，追思文坛先驱，缅怀人文圣杰。

　　　　今日拜谒诸君，来自五湖四海，各领文坛风骚，文章独树一帜，皆能自成一家。譬如，"短篇小说之王"庆邦先生，"航天文学第一人"鸣生先生，"文画一家"祥夫先生，不一而足，皆大名鼎鼎。不远千里，慕名而来，诸君诚意，可见一斑，克芹之灵，当感欣慰。

　　　　克芹先生，生于农家，长于乡野，成于泥土，乃至毕生心事，尽在此地，对这方山水，可谓情深义重。文学，是他朴素的理想；写作，是他真诚的流露。无论穷困潦倒，抑或声名远播，皆守初心。一部《许茂和他的女儿们》，反映农村截面，呈现时代悲欢，书写心中信念，收获万千读者，震动沉寂文坛，自此声名鹊起。首届茅盾文学奖，奠定文坛地位，载入文学史册，走上人生高峰，绽放雄州光芒。始终铭记初心使命，聚焦熟悉生活环境，重点关注人物命运，深刻反映农村变迁，此志至死不渝。

　　　　呜呼哀哉，天妒英才，溘然而逝，简阳憾事，蜀中憾事，文坛憾事！魂归天国，葬于此地，重返故里，芬芳长存。这或正合克芹先生本心，从哪里来，回到哪里去，人生的起点与终点都交给这片熟悉的土地。青山环绕，绿水长流，文气灿烂，生生不息，以精神指引雄州方向，以情怀感召世道人心，以文心启迪当代文章。克芹先生，文章不朽，精神不朽，光芒永续。

我们深怀感念之情、崇敬之意，"再寻周克芹"，追寻克芹先生为民情怀、千古文章和精神品质，目的是再现其人文价值和精神引领，培养彰显人文情怀的新时代艺术人才。聚焦三新简阳，名片克芹先生，指引艺术创作，力争再出名家；放之浩浩文坛，先驱克芹先生，守护为文初心，成为我辈楷模。贤能诸君，汇集于此，诚心拜谒，皆为克芹先生文章折服，精神感召，影响深远。

文章千古事，克芹记心中。千言万语，难表深意，让我们为克芹先生深深鞠上一躬，以最高的敬意，缅怀这位文坛"老友"！

克芹先生，千古！

当凌仕江吟诵完悼词，作家们面向周克芹墓一拜再拜，这是一群作家对另一名作家由衷的敬意，是一群写作者对另一名写作者真诚的缅怀。周克芹墓前镌刻着这样一段话："做人应该淡薄一些，甘于寂寞……只有把物质以及虚名的欲望压制到最低标准，精神之花才得以最完美地开放。"这是周克芹的墓志铭，也是我辈写作者追寻周克芹的重要精神内核。

周克芹就像一盏灯，用文学照亮了一个时代的天空，用精神照亮了众多写作者的道路。作家们集体拜谒周克芹的一年后，在周克芹营造的永恒文学磁场中，我有幸成为简阳市作协的组织者之一。和一群充满活力的写作者，一道为"文学的故乡"书写时，我总要想起周克芹的墓志铭，想起那句"面向生活，背对文坛"，想起年少时父辈们面对周克芹时形成的默契，想起历史老师的理性和语文老师的感性……或许，这样的"想起"，让我们笔下的文字更显真诚纯粹、更有精神力量、更可抵抗岁月。

"古人不见今时月，今月曾经照古人。"太多的遗憾来不及书写，太多的理想来不及实现，我们能够做的就是在今夜的月光里，把过往写成故事，把精神写成永恒，不辜负这"文学的故乡"。

（选自《四川文学》2023 年第 7 期）

鲁迅烟史考

萧振鸣

鲁迅以文章名世，笔锋犀利，直击灵魂，是向旧世界冲锋陷阵的英雄。作为血肉之躯的鲁迅，既是侠肝义胆、无畏战斗的勇士，也是热爱生活的平民。纵观鲁迅一生，有几样嗜好是伴随他一生的，如吸烟、饮酒、喝茶、吃糖等，而最凶的，要算是吸烟了。鲁迅有诗云："中夜鸡鸣风雨集，起然烟卷觉新凉。"看鲁迅的照片，手持烟卷的有许多张。吸烟确是鲁迅伴随终身的一大嗜好。凡鲁迅的传记及他的友人写过的回忆录，几乎无不谈及鲁迅的吸烟。许多艺术家塑造鲁迅形象时也时常在他的手中夹上一支烟卷，如比较经典的鲁迅博物馆内张松鹤的雕塑、赵延年的版画等。鲁迅的吸烟，仿佛是一种精神战士的风度。

烟草与鸦片，都是从西方传入中国的，清代更是达到了鼎盛。西方为毒害中国人以达到向中国倾销鸦片的目的，将鸦片混入烟草，致使大批中国人成瘾，从而成为"东亚病夫"。鸦片战争后，鸦片的余毒在中国并没有被清除，许多地区仍然流行吸食鸦片。鲁迅生于清末，对此是亲眼所见的。鲁迅的父亲周伯宜因周福清案使得家境败落，性格变得喜怒无常，酗酒，吸鸦片，三十五岁便因病身亡。父亲的病死给鲁迅留下了深刻的印记，他对毒害中国人的鸦片一向是深恶痛绝的。但鸦片的实际味道，鲁迅是亲自体验过的。

1924 年 7 月，鲁迅应邀到西安讲学。那时从北京到西安要走上七天，先坐火车到河南陕州，然后乘船逆流而上到潼关，再换汽车到临潼。讲学之余，鲁迅考察了西安的名胜，想为他计划写的剧本《杨贵妃》找到实地的线索，然而西安的残破、人事的颓唐破坏了他原本的想象。西安之行似乎很平淡。那时西安的鸦片不但没禁，还相当流行。鲁迅忽然想尝尝鸦片的味道。曾经西方有些诗人如波德莱尔，文人如柯克多都曾用麻醉剂来获得灵感，难道鲁迅也想从鸦片中寻找灵感？鲁迅幼时曾见过尊长的烟具，但从未尝试过烟味。他对医药本是有研究的，常说鸦片原是有价值的药品，不济的人却拿来当饭吃，自是死路一条。这次他要亲自尝试一下了。于是他在孙伏园和张辛南的安排下进行了一次空前的尝试。鲁迅吸的时候还算顺利，吸完后就静静地等候灵感的来临，但那天灵感却没有降临。事后孙伏园问鲁迅吸鸦片的感觉怎么样，鲁迅失望地说："有些苦味！"看来，吸食鸦片可以激发灵感是"瘾君子"的谎言。

这件事鲁迅在《关于知识阶级》一文中道出了原委："譬如从前我在学生时代不吸烟，不吃酒，不打牌，没有一点嗜好；后来当了教员，有人发传单说我抽鸦片。我很气，但并不辩明，为要报复他们，前年我在陕西就真的抽一回鸦片，看他们怎样？"

鲁迅去西安时，接待他的是陕西省省长公署秘书张辛南，他描述那时鲁迅的牙齿是深黄色，牙根是深黑色，其黑如漆，身穿黑布裤、白小褂，上街时再穿一件白小纺大褂，头发不剪，面色黑黄，讲演几次后，许多人认为鲁迅吸鸦片。有人悄悄地问："周先生恐怕有几口瘾吧？"他说："周先生吃香烟。"还有一个军人问："学者也吸鸦片么？"张辛南问："哪个学者？"军人说："周鲁迅满带烟容，牙齿都是黑的，还能说不吃烟吗？"那军人只知鲁迅姓周，并认为鲁迅是他的名字，所以称他"周鲁迅"。

民国时期，烟草已深深地被中国人接受，只要经济条件允许，多会以吸烟为生活中的部分，有抽水烟的，也有抽旱烟的，烟具有烟管、烟枪、烟斗等，最流行的还是纸烟。烟草的畅销还被用来做广告的媒介。鲁迅在一篇《航空救国三愿》中讽刺道："所以银行家说贮蓄救国，卖稿子的说文学救国，画画儿的说艺术救国，爱跳舞的说寓救国于娱乐之中，还有，据烟草公司说，则就是吸吸马占山将军牌香烟，也未始非救国之一道云。"

鲁迅的烟龄，从有记载的文字看，他的烟瘾在留学日本的时候就已经很厉害了。周作人回忆：他在日本东京留学住在中越馆时期，最是自由无拘束。"大约在十时以后，醒后伏在枕上先吸一两支香烟，那是名叫'敷岛'的，只有半段，所以两支也只是抵一支罢了。"晚上"回家来之后就在洋灯下看书，要到什么时候睡觉，别人不大晓得，因为大抵都先睡了，到了明天早晨，房东来拿洋灯，整理炭盆，那炭盆上插满了烟蒂，像一个大马蜂窠"。

他在北京绍兴会馆居住时，早上醒来就在蚊帐里吸烟，白色的蚊帐被熏成了黄黑色。他的吸烟量巨大，每天都要三四十支，几乎是烟不离口。鲁迅吸的烟一般都是廉价烟，在北京时吸的是"红锡包""哈德门"牌。郁达夫回忆："鲁迅的烟瘾一向是很大的；在北京的时候，他吸的，总是哈德门牌的十支装包。当他在人前吸烟的时候，他总探手进他那件灰布棉袄的袋里去摸出一支来吸；他似乎不喜欢将烟包先拿出来，然后再从烟包里抽出一支，而再将烟包塞回袋里去。"女师大事件中，鲁迅被教育总长章士钊非法免职，学生尚钺去看望他，鲁迅顺手点燃一支烟并递给尚钺一支，尚钺一看是很贵的"海军"牌，就问："丢了官为什么还买这么贵的烟？"鲁迅笑着答道："正是因为丢了官，所以才买这贵烟。官总是要丢的，丢了官多抽几支好烟，也是集中精力战斗的好方法。"许广平第一次到西三条访鲁迅，对他的吸烟留下了深刻的印象，她说鲁迅吸烟"时刻不停，一支完了又一支，不大用洋火的，那不到半寸的余烟就可以继续引火，那时住屋铺的是砖地，不大怕火，因此满地狼藉着烟灰、烟尾巴……"。在北京时也有过别人怀疑鲁迅抽大烟的事，鲁迅在《马上支日记》中记载过一段：

七月六日

晴。

午后，到前门外去买药。配好之后，付过钱，就站在柜台前喝了一回份。其理由有三：一、已经停了一天了，应该早喝；二、尝尝味道，是否不错的；三、天气太热，实在有点口渴了。

不料有一个买客却看得奇怪起来。我不解这有什么可以奇怪的；然而他竟奇怪起来了，悄悄地问店伙道：

"那是戒烟药水罢？"

"不是的！"店伙替我维持名誉。

"这是戒大烟的罢？"他于是直接地问我了。

我觉得倘不将这药认作"戒烟药水"，他大概是死不瞑目的。人生几何，何必固执，我便似点非点地将头一动，同时请出我那"介乎两可之间"的好回答来：

"唔唔……"

这既不伤店伙的好意，又可以聊慰他热烈的期望，该是一帖妙药。果然，从此万籁无声，天下太平，我在安静中塞好瓶塞，走到街上了。

1924 年，高长虹与鲁迅交往密切，他回忆说："烟，酒，茶三种习惯，鲁迅都有，而且很深。"有时候也土耳其牌、埃及牌地买起很阔的金嘴香烟来。他劝鲁迅买便宜的国产香烟，鲁迅说："还不差乎这一点！"

鲁迅在厦门大学时独自居住，吸烟是很凶的。有一次参加别人的酒宴，回来后酒喝得有点多，靠在椅子上抽着烟就睡着了，忽然觉得热烘烘的，睁眼一看，衣服上一团火，腹部的棉袍被烟引着了，急忙扑灭，但衣服上已经烧了一个七八寸的大洞。许广平知道后，对这种事特别重视起来，对鲁迅的吸烟加强了管理。

鲁迅在广州时吸的是一两角一包的十支装，那时香烟里面赠画片，有《三国》《西游》《二十四孝》《百美图》等，他自己不收藏，把这些画片赠给喜爱美术的青年。鲁迅在生活上是个很节俭的人，抽烟时直到烧到手或烧到口，实在拿不住了才丢掉，为此许广平在广州专门给鲁迅买了一个象牙烟嘴。

鲁迅的亲朋好友都知道他爱吸烟，所以去探访时经常送烟给他。日记中有很多记载，孙伏园曾送过"华盛顿"牌香烟，友人张友松送过"仙果"牌烟卷。鲁迅在上海时三弟周建人携夫人王蕴如经常去探望大哥鲁迅，每次都要带给他一些香烟，章廷谦、徐诗荃等友人也给鲁迅送过香烟。鲁迅在上海与日本友人交往比较多，日记中记载片山松元、森本清八、长尾景和、山本实彦、内山完造等都赠过鲁迅香烟。内山完造、增田涉还送过烟缸、烟嘴一类的烟具给鲁迅，应该都是日本货。1931 年 2 月 15日，鲁迅"为王君译眼药广告一则，得茄力克香烟六铁合"，这种烟很高级，这则广告现已不可考，不过报酬还是挺高的。鲁迅的日记常有买烟的记录，一次买个五六包。但大部分买烟的事都是由许广平包办，鲁迅对她说："我吸烟是不管好丑都可以的，因为虽然吸得多，却是并不吞到肚子里。"许广平听了鲁迅的话，觉得反正是不吞到肚子里，于是就买些廉价的纸烟给他抽。鲁迅去世后许广平为此事懊悔不已，觉得这件事是害了鲁迅的。其实就吸烟的事来说，许广平对鲁迅这样一位大烟筒是非常宽容的，整天吸着二手烟却不离不弃，这才真爱吧。鲁迅老友林语堂说："他机警的短评，一针见血，谁也写不过他。平常身穿白短衫、布鞋，头发剪平，浓厚的黑胡子，粗硬盖满了上唇。一口牙齿，给香烟熏得暗黄。衣冠是不整的，永远没有看过他穿西装。颧高，脸瘦，一头黑发黑胡子，看来就像望平街一位平常烟客。许广平女士爱他，是爱他的思想文字，绝不会爱他那副骨相。"

鲁迅吸烟的牌子很多，大都是"金"牌、"品海"牌一类的卷烟，还吸过"彩凤""黑猫""强盗"牌等。上海的烟品五花八门，有洋铁盒包装的，也有电木包装的，有五十支装的，还有一百支装的。萧红到鲁迅家，看到他备有两种烟，一种是白听子的，是前门烟，用来招待客人；一种是绿听子的很便宜的，五十支才四五角钱，通常放在桌上自己随时吸的。

鲁迅与许广平的感情交往，是从1925年3月11日许广平以"受教的一个小学生"给鲁迅写的第一封信开始的，信中对鲁迅的吸烟是一种仰慕。她写道："五四以后的青年是很可悲观痛哭的了！在无可救药的赫赫的气焰之下，先生，你自然是只要放下书包，洁身远引，就可以'立地成佛'的。然而，你在仰首吸那醉人的一丝丝的烟叶的时候，可也想到有在蚕盆中展转待拔的人们么？他自信是一个刚率的人，他也更相信先生是比他更刚率十二万分的人，因为有这点点小同，他对于先生是尽量地直言的，是希望先生不以时地为限，加以指示教导的。先生，你可允许他么？"鲁迅当日就给她写了一封热情洋溢的复信，对于香烟的问题，鲁迅解释道："我其实那里会'立地成佛'，许多烟卷，不过是麻醉药，烟雾中也没有见过极乐世界。假使我真有指导青年的本领——无论指导得错不错——我决不藏匿起来，但可惜我连自己也没有指南针，到现在还是乱闯。"又介绍了他的"壕堑战"法："对于社会的战斗，我是并不挺身而出的，我不劝别人牺牲什么之类者就为此。欧战的时候，最重'壕堑战'，战士伏在壕中，有时吸烟，也唱歌，打纸牌，喝酒，也在壕内开美术展览会，但有时忽向敌人开他几枪。"从此，鲁迅与许广平的交往开始频繁。香烟的话题，是鲁迅与许广平的爱情元素之一。鲁迅吸烟，许广平是最了解的，她在回忆录中提到，鲁迅吸烟"每天在五十支左右。工作越忙，越是手不离烟，这时候一半吸掉，一半是烧掉的。在北京和章士钊之流的正人君子斗争，医生曾经通知过他，服药同时吸烟不会好的，我们几个学生那时就经常做监视的工作，结果仍然未能停止"。许广平知道鲁迅有气喘病，劝诫鲁迅："我以为当照医生所说：1. 戒多饮酒；2. 请少吸烟。"鲁迅也知道吸烟对他的气喘病很不利，曾想戒掉吸烟，但最后一直也没戒掉，为此鲁迅曾对许广平检讨"我于这一点不知何以自制力竟这么薄弱，总是戒不掉。但愿明年有人管束，得渐渐矫正并且也甘心被管，不至于再闹脾气的了"。

对于戒烟的事，鲁迅曾在写给许钦文的信中说："医生禁喝酒，那倒没有什么；禁劳作，但还只得做一点；禁吸烟，则苦极矣，我觉得如此，倒还不如生病。"1934 年春，鲁迅的胃病发作，医生对他说是吸烟太多的缘故，因此他把每日的吸烟量减到十支，并改吸较好的烟。1935 年 6 月他在致胡风的信中说："消化不良，人总在瘦下去，医生要我不看书，不写字，不吸烟——三不主义，如何办得到呢？"鲁迅去世前十天，参加了第二次全国木刻联合流动展览会，当时由摄影记者拍下一组照片，虽然面色憔悴却精神矍铄，与木刻青年侃侃而谈，那手中，始终夹着香烟。鲁迅直到去世前一天，手里还拿着香烟。鲁迅死于肺炎，鲁迅的肺病一定是与吸烟有关的。吸烟之癖，伴随了鲁迅一生。

"仰卧、抽烟、写文章，确是我每天事情中的三桩事，但也还有别的，自己恕不细说了。"鲁迅曾在致韦丛芜的信中这样说。鲁迅的小说有许多篇都描写过吸烟者，《风波》中七斤手中的"象牙嘴白铜斗六尺多长的湘妃竹烟管"、《阿Q正传》中阿Q手中的旱烟都给读者留下了很深的印象，这也是鲁迅对家乡吸烟风俗的描述。《孤独者》《在酒楼上》对魏连殳、吕纬甫这些知识分子烟不离手的描写，是因鲁迅有自己吸烟的体验才写得那样生动。

（选自《随笔》2022 年第 9 期）

唐宋诗词与现代生活

莫砺锋

唐宋诗词，展示四重现代意义

首先解释一下"唐诗宋词"这四个字。大家一定知道，文学史上的两个专有名词：唐诗和宋词。我们经常把它们合称为"唐诗宋词"。为什么我要变换词序，改称"唐宋诗词"呢？我认为对于这两种文体，都应该兼重唐宋。如果我们只说唐诗，就会忽略宋诗；假如我们只提宋词，就会忽略唐五代词。唐诗虽是古典诗歌的巅峰，但宋诗也非常了不起。现在的《全唐诗》加《全唐诗补编》不过五万六千多首，但是《全宋诗》里收录的宋诗接近二十五万首。宋诗不仅多，而且好。北宋的苏东坡和南宋的陆放翁，他们的诗歌水平并不亚于唐代的李杜。词也是一样，词当然是在宋代才发展到顶峰，但是晚唐五代已经出现了很好的词人和作品，温庭筠、韦庄就是两位非常优秀的词人。更了不起的是五代的李后主，他的词作拥有广大的读者。所以我一向认为，阅读古典诗词，最好是把唐宋的诗与词放在一起读。

什么叫唐宋诗词的现代意义？通俗来讲，就是唐宋时期的诗词对于现代读者有什么价值。唐宋的诗词作品距离我们最远的有一千四百年了，最近的也有八百年。相隔的年代这么久远，为什么我们还会感兴趣呢？这就在于它具有现代价值。

下面从四个方面来讲讲我的看法。

第一重现代意义，诗词，尤其是唐宋诗词，是用汉字码成的文本中审美价值最高的一类作品。

新诗人艾青说过，诗就是文学中的文学。我们可以模仿艾青的话来说，唐宋诗词，就是诗歌中的诗歌。它简洁，优美，把汉语汉字所蕴含的审美潜能充分地发挥出来了。多读唐宋诗词，对于我们的写作，对于我们的语言文字表达能力是一个有力的促进。

第二重现代意义，诗词中表达了人的基本情感、基本人生观和基本价值观。

首先要明白唐宋诗词写的是什么内容。中国古典诗歌有一个最古老的纲领，就是儒家说的"诗言志"，这在《尚书·尧典》中就提到了。到了西晋，陆机在《文赋》中又提出"诗缘情"的理论。有人认为"言志"偏向严肃、正大的主题，"缘情"则是偏向抒发个性化、私人化的情感，把二者对立起来了。但我想，从唐宋诗词来看，"言志"和"抒情"并不是对立的。情与志在唐宋人看来是一个东西。笼统地解释，情志就是指一个人的内心世界，包括对生活的感受和思考，也包括对万事万物的价值判断。这都是古典诗词所包含的内容。既然如此，唐宋诗词的内容就跟现代人没有什么距离了，因为诗词中表达的那些内容都是普通人的基本情感、基本人生观和基本价值观。比如喜怒哀乐，比如对真善美的肯定和追求，比如对祖国大好河山的热爱、对保家卫国的英雄行为的赞美，唐宋人如此，现代人也如此。所以唐宋诗词中的典范作品所表达的内心情感、思考和价值判断就可以毫无阻碍地传递到今天。这些作品仿佛就是现代的才华横溢的诗人为我们而写的，仿佛就是代替我们来抒写内心情思的。

第三重现代意义，诗词巨细无遗，真切生动地展现了祖先的生活情景，告诉我们祖先曾经是怎样生活的。

我非常遗憾地感觉到许多现代人不太懂生活。虽然我们的生活已经达到小康，但有很多朋友未必感受到幸福感。他们不会享受生活，不会品味生活，不会珍惜转瞬即逝的人生片段。而古人是经常思考生活的，很多唐宋诗人词人真会生活，那些作品对于现代人的实际生活具有巨大的启发意义。比如，唐宋诗词告诉我们，我们的祖先在生活中时时刻刻都注意与自然环境的和谐相处，他们热爱自然。我们看李白怎样喝酒。有一次他独自喝闷酒，但是他携着一壶酒来到月下，来到花间："花间一壶酒，独酌无相亲。举杯邀明月，对影成三人。"这是多么优美的生活场景，多么积极的生活态度，他与自然的关系多么亲密啊！

韩愈有一首七言绝句："漠漠轻阴晚自开，青天白日映楼台。曲江水满花千树，有底忙时不肯来。"写这首诗时，韩愈正在长安（今西安）做官。春日的一天，他约了张籍、白居易二人到长安南郊的曲江池去游春。上午天气尚阴，到了下午就放晴了。曲江水涨得很满，亭台楼阁与青天白日倒映在水中，两岸繁花怒放。当时张籍前来赴约，白居易却没有来。于是韩愈写信质问：你有什么事在忙，怎么不来欣赏如此美丽的春光？我想白居易可能会回答自己工作忙，走不开，这也是我们现代人不去游春时常用来推托的理由。白居易是忙，那韩愈忙不忙呢？白居易这一年任中书舍人，是正四品的官。韩愈呢，吏部侍郎，官居正三品。三品官能抽出时间到曲江赏春，四品官反倒没时间？可见这是借口。所以关键不在忙不忙，而是能否珍惜这样的机会。晚唐诗人李昌符有两句诗写得很好："若待皆无事，应难更有花。"不但自然界的花季很快就过去了，人生的花季也是转瞬即逝的。人的一生过得非常快，人生就是由一个个片段组成的，这些片段都是转瞬即逝的，必须要抓紧，仔细品味、仔细咀嚼。所以，请大家多读唐宋诗词，像古人那样品味人生吧！

　　更重要的是唐宋诗词中蕴含着美好的人际情感。比如天伦之情，就得到极为广泛、极为生动的描写，直到今天还让我们深受感动。像孟郊的《游子吟》对母爱的歌颂，像杜甫诗中对儿女的款款深情，都是感人至深的真情流露。又如歌颂友谊，这是唐宋诗词中发展得最为充分的一类主题。由于唐宋的诗人词人在抒写情感时都是通过具体、生动的生活情景来进行的——就好像在讲述一个感人的故事，所以会给我们留下极为真切的感受。我一向认为，唐宋诗词里所展现的离别场景、离别行为，用现代话说，简直就是优美的行为艺术。想想我们的祖先是如何送别的呢？他们在离城五里处修一座亭子，叫短亭；离城十里处修一座亭子，叫长亭。短亭、长亭一般是供人休息的地方，十里长亭也是送别的地方。来到这里，送行的人往往会携带一些酒菜，在长亭里摆好，大家喝几杯酒，写几首诗，唱一曲离歌。王维的《渭城曲》，后来被称为《阳关三叠》，就是经常在这种场合唱的离歌。这样的离别过程是悠长的、从容不迫的，所抒发的情感也是深厚的、绵长不绝的。我们看李白在黄鹤楼送孟浩然："故人西辞黄鹤楼，烟花三月下扬州。孤帆远影碧空尽，唯见长江天际流。"可以想象，李白先是跟孟浩然在黄鹤楼上喝酒，写诗唱和。然后，孟浩然走下楼，登上船，在长江上渐行渐远。李白一开始是站在江边上望，望不到了，再返回楼上，楼上的视野开阔，最后看到"孤帆远影碧空尽"，船在江面上越走越远。再看一首宋词，柳永的《雨霖铃》："寒蝉凄切，对长亭晚，骤雨初歇。都门帐饮无绪，留恋处，兰舟催发。执手相看泪眼，竟无语凝噎。念去去，千里烟波，暮霭沉沉楚天阔。"送别的地点是长亭外面，时间是一个秋天的傍晚。第二句写在城门外面，搭了一个帐篷，在里面喝酒。"无绪"就是没有心绪，心情缭乱，因为这是一对情人之间的送别，依依难舍。下面说到"兰舟催发"，船家催促要走了。古人一般是雇船，时间到了，船家催他们走。但是送别的人与行人还在那里"执手相看泪眼"，握着对方的手，看着对方眼中的泪水，话说不出来。整个送别的过程非常绵长，情感缠绵。南北朝江淹《别赋》说，离别是使人销魂的情感。"销魂"，就是灵魂受到震撼，受到深度的感动，这是人生中非常宝贵的瞬间。唐宋诗词中所写的离别，虽然伤感，但那是人生中非常珍贵的瞬间，是非常值得回忆的人生经历。那么，现代人呢？我们享受了高度的物质文明，快节奏、高速度，这样一来，很多离别之类的生活细节和场景都被压缩了、碎片化了，甚至不复存在了。这是非常令人遗憾的。当然，我不是主张回到古代去生活，我们再也回不去。回不去怎么办？我们可以阅读唐宋诗词，从古人的生活情景中得到一些启发，我们可以把生活的节奏稍微放得缓慢一些，生活得从容一些，尽量细致地品味生活的滋味，感受人生的意义和美感。总之，唐宋诗词会教我们如何生活，会提高我们的生活品质。这是它们的第三重现代意义。

第四重现代意义，典范作品具有巨大的教育作用。

唐宋诗词对于现代人的最大意义是什么？我认为是在于其中的典范作品可以提升我们的思想境界，提升我们的人格，具有巨大的教育作用。中国古人坚定地认为，只有人品一流的人，才可能成为一流的作家。的确，凡是历代公认的大诗人、大词人，他们一定是一流人物。唐代的李白、杜甫，宋代的苏东坡、辛稼轩，就是这样的人。他们不但作品写得好，他们的人格境界也是一流的。在这一重意义上，我认为，读诗最后也是读人。读古代诗词的最高境界，就是最后透过文字来读人。所以唐宋诗词中境界最高的名家名作，对现代人具有人格熏陶和境界提升的作用。

李杜苏辛，四位诗人四重启发

李白，对我们的意义在哪里？李白诗歌中所展现的，是一种从始至终意气风发的精神状态。他24岁离开四川江油，沿江东下。江油的李白纪念馆里有一尊很好的李白塑像，塑的就是李白仗剑出蜀、昂首阔步的姿态，这是他的青年时代。一直到61岁，他去世的前一年，已经老病交加，但当听到大将李光弼率军前去抗击安史叛军余部的时候，他又想去从军建功立业。可以说，李白的一生意气风发，从未萎靡不振。

李白的意气风发从哪里来的呢？首先，他对自己充满自信。他坚信自己的人格、能力，坚信通过自己的努力可以实现理想。只有李白才能写出这样的诗："天生我材必有用，千金散尽还复来。"当然这句话并不是说真的能千金散尽还复来，而是说他对自己充满信心。李白的诗中不是没有苦闷、牢骚，但最后的基调始终都是昂扬奋发的精神。比如《行路难》，具体描写了道路艰难："欲渡黄河冰塞川，将登太行雪满山。"到处都无法行走，所以他问："多歧路，今安在？"但此诗的最后两句是："长风破浪会有时，直挂云帆济沧海。"只要时机一成熟，我就可以施展抱负。

李白一生中只有短短几年做翰林供奉的仕途经历，他经常以百姓的身份出现，但他从来不因自己的布衣身份而觉得低人一等，相反是平交王侯。总而言之，李白是诗国中独往独来的豪士。他天性真率，狂放不羁，充分体现了浪漫乐观、豪迈积极的盛唐精神。李白的思想无拘无束、自由自在，绝不局限于某家某派。他绝不盲从任何权威，一生追求自由的思想和独立的意志。李白的诗歌热情洋溢、风格豪放，像滔滔黄河般倾泻奔流，创造了超凡脱俗的神奇境界，包蕴着上天入地的探索精神。李白的意义在于，他用行为与诗歌维护了自身的人格尊严，弘扬了昂扬奋发的人生精神。多读李白，可以鼓舞我们的人生意志，可以使我们在人生境界上追求崇高而拒绝庸俗，在思想上追求自由解放而拒绝作茧自缚。

接下来谈谈杜甫。杜甫一生遵循儒家的精神，他是儒家精神在唐代文学中最好的代表。所以钱穆先生称杜甫是唐代的"醇儒"。儒家学说的根本精神是仁爱思想。孟子说："老吾老以及人之老，幼吾幼以及人之幼。"一部杜诗，其基调就是这种精神。正因为这样，我们读《茅屋为秋风所破歌》才深受感动，深深地相信这不是说空话、说大话。诗人在秋风秋雨的夜晚，秋风把他的茅屋刮破了，秋雨漏下来了，床头都潮了，挨不到天亮了，这个时候，他居然发下宏愿："安得广厦千万间，大庇天下寒士俱欢颜，风雨不动安如山。"什么叫"安得广厦千万间"？这就是中国历史上最早提出的安居房的概念。杜甫的伟大情怀就是人要关心他人，要关心社会，特别是要关心弱势人群。这是我们传统文化中最主要的正能量。总而言之，杜甫是中国诗歌史上最典型的儒士。他服膺儒家仁政爱民的思想，以关爱天下苍生为己任。杜甫生逢大唐帝国由盛转衰的历史关头，亲身经历了安史之乱前后的动荡时代，时代的疾风骤雨在他心中引起了情感的巨大波澜，他用诗笔描绘了兵荒马乱的时代画卷，也倾诉了自己忧国忧民的沉郁情怀。杜甫因超凡入圣的人格境界和登峰造极的诗歌成就而被誉为中国诗歌史上唯一的"诗圣"。杜甫最大的意义在于，他是穷愁潦倒的一介布衣，平生毫无功业建树，却实至名归地跻身于中华文化史上的圣贤之列，从而实现了人生境界上跨度最大的超越。杜甫是儒家"人皆可以为尧舜"这个命题的真正实行者，他永远是后人提升人格境界的精神导师。

第三位谈谈苏轼。苏轼的思想非常复杂，丰富。他一方面深受儒家淑世精神的影响，在朝为官时风节凛然，在地方官任上则政绩卓著；另一方面，他从道家和禅宗吸取了遗世独立的自由精神，形成了潇洒从容的生活态度。

苏轼一生屡经磨难，曾三度流放，直至荒远的海南，但他以坚忍而又旷达的人生态度傲视艰难处境，真正实现了对苦难现实的精神超越。苏轼热爱人世，他以宽广的胸怀去拥抱生活，以兼收并蓄的审美情趣去体味人生，他的诗词内容丰富，兴味盎然，堪称在风雨人生中实现诗意生存的指南。苏轼65岁那年从海南岛北归，路过江苏镇江的金山寺，自题画像，后面两句是："问汝平生功业，黄州惠州儋州。"三个地方都是他的流放地，而且越来越僻远、荒凉，他在逆境中的时间长达十年！

那么，苏轼给现代人的启发在哪里呢？我觉得，他对于现代读者最大的启示，就在于他诗词中展现的在逆境中的人生态度。我们来读他的《定风波》。他45岁那年贬到黄州，不久就开始开荒种地。可惜官府借给他的那块荒地太贫瘠，收成欠佳。于是朋友们劝他凑钱去买一块肥沃的地。朋友告诉他在一个叫沙湖的小村庄里，有一块水田要出售，劝他去相田。苏轼47岁那年的三月初七，他在两个朋友的陪同下去相田。田没有买成，途中还遇到风雨，于是他写成这样的一首词："莫听穿林打叶声，何妨吟啸且徐行。竹杖芒鞋轻胜马，谁怕？一蓑烟雨任平生。料峭春风吹酒醒，微冷，山头斜照却相迎。回首向来萧瑟处，归去，也无风雨也无晴。"请问这写的是苏轼到沙湖相田偶然碰到的那场风雨吗？当然是的。但是这仅仅是写偶然碰到的风雨吗？当然不是。它实际上写的是人生途中的风风雨雨。苏轼不但沉着坚定地走完了十年逆境，他还把逆境变成了顺境。他在十年逆境中照样有进步、有创造、有光辉的人生成果。我认为普通人一生中总会碰到困难、挫折，问题的关键不在于我们能不能规避这种境地，关键在于处于这种境遇时采取什么样的人生态度。苏轼没有消沉、萎靡、放弃，而是坚定、潇洒、从容地走过来，他的作品中包含着强烈的人生观的意义，对我们有着巨大的启发作用。

最后谈谈辛弃疾。辛弃疾是南宋词坛上少见的雄豪英武的侠士。他本是智勇双全的良将，年轻时曾驰骋疆场，斩将搴旗；南渡后曾向朝廷提出全面的抗金方略，雄才大略盖世无双。可惜南宋小朝廷以偏安为国策，又对"归来人"充满疑忌，辛弃疾报国无门，最后赍志而殁。辛弃疾的词作充满着捐躯报国的壮烈情怀，洋溢着气吞骄虏的英风豪气。他以军旅词人的身份把英武之气融入诗词雅境，在词坛上开创了雄壮豪放的流派。多读辛词，可以熏陶爱国情操，也可以培养尚武精神。那种为了正义事业而奋不顾身的价值取向，必然会导致人生境界的超越。

宋词在辛稼轩以前，可以说是偏于软媚的。辛弃疾挟带着北国风霜、沙场烽烟闯进词坛，把英豪之气和尚武精神写入词中。辛词始终把报效国家、收复失土作为最重要的主题，雄豪就是辛词的基调。举两个例子：现存的宋词中，寿词多半比较庸俗。而辛弃疾为韩元吉祝寿的《水龙吟》却说："渡江天马南来，几人真是经纶手……算平戎万里，功名本是，真儒事、君知否。"他以收复失土、击退强敌的报国壮志来与韩元吉互相勉励，这种情怀是何等壮烈！又如，送别词容易写得悲悲切切，可是辛弃疾送辛茂嘉的词中说："易水萧萧西风冷，满座衣冠似雪，正壮士、悲歌未彻。"稼轩词始终都是英雄的词，展现给我们的是一个堂堂正正的、有担当，有责任感的抒情主人公形象。读这类词，可以提升人生境界。中华民族很需要这种刚健、向上的积极力量。

四位诗人四重意义。总的来说,李杜苏辛的作品,不仅具有审美价值,更重要的是对于我们有提升人格境界的熏陶作用。阅读唐宋诗词典范作品,可以在审美享受中不知不觉受到感染。这个过程就像杜甫所描写的成都郊外的那场春雨一样,"随风潜入夜,润物细无声"。唐宋诗词虽然距离我们有八百年乃至一千四百年的距离,但实际上它始终是活在现代读者心头的活的文本,这是它最大的现代意义。

　　（选自《新华文摘》2023 年 15 期、《人民政协报》2023 年 5 月 15 日）

"建安七子"与古罗马瘟疫及其他

王永胜

一

汉末瘟疫频发，很严重的一次是在建安二十二年（217）。《后汉书·献帝纪》云："是岁大疫。"疫情最严重的，是在曹操的地盘。"三曹"对此都有切身体会。

曹植《说疫气》：

> 建安二十二年，疠气流行。家家有僵尸之痛，室室有号泣之哀。或阖门而殪，或覆族而丧。或以为疫者，鬼神所作。夫罹此者，悉被褐茹藿之子，荆室蓬户之人耳！若夫殿处鼎食之家，重貂累蓐之门，若是者鲜焉。此乃阴阳失位，寒暑错时，是故生疫。而愚民悬符厌之，亦可笑也。

曹植说，在这场疫病中死去的，几乎都是穷苦人家。不见得准确。瘟疫对穷人和富人一视同仁，尤其是在缺乏现代传染病防治体系的古代，更是如此。比如，由于人员集聚，军中传染病的记载也就非常常见。十字军东征，好几次途中都暴发严重传染病。曹操赤壁之战，也是如此。建安二十二年，名士司马朗跟随夏侯惇、臧霸征伐东吴，到达居巢时，军中发生严重瘟疫，司马朗正是死于这场瘟疫。

不过，曹植所说的瘟疫到来，"覆族而丧"，并没有文学的夸张。汉末名医张仲景经历了建安年间的数次瘟疫。据他在《伤寒论·自序》中所说，张家是大族，"宗族素多"，之前有两百多人，建安纪年以来不到十年，死了三分之二，"伤寒十居其七"。

行文至此，我们先要厘清几个基本的概念。瘟疫，严格来说，并不属于医学范畴。它不是某一个确切的疾病种类的代称或几个疾病种类的统称，而是泛指由一些强烈致病性的微生物，如细菌、病毒所引起的传染病。

中医上所说的"伤寒"，与现代医学意义上的"伤寒"也有差异。现代医学所说的"伤寒"，是由伤寒杆菌造成的伤寒病，属于历史中典型的瘟疫范畴。而中医所说的"伤寒"，典型症状是发热，凡是发热性的疾病或具备发热特征的疾病，可能都会被称为"伤寒"，是一切外感病的泛指。虽然今天已知有很多古代的瘟疫都属于外感病，但是由于外感病的范围太大，所以不能一概而论地判断古代文献中所说的"伤寒"都属于瘟疫的范畴。

结合建安时期的历史信息，我们可以判断，张仲景诸多族人死于的伤寒，其实就是死于瘟疫——谢天谢地，希望上述这段话没有把读者诸君绕晕。

虽然张家悲剧是发生在建安二十二年之前，但是建安二十二年的大瘟疫，"覆族而丧"的一定不在少数。

曹操在《蒿里行》中哀叹："白骨露于野，千里无鸡鸣。生民百遗一，念之断人肠。"曹操这首诗作，虽然是写于建安之前讨伐董卓之时，但是和后来"建安七子"之一的王粲写于建安年间的《七哀诗》中的诗句"出门无所见，白骨蔽平原。路有饥妇人，抢子弃草间"有着相同的人间惨状。

由于战乱和瘟疫影响，汉末时期人口急剧下降。据葛剑雄的估计，东汉三国间的人口谷底大致在两千二百二十四万至两千三百六十二万，比东汉人口高峰六千万计，减少超过百分之六十，虽然远远谈不上是"十不存一"，也是中国历史上人口下降幅度最大的几次灾祸之一。

面对人口骤减的局面，建安二十三年（218），曹操发布《给贷令》：但凡女子七十岁以上、没有丈夫儿子的，十二岁以下没有父母兄弟的，以及眼盲、手脚残疾却没有父母妻儿照顾的，都可以终身由官府提供口粮；十二岁以下出身贫寒的幼儿，"随口给贷"。

二

"建安七子"之说，始于曹丕《典论·论文》："今之文人，鲁国孔融文举，广陵陈琳孔璋，山阳王粲仲宣，北海徐干伟长，陈留阮瑀元瑜，汝南应玚德琏，东平刘桢公干。斯七子者，于学无所遗，于辞无所假，咸以自骋骥騄于千里，仰齐足而并驰。"

七子中，孔融被曹操诛杀于建安十三年（208）；阮瑀病逝于建安十七年（212），陈琳、王粲、应玚、刘桢四人皆死于建安二十二年这一场瘟疫。最后一子徐干，死于建安二十三年。《中论序》："（干）年四十八，建安二十三年春二月遭疠疾，大命陨颓。"建安五子被同一场"跨年"的瘟疫"团灭"。

特别值得一说的是王粲，他是公认的"建安七子"之中文学成就最高的。王粲出身豪族，十四岁时遇董卓之乱，从洛阳徙居长安。初平三年（192），董卓余党李傕、郭汜作乱长安，王粲流寓荆州，依附刘表。在荆州十六年，不受重用。建安十三年归降曹操。经历坎坷的王粲穿过曹操看过的"千里无鸡鸣"、白骨暴露的荒野，像后来的杜甫一样，客观忠实地记下《七哀诗》这样泣血的诗句。《三国志·王粲传》记载，王粲"道病卒"。飘零一生的王粲，最后和司马朗一样，死于道中。

曹丕在给好友吴质的一封书信中追忆了与"建安七子"那段优游的岁月：

> 昔年疾疫，亲故多离其灾，徐（干）、陈（琳）、应（玚）、刘（桢），一时俱逝，痛可言邪？
>
> 昔日游处，行则连舆，止则接席，何曾须臾相失！每至觞酌流行，丝竹并奏，酒酣耳热，仰而赋诗，当此之时，忽然不自知乐也。谓百年己分，可长共相保，何图数年之间，零落略尽，言之伤心。顷撰其遗文，都为一集，观其姓名，已为鬼录。追思昔游，犹在心目，而此诸子，化为粪壤，可复道哉！

"行则连舆，止则接席"，人生一大快事，可是人员的聚集也增加瘟疫传播的危险。这场瘟疫，"建安七子"团灭，"三曹"却安然无恙，可能和后者相对较好的免疫能力有关。"建安七子"皆是文弱书生；而曹操曹丕，文韬武略。曹操戟术高超，曹丕剑术精熟，甚至能空手入白刃，体质都不会差。

对于"建安七子"的死亡，曹丕似乎要比曹植更为悲痛。而曹植在《说疫气》中所说的"殿处鼎食之家，重貂累蓐之门，若是者鲜焉"，明显与事实不符。曹植曾是曹丕在政治上的竞争对手，一度被曹操视为"儿中最可定大事"者，后来却错失良机。曹操最终立曹丕为太子，让曹丕接班。曹植之后的内心世界变得复杂，有忐忑不安，也有愤懑。联想到曹丕正是在建安二十二年获立太子，那么曹植在《说疫气》中的不实书写和"阴阳失位"，会不会是弦外之音的"隐微写作"？

三

我们把视野放宽。由于陆路交通、海航技术的进步，以及商人们的勇敢开拓，早在公元2世纪，罗马人和汉朝人就有着密切的联系。

一群勇敢的罗马商人，身负罗马皇帝马可·奥勒留的使命，从亚历山大港出发，穿红海，过阿拉伯半岛，绕印度，经马六甲海峡，在越南登陆，再改走陆路，最终在公元166年，汉桓帝延熹九年，踏上汉朝的国土，到达长安，并献上象牙、犀角、玳瑁。他们开辟了一条海上丝绸之路。

这次壮举被记录在《后汉书·西域传》里，马可·奥勒留，也就是古罗马"五贤帝"时代最后一位皇帝、斯多葛派信徒、《沉思录》作者的名字，被《后汉书》称为"大秦王安敦"。

马可·奥勒留的使团之所以能成功到达汉朝，有一个历史的巧合：世纪初年，统治世界的四个帝国——中国的汉朝、印度北方的贵霜帝国、帕提亚帝国和罗马帝国，它们的政治局面在这同一时期都空前地稳定，使得当时人们商品和思想的自由交流有了可能。

另一方面，交通的发展和人口增长，也为传染病的传播打开了便捷的通道。

公元165年，罗马帝国暴发大瘟疫。马可·奥勒留看到，很多城市的情形可以用"尸横遍野"来形容。奥罗修斯（约380—420）说，当年意大利死了不计其数的人，城市遭到了遗弃，村庄被荒废了。

古罗马大瘟疫和汉朝建安年间大瘟疫有没有关联？《瘟疫与人》的作者威廉·麦克尼尔有一段小心翼翼的推论：

> 我们有理由相信，公元 2 世纪末期传染病给予地中海人口的沉重打击，可能还波及了中国。但似无迹象表明，介于上述两地之间，也就是靠近旧大陆文明生活网中心的地区，由于首次遭遇致命传染病而人口锐减。

如果这两场瘟疫有关联的话，威廉·麦克尼尔要解释古罗马和汉朝两地之间的区域为什么没有受到影响，这个棘手的问题。他认为：

> 原因无外乎是：或者中东和印度城市的人口不害怕中国和地中海的疾病，却有自己的致命疾病的输出；或者留存的记录不完整，无从考证发生在中东和印度的致命灾难。

威廉·麦克尼尔显然还不死心，提供了一个"间接的证据"。"在传染病正在大幅度削减罗马和中国人口的公元 200 至 600 年间"，两地之间的人口"却臻于高峰"，这"看似矛盾"，却"容易理解"。他让我们联系到1500 年之后，因海洋开放而导致的疫病流行对欧洲几乎没有影响（那些造成新的疫病流传方式的水手们大抵安然无恙），而对百万的美洲印第安人和别的易感民族却是"灾难性的死亡"。威廉·麦克尼尔认为：

> 在公元纪元早期，欧洲和中国这两个旧大陆中最少遭遇疫病的文明，在传染病上曾处于跟后来的美洲印第安人相似的境遇：极易染上新的传染病并造成社会的混乱。

威廉·麦克尼尔也在书中指出，海上旅行可以很容易跨越几百或几千英里的水域，把传染病从一个港口带到另一个港口。反观陆路旅行，不但速度较慢，而且患者可以留置中途。由于这两个原因，陆路上的疾病传播远不如海上容易。

罗马使团是在罗马瘟疫暴发期间出发来到汉朝——我们当然不能肯定正是这群使团带来的瘟疫，可是罗马使团不远万里辗转而来，罗马和汉朝之间"海路—陆路"应已经畅通。两场瘟疫的时间又如此相近——古罗马瘟疫至少肆虐了十五年，从公元 165 年至 180 年；东汉建安纪年（196）以来瘟疫频发，最终造成建安二十二年（217）大瘟疫——当中这段间隔，对于传染病的潜伏期来说再正常不过。威廉·麦克尼尔这才猜测：古罗马暴发的这场瘟疫，"可能波及了中国"。

威廉·麦克尼尔似乎没有看到一点，在"公元 2 世纪末期"也就是建安之前，中国已经发生数次大规模瘟疫。据《后汉书·五行》记载，从元初六年（119）至建安二十二年（217）之间，有九次大疫（分别在 119 年、125 年、151 年、161 年、171 年、179 年、182 年、185 年、217 年），大疫间隔最近只有三年，这是一条很有规律的曲线图。瘟疫是由境外传来一说，似乎难成立。

不过，当瘟疫这面巨大的黑色帷幔笼罩过来时，阴影中的人的处境，在本质上是相同的，都是绝望。人们所表现的不同，例如，有人放浪形骸，有人积极进取，如张仲景治病救人，那也只是绝望之后的应对而已。

四

在斯多葛派哲学看来，世间的事物分为两种：有些事物是我们能决定的，有些事物不是由我们决定的。马可·奥勒留说，"宇宙的本质是驯良而柔和的；控制宇宙的理性是无意为恶的""一切发生的事物都是平常而熟悉的，犹如春天的玫瑰和秋天的果实。同样的道理也适用于疾病、死亡、毁谤、欺诈，以及一切使愚人欣喜或苦恼的事物"。瘟疫，也作如是观。在瘟疫蔓延的城市当中，在边境舟车劳顿之时，马可·奥勒留希望内心能宁静，努力成为一个有德行的人。

和马可·奥勒留同时代的著作《阿提卡之夜》，厚达二十卷四百三十八章，是作者革利乌斯在阿提卡的漫漫长夜中阅读各种书籍时所做的笔记。其内容则是哲学、历史、文学、美学，法学无所不包；天文地理、三教九流、风土人情、文化娱乐、吃穿住行无所不涉；散文杂记、传说典故应有尽有，真可谓地地道道的希腊罗马社会的百科全书。可是此书基本不涉及当代事件，作者对于他所经历的古罗马165年大瘟疫，同样只字不提。革利乌斯在书中只有两处提到瘟疫，落脚点都不在当下。

据称苏格拉底也很懂得节欲。在其一生中始终百病不侵。即使是在伯罗奔尼撒战争初期，瘟疫来袭，病魔肆虐雅典，夺去无数人的生命时，据称由于他善于节欲、惯于节制，因而避免了放浪形骸所带来的不良后果，始终保持着身体的健康，故而在那场遍及全城的灾难中安然无恙。（第二卷第一章）

我最近在泰奥弗拉斯特的著作中了解到，有很多人相信并做了记录：痛风的痛是最痛苦的，但是若吹奏竖笛者以轻快的曲调吹奏时，痛苦就会减轻。德谟克利特所著的名为《论瘟疫》书中也提到，悠扬轻快地吹奏竖笛能治蛇咬，该书还说吹奏竖笛能治疗很多疾病。人的肉体与心灵之间，疾病与肉体和心灵的治疗之间的联系，是多么的紧密啊！（第四卷第十三章）

伯罗奔尼撒战争初期暴发的瘟疫，夺走了雅典城四分之一的居民的生命。修昔底德在《伯罗奔尼撒战争史》（西方最早以文字形式记载瘟疫的著作）中写道："因为无人照顾的缘故，许多人全家都死光了……有些富人忽然死亡，有些过去一文不名的人现在继承了他们的财富……好人和坏人毫无区别地一样死亡。"

修昔底德、苏格拉底在雅典看到的景象，革利乌斯和马可·奥勒留在罗马又重新看到了。两者隔了五百来年。虽说医疗水平在进步，但是在现代医疗兴起之前，对肆虐的瘟疫来说，这点进步的作用微乎其微。革利乌斯认为，学习苏格拉底"善于节欲、惯于节制，保持身体的健康"，才能"在遍及全城的灾难中安然无恙"，如果疾病的苦痛终究会来临到某一个体身上，那么音乐，无疑可以抚慰他的痛苦。"人的肉体与心灵之间，疾病与肉体和心灵的治疗之间的联系，是多么的紧密啊！"两千年之后的我们读来，能体会革利乌斯是把恐惧和不安，藏在节制和安然之后——这种所作所为很像斯多葛派信条。

魏晋文字多悲凉之气。"昼短苦夜长，何不秉烛游"。纵使英雄盖世如曹操，也说"譬如朝露，去日苦多"。"建安七子"诗作中，也多"踟蹰"（"踯躅"）二字。阮瑀《驾出北郭门行》："下车步踟蹰，仰折枯杨枝。"阮瑀《临川多悲风》："揽衣起踯躅，上观心与房。"

南朝学者刘勰对建安时期的文人有一个评价，说他们"怜风月、狎池苑、述恩荣、叙酣宴，慷慨以任气，磊落以使才。造怀指事，不求纤密之巧；驱辞逐貌，唯取昭晰之能"。

如果把"怜风月、狎池苑、述恩荣、叙酣宴"这几个词从全文语境中切出来，我们很容易会以为刘勰对建安文人有一些不屑。这其实是我们的误读，是时代造成的误读。

"狎"当"狎游"解，"亲昵嬉游"，此处用法没有贬义。

"述恩荣"，现代人读来，会以为"建安七子"（孔融除外）有御用文人的嫌疑。这其实也要看站在哪个角度，放宽历史的视野，曹操"周公吐哺，天下归心"，不见得就不是真心。饱尝世间凄苦的人，如王粲，期待曹操荡平天下的心，也不可谓不真诚。

"叙酣宴"，是建安文人的常见题材，但是就算写这些应酬诗作，悲在宴席欢畅时的突然到来，读来也让人战栗。刘桢《公燕诗》，在热闹时，以"投翰长叹息，绮丽不可忘"戛然结尾，如岩壁突然被利刃切掉一块，回味锋利。这种战栗，延续到后来的"竹林七贤"（阮籍出生于建安年间），我们也能在嵇康《酒会诗》中品出相同的气息。正如歌德所云："战栗是人性之中最好的部分。"魏晋时期悲凉、战栗的时代气息，与弥漫的疫气是脱不开干系的。

建安文人"慷慨以任气，磊落以使才。造怀指事，不求纤密之巧；驱辞逐貌，唯取昭晰之能"——激昂慷慨地抒发他们的志气，光明磊落地施展他们的才情，他们在述怀叙事上，绝不追求细密的技巧；在遣词写景上，只以清楚明白为贵。刘勰在此处指出了建安文人写作的艺术特点。但是，在我看来，他们对世间凄苦"内容"的记录，无疑是不朽的。如陈琳《饮马长城窟行》，阮瑀《驾出北郭门行》，王粲《七哀诗》《登楼赋》。

马可·奥勒留在《沉思录》中屡屡感叹时间无情，人生须臾，那些曾经光辉的人物，如今"安在哉"？

同样地，历史上被歌赞的名字在某种意义上也可说是作废，如

Camilus、Caeso（恺撒）、Volesus、Dentatus，稍后的 Scipio（西庇阿）与 Cato（加图），再后的 Augustus（奥古斯都），以及 Hadrian 与 Antoninus（安东尼）。因为一切都很快地消逝而变为传说，不久便整个地被遗忘了。我所提到的这些名字都是在世界上曾经发过异常的光辉。

马可·奥勒留的话，既对，也不对。因为上述这些光辉的人物，就算被人遗忘了，却又在马可·奥勒留的文字中复活了。

史载，邺城有陈琳、应玚、刘桢之墓，他们生前曾"行则连舆，止则接席"，离世之后，坟也隔得不远。唐代温飞卿曾来过陈琳墓前，写下《过陈琳墓》诗作：

> 曾于青史见遗文，今日飘蓬过此坟。
> 词客有灵应识我，霸才无主始怜君。
> 石麟埋没藏春草，铜雀荒凉对暮云。
> 莫怪临风倍惆怅，欲将书剑学从军。

那个时候，弥漫很广又很久的瘟疫早已经彻底过去，墓前的石麒麟已经被萋萋荒草埋没，魏武帝的铜雀台一片荒凉对暮云。朽与不朽，都在此间。

（选自《随笔》2023 年第 4 期）

自"尝"到"言"：中世纪的味觉世界

包慧怡

> 从来没有一条梭子鱼在加仑庭酱里
> 像我在爱情里浸得那么深，那么疼；
> 所以，我经常觉得我自己，
> 是货真价实的特里斯丹爵士再生。
> 我的爱情永远不会冷却或麻木
> 我永远焚烧于爱欲的喜悦中；
> 无论你做什么，我总是你的奴仆，
> 虽然你并未同我眉目传情。（包慧怡译）

"英国文学之父"杰弗里·乔叟在以上这首鲜有关注的短诗《致罗莎蒙德的谣曲》（*To Rosamond*: *A Balade*）最后一节中，为我们生动描绘了不被回馈的爱情的滋味。诗人自比为亚瑟王传奇中的圆桌骑士特里斯丹（Tristan）——特里斯丹以其与叔父康沃尔国王马克的未婚妻、爱尔兰公主漪瑟（Iseult）的爱情悲剧而闻名，是忠于"典雅爱情"的痴情骑士的代名词。然而在情诗修辞的表皮下，乔叟这首诗旨在对中世纪"典雅爱情"文学传统进行颠覆和反讽，其中"加仑庭酱（中古英语 galauntyne）里的梭子鱼"尤其令人忍俊不禁：中世纪文学中用来比喻热恋心境的食物通常是精美的甜品、芬芳的花蜜、新鲜的水果（尤其是色泽鲜艳的莓类）或馥郁的醇酒，此处让"我"像梭子鱼般"浸得那么深，那么疼"的究竟是何方神酱？中古英语 galauntyne 或 galentyne 来自古法语 galentine（"啫喱"或"肉冻"），由去骨高温烹制的肉汤或鱼汤收汁冷却而成，似可以通译为

"肉汁"。但在乔叟写作该诗的同一时期（14 世纪末），英王理查二世的宫廷御厨编订的菜谱集《烹饪大全》（*The Forme of Cury*）中，编号第 136 号的"加仑庭酱"的食谱却与其法国源头相去甚远。国王的大厨用中古英语写道："取面包屑，磨成细末；加入高良姜（galyngale）、肉桂和生姜粉末，加盐调味；加醋平衡，用滤器调匀，然后上盘。"这显然是一道口味辛辣的酱。在英国，它的原料并不包括肉和鱼，但适合作为鱼类的佐餐汁去腥。这就把我们带回乔叟反讽诗的语境："从来没有一条梭子鱼在加仑庭酱里／像我在爱情里浸得那么深，那么疼。"中世纪的英式加仑庭酱是一种以姜为基底的香辛料调味汁，就如它的同类胡椒酱、大蒜酱、驼绒酱一样，以异域风情刺激人的味蕾，丰富着能负担得起它们的食客餐桌。那些来自遥远他乡的进口香料——番红花（最贵的一种）、丁香、肉豆蔻、小豆蔻、胡椒（"香料之王"）、天堂椒、高良姜——可以直接用来抵税、偿债、充当嫁妆、支付诉讼费（法语中有"官司香料"一说），成为中世纪欧洲金融市场的一部分。

味觉位于中世纪感官金字塔的倒数第二级，位置仅仅高于"最沉重的"触觉，对应的元素是水，对应的动物图腾有猴子、熊、鹿、猪、乌鸦、鸵鸟等——人们相信这些动物有比人类更灵敏的味觉，而味觉也是将人与动物紧密相连的感官。中世纪欧洲人认为主要的"味"有九种：甜味、油味、苦味、咸味、冲味、辛味、海盐味、醋味、无味。组成味觉的主要有"性"和"质"两大要素：甜、油、苦、咸、冲被认为是热性的，其余则是寒性；甜、苦、海盐味被认为是"厚质"的，咸、辛、无味是"中间质"，油、冲、醋味则是"薄质"的；每类味道里还有各种微妙的细分。这种九分法（有时"无味"被排除在外，就是八分）构成了中世纪食疗理论的基础。找到符合自己体质、能够中和不平衡体液的食谱是维持乃至修复个体健康的关键，这是一种朴素的"我食故我是"营养论。譬如，中世纪晚期礼仪书《童蒙指南》（*The Babees Book*）以中古英语诗节为我们列出了乳制品的神奇价值："黄油是种健康食物，在清晨或夜晚／因为它安抚胃部，助人摆脱毒素／它还是泻药，助人排出坏体液……牛奶、奶油、凝乳还有玫瑰乳酥／都能起到收胃作用……"

当然，营养学不是中世纪普罗大众关心的问题，日常的温饱和偶然的享受才是。汉内莱·克莱门提拉（Hannele Klementtila）在《中世纪厨房：

带食谱的社会史》（*The Medieual Kitchen：A Social History with Recipes*）中告诉我们，北欧农民的日常饮食由大麦和黑麦面包、稀粥、干鱼和腌肉组成。14 世纪梦幻诗《农夫皮尔斯》中的农夫自述只能吃到未发酵奶酪、面包、白菜。同时期的神秘剧中，牧羊人的日常食谱也不过增加了培根、洋葱、燕麦饼和（堪称黑暗料理的）淡啤酒和酸奶腌制的羊头。法国农民的食谱似乎更丰盛，15 世纪《牧羊人的大节历书》中列出了羊、鸡、兔、鱼等各种炖肉，还有炖韭菜、炖内脏、炖豆和牛肉馅饼，并声称上流社会的餐桌上不过是比农人多了烧烤、煎炸、烘焙的精致食物。个中差异是由于自然条件和国情有别，还是因为记录偏差？毕竟留存至今的中世纪食谱集（比如理查二世御厨的《烹饪大全》）基本都出自上层贵族阶级的厨房，劳动阶层的饮食信息却散见于各类文学作品，不能作为同等性质的文献对待。

　　中世纪没有米其林评级，也没有《顶级厨师》（*Master Chef*）这样的烹饪综艺节目，厨房里的秘密主要依赖口头亲授和家族传承。不过，14 世纪至 15 世纪的欧洲还是为我们留下了大约一百部烹饪书籍。有拉丁文也有俗语写成，有各国都备受欢迎的普世菜，也有高度依赖当地食材的特色菜。克莱梅蒂娜列出了其中最著名的一些：《缤纷食材》（*Diversia Cibaria*，14 世纪英国）、《好香料之书》（*Buch von gutter Speize*，14 世纪德国，来自维尔茨堡大主教的厨房）、《主厨艾伯哈德的烹饪书》（*Kochbuch von Meister Eberhards*，15 世纪德国，来自巴伐利亚的王室厨房）、《一切食材的烹饪与调味方式专论》（*Tractatus de Modo Preparandi et Condiendi Omnia Cibaria*，14 世纪意大利）、《厨艺之书》（*Il libro della Cocina*，14 世纪意大利，来自托斯卡纳地区）、《厨艺集》（*Registrum Coquine*，15 世纪，出自教皇马丁五世的主厨）、《巴黎持家者》（*Le Ménagier de Paris*，14 世纪法国）、《论厨艺》（*Du fait de cuisine*，15 世纪法国，来自萨伏伊公爵的厨房）等。这些宫廷背景的食谱集为我们保存了大量中世纪佳肴的配料、数量、烹饪步骤信息，有一些已被现代学者精心还原成可以在今日厨房里制作的改良菜：蜜饯撒拉逊烤鸡、甜酸酱汁野兔、醋栗猪肉丸、白葡萄酒酱烤梭子鱼、红酒鳗鱼、无花果泥三文鱼派、鹿肉派。还有一些显然难以还原，比如常见的中世纪黑暗料理天鹅派、鸨派、卤煮派、河狸汤（河狸被归为鱼类，因为它们"用尾巴游泳"）、盐烤孔雀、烤猫、烤豪猪、烤绵羊阴茎填蛋黄、麝猫酱配黑线鳕、公鸡燕麦酒……麦琪·布莱克（Maggie Black）的《中世纪厨艺书：为现代厨师翻译和改良的五十份原汁原味的食谱》（*The Medieval Cookbook：50 Authentic Recipes, Translated and Adapted for the Modern Cook*）为我们提供了不少较为温和、有可能复刻的"英式黑暗料理"的食谱。

　　不知是否为了平衡胡吃海塞带来的内疚，中世纪食谱中不少甜点的名字都与宗教挂钩："小修女"（一种香气扑鼻的圆蛋糕）、"圣物看守人"（冰糖千层饼）、"修女的屁"／"修女的叹息"（两者都是奶油馅点心）是其中命名比较文雅的品类。书面食谱集在中世纪晚期的广泛传播折射出新兴中产阶级对贵族社会饮食风俗的模仿欲，在餐桌上"吃得像上等人"成了谋求阶级跃升过程中较易实现的环节。但对味觉享受的高度关注始终具有伦理风险，因为于6世纪左右教会将原本殿后的"骄傲"与"虚荣"合二为一并提至众罪之首前，中世纪早期许多教父作家都将"饕餮"列为首罪。"饕餮"在4世纪教父约翰·卡西安（John Cassian）的"八宗罪"名录中位列第一（其余依次是淫欲、贪婪、愤怒、悲伤、懒惰、虚荣、骄傲），被认为是依次触发其余罪过，引起蝴蝶效应的第一宗罪。这种看法在中世纪盛期和晚期并未消失，乔叟在《坎特伯雷故事集》之《赦罪僧的故事》（*The Pardoner's Tale*）中借兜售赎罪券的"赦罪僧"之口说得再直白不过了：

> 哦，满该诅咒的饕餮！
> 哦，我们毁灭的第一因！……
> 整个世界都被饕餮腐蚀。
> 先父亚当，还有他的妻。
> 跌落天堂，坠入劳作和悲恸
> 毫无疑问是被那宗恶习驱使。
> 我读到过，只要亚当持斋，
> 他就仍在天堂……
> 呜呼，短短的喉咙，柔软的嘴
> 驱使人类跑东跑西，跑南跑北，
> 在土、气、水元素中苦苦劳作

就为了大快朵颐珍馐和美酒！

（498~499 行，504~509 行，517~520 行，包慧怡译，下同）

亚当、夏娃在伊甸园中的僭越被说成是饕餮的结果，这并非中世纪解经家的主流看法。乔叟为读者呈现了一对主要罪过在于"管不住嘴"的老饕夫妇，自然有对冒充神学权威的虚伪"赦罪僧"本人的反讽。但这些诗行对贪食导致的灵性堕落的批评无疑是辛辣又不留情面的：

当人这样痛饮红葡萄酒和白葡萄酒，
就是把自己的喉咙变成了厕所……
……肚皮是他们的神！
哦腹部！哦肚皮！哦恶臭的口袋，
填满了粪便和腐败！
两头的声音都不堪入耳。
要喂饱你得花多少功夫和时间！
厨师们苦苦敲打、拉伸、碾磨
把实体化作了表象
就为了满足你们的饕餮之欲！
他们从坚硬的骨头里敲出
骨髓，因为他们不会扔掉任何
能松松软软地通过食道的东西。
用树叶、树干和树根做香料
他的酱汁也要制作精良，
好为他创造一种全新的胃口。
（526~527 行，533~546 行）

乔叟不仅把饕餮者塑造成拜偶像的异教徒（"肚皮是他们的神！"），还把暴饮暴食的过程描绘成一种"颠倒的圣餐"意象（"当人这样痛饮红葡萄酒……把实体化作了表象"）。教会设立圣餐礼的经文依据主要出自最后晚餐上耶稣的话："他们吃的时候，耶稣拿起饼来，祝福了，就擘开，递给门徒，说：'你们拿着吃，这是我的身体。'又拿起杯来，祝谢了，递给他们，说：'你们都喝这个，因为这是我立约的血，为多人流出来，使罪得赦。'"（《圣经·马太福音》26：26~28）围绕圣餐礼中的圣餐变体论（Tran-substantiation，关于弥撒仪式中的圣餐饼和圣酒是否在实质上转化成了基督的身体和鲜血的教义）的争论历史悠久，是神学史上悬而未解的难题。然而，乔叟在短短几行诗中举重若轻：饕餮者口中的食物和酒不仅没有像耶稣预言的那样成为更高的精神存在，反而逆向流入中世纪解剖学中象征纯粹物质性的腹部（"哦恶臭的口袋，/填满了粪便和腐败！/两头的声音都不堪入耳"），沦为彻底与灵性和拯救无关的秽物。如果说御厨们使出浑身解数完成的烹饪看似一种炼金术——将寻常食材提升为味觉体验超凡的珍馐——乔叟式的对饕餮的无情鞭挞却揭示，这类"反圣餐"的烹调术再炉火纯青，也无法令其受用者获得精神裨益，反而只会成为他们亵渎自身并远离救赎的诅咒。

关于味觉的感官教育散见于各种文体，包括贵族礼仪书和居家守则（比如《童蒙指南》）、修院僧侣指南［比如圣维克托的休所著《见习修士指津》（*Institutio Novitiorum*）］、悔罪手册、忏悔牧师指南等。《童蒙指南》给出了十分详尽的 15 世纪上流社会餐桌礼仪，比如："用小刀切面包，但不要切断……不要把脑袋扑在盘子上，不要含满一嘴酒；不要在吃饭时挖鼻孔、剔牙、剔指甲，这点我们都学过；不要往嘴里塞太多肉，这样别人和你说话时，你可以回答……不要用刀把食物送入嘴里，不要用手抓肉……如果你的盘中还有肉却已被撤走，换上新盘，礼节要求你就此放手，不能请求退还原来的餐盘。"盎格鲁-撒克逊时期，在遵循本笃会教规的英国修道院里，僧侣们原则上需要在日课（涉及唱诗和祈祷）之外的时段保持沉默，餐桌上更是严禁闲谈和喧哗，那么长桌这头的僧侣若要取那一头的盐瓶怎么办？一种无声的另类语言应运而生。成书于 11 世纪的《修院手语》（*Monasteriales Indicia*）用古英语记载了坎特伯雷基督堂本笃会僧侣日常使用的一百二十七种手势语言，这些手语可以指代各类人员、书本、圣礼用品、工具、衣物，当然还有餐桌上的食物。比如"牡蛎"的手语编号是七十二，该条目描绘了模仿撬开牡蛎的动作："如果你想要一只牡蛎，就合拢左掌，好像手掌里真有一只牡蛎，然后用一把小刀或者手指来模仿开牡蛎的动作。"黄油、食盐、胡椒这些食物都有各自的手势，其中一些几乎原封不动地保留到盎格鲁-诺曼时期，甚至保存在现代英国手语（BSL，British Sign Language）中，比如表示"鱼"（合拢手指，摆动手腕模仿鱼游泳的样子）和"黄油"（右手食指与中指摩擦左手手心，模仿涂抹黄油的动作）的手语一千年来大致没有变化。

从中世纪感官论的角度来看，修院餐桌礼仪要求缄默并非偶然。"言"（speech）或说话的技艺是"口"的两种感官功能之一，即"口"的主动官能；"口"的被动官能则是"尝"（taste）或味觉。五种外感官中，只有口同时具备"发出"和"接受"这两种运作方向截然相反的官能——不同于同一官能中本身具有的双向性，比如视觉的"外溢"和"内溢"理论。C. M. 沃尔加（C. M. Woolgar）甚至在他的《中世纪晚期英国的感官》（*The Senses in Late Medieval England*）中拆开两者，为"言说"和"味觉"各辟一章，其他四种感官（触觉、听觉、嗅觉、视觉）各自都只占一章。如果我们能看到口的两种官能"言"和"尝"之间唇齿相依的关系，或许就不会奇怪为何在被动官能"尝"所主导的餐桌上，主动官能"言"需要被谨慎地遏止，或至少是节制。同理，中世纪人有时相信所尝之物的物理特性会影响所说之言的精神属性。特定的食物被认为具有治疗失语症的功能，比如为了促进婴儿说话而在其舌头上放置黄油或蜂蜜，或是为了治好结巴而服用浸在酒里的紫罗兰。相反地，亨利二世的私生子杰弗里在马尔堡从林肯主教一职退位后，人们相信当地的一口泉水会让品尝它的人说出糟糕的法语——至少 12 世纪维尔市作家沃尔特·马普（Walter Map）在他的《朝臣轶事》（*De Nugis Curialium*）里试图让读者这么相信——以至于任何法语说得差劲的人后来都被称为"操一口马尔堡法语"。马洛礼的《亚瑟王之死》（*Le Morte d'Arthur*）中，圣杯第一次向圆桌边团团坐的骑士们显现时，每个人都感觉口中尝到了符合各自心意的珍馐的至上香味，以至于没有一个人能够开口说话。这一体两面的感官以其物质和精神维度之间的奇妙张力，丰富和规范着中世纪欧洲活色生香的味觉文化。

（选自《随笔》2023 年第 3 期）

谈艺录

谁之绘画，何以中国？

王 英

一

　　20 世纪 30 年代在柏林、阿姆斯特丹、巴黎举办的中国现代绘画展中，刘海粟的作品始终被排斥在外。在欧洲人的眼中，刘海粟所用油画技法描绘的中国景观，大概只能算是对西方画的一种次等模仿。直到今天，刘海粟美术馆陈列着的一系列绘画作品，如他笔下的北京前门，南京夫子庙，上海的外白渡桥、外滩等，仍然不会被看作中国画。中国画家的身份和根植于中国的视觉形象，并不能决定绘画自身的归类。我们太过于熟悉"中国画""油画"的基本分类，美术学院的系别划分也将这种分类法则制度化，以至于很少去反省和怀疑这些基本的预设和前提，检视知识的生成及其背后的微观权力脉络。

　　中国绘画史最为常见的编纂方式是设置一个较为规整的系统，遵循从 A 到 Z，从三代、秦汉、唐宋、元到明清的基本序列，介绍具体人物和作品，20 世纪 30 年代潘天寿为上海美术学校编写的教材《中国绘画史》便是遵循此种法则。而中国画中成就最高的则是宋元以来的山水画，山水画成为中国画不可动摇的核心，以至于艺术史家贡布里希在讨论"中国绘画"的特质时，他所选取的正是宋代的山水画。但问题的关键在于，无论潘天寿还是贡布里希，都只看到非常有限的一部分图像，除了被绘画史正统收录的有限视觉图像，还有大量的"画"或图像被排除在外，在时间和空间组成的广袤无边的坐标系中，一定有更多的人看到过更多的画。那么，到底什么样的视觉图像才能算得上是"中国画"？谁来决定这些图像是"中国画"而那些不能算作中国画，到底有哪些人观看了哪些画，这些图像的观看者在"中国画"的塑造中扮演了怎样的角色？要尝试解答这些问题，我们不妨跟随柯律格踏上冒险之旅。他将我们带入 16 世纪直到 20 世纪后半期的中国绘画，带领我们深入一片没有边际的图像森林，我们跟随他开辟出道路，却又时时折返，或许还会沮丧地退回到原点。在这个有关图像艺术的森林迷宫中，任何一种整体性的定义和理解中国画的企图都会遭遇困境，在不知所措、似乎无路可走时，却又会意外地发现全新的广袤天地。

柯律格是牛津大学的艺术史学家，他的一系列作品从物质文化的角度切入研究中国文明，为我们所熟悉的有《明代的图像与视觉性》《长物》《雅债》等。柯律格同时也是伦敦维多利亚与艾伯特博物馆的策展人，与世界各个国家和地区的博物馆和美术馆都保持着密切联系，同时也能够接触到大量的私人收藏。《谁在看中国画》这部近作更是尝试以海量的图像为基础，打破关于"中国画"的陈旧预设，挑战习以为常的、固有的知识架构。他将注意力从定义什么是"中国绘画"的本质上移开，去审视在相当长的一段历史时期内，具体的绘画是如何被观看的，"中国绘画"对于不同的观众具有什么不同的含义。作为一个娴熟的艺术史家和无数图像的观看者，柯律格更像是一个抽丝剥茧的高手，从不同的角度和方向拆解关于"中国画"的神话、偏见和误解，进入到一个更真实和具体的绘画与图像的世界。他将图像与观者之间的关联性当作研究领域，从观看者的角度去探讨什么是"中国画"，以及"中国画"这样一个范畴和概念的生成、形塑的具体而细微的过程。在某种意义上，这是一部"观看"的历史，图像在被观看中彰显自身的意义。确定其归属和分类，因此所有观看图像的人，包括你和我，都是审视的对象。

二

士绅是"中国画"首要的观看者。中国的士绅或者"知识阶层"是一个可以清晰辨识的群体，他们是一群由考试甄选出来的人，他们的高贵源自学识和品位，而无关于血统和出身。"琴棋书画"不仅是士绅阶层的业余爱好，也是他们不可缺少的品位和教养。董其昌为了彰显文人画的高雅品格，把唐以来的山水画分为"南宗"和"北宗"，南宗的文人画比起北宗的画工之画显得更意境悠远，格调高尚。疏朗清淡的王维的山水画便成为南宗画之祖，也是后世文人心中的典范和楷模。后代的元明文人画，包括董其昌自己，都是这样一种绘画风格的模仿者。以一种特殊的风格绘画，并且观看、鉴赏、品评彼此的绘画，成为士绅群体身份和品位的体现，也是他们确定自我认同的方式。现存于纽约大都会博物馆的《杏园雅集图》便用图像记载了明代文人的一次雅集。构图中一共出现了九位士绅，杨荣和他的八位宾客都是明英宗朱祁镇时期的高层官僚，构图选择了最能够代表士绅品位的抚琴、下棋和书画。而在表现士绅休闲娱乐的《杏园雅集图》中，"赏画"位于构图的中心。赏画不仅是一种娱乐，也是士绅在繁忙官场之外最为重要的社交活动，士绅们在雅集场合中欣赏的画数量不多，他们可以从容品评、考究，然后与别人分享学识和审美经验。作为绘画的创作者、品评者和鉴赏者，他们的圈子更容易确定什么是好的绘画。从《杏园雅集图》中也可依稀辨识出士绅雅集所鉴赏观看的图卷，恰好是为他们最为敬重的山水画。

　　士绅的观看和眼光试图将"绘画"定义为一种高雅的艺术，将其从权力和商业中剥离开来，塑造其纯粹的品位。但不同的主体，肯定在完成各种不同的"观看"行为。作为观者主体的帝王，就提供了另外一个蓝本和参照。皇帝观赏绘画，图像因观赏而被创作，绘画也因为皇帝的喜好而装裱或记录。宫廷作为文化权力的中心，调度起了更为广泛的视觉形象。郭熙的《早春图》毫无疑问诞生于宋代的宫廷，《早春图》也成为中国山水画的典范之一，但是明清两代帝王和宫廷创造、观赏、吸纳、融会的视觉图像，远远超出了宋代的范围。以乾隆皇帝为例，他作为绘画的观看者，在各类图像的创作和收藏中占据了核心位置。由宫廷画家郎世宁和丁观鹏共同创作的《弘历观画图》便显示乾隆在观画中的独一无二的地位。整个画面以乾隆皇帝为中心，服侍其鉴赏图像的是童子和宦官，他左侧是一张置有各方奇珍的桌子，桌上陈设着玉器、青铜器和几种瓷器，不远处宦官举起一幅画，旁边等待的童子手中捧着更多赏玩的图画，这是一次包罗广泛的鉴赏。郎世宁创作的《哈萨克贡马图》也是专门为乾隆皇帝创作的图像，这幅手卷展现了中亚游牧民族向乾隆进贡宝马的场面。乾隆皇帝作为唯一的观众和鉴赏人拥有至高无上的权力，他的图像世界里没有边界和限制，正如他的帝国和"天下"没有边界一样，视觉图像也就无所谓本国的和外国的区分。对于乾隆而言，观看一切、描绘一切，并以所有可能的风格描绘，就是统治一切。帝王的眼睛和观看行为，调动和创造出了多种图像的能力，比如清代宫廷绘画描摹在新几内亚刚刚发现的鹤鸵，还有来自遥远西方的孔雀，帝王的凝视试图囊括所有规模、所有风格的绘画。为了便于皇帝观看，清代的宫廷还创造了一种观众能够进入场景的"通景画"，在乾隆皇帝居住的倦勤斋的天花板上所绘制的紫藤萝架，按照西方的透视法则进行设计，创造了一种立体性的图像幻境。尽管今日故宫倦勤斋仍未获准对公众开放，但并不妨碍如此风格的绘画在中国存在了数百年之久。

三

观看和凝视也会发酵和生成观者的看法和解说，继而演变成更为系统化的陈述，凝视者的陈述便构建了中国最早的较为完善的绘画史。明末清初，由于印刷业的繁荣，很多画家的作品不是以原件而是以印刷品的形式广为流传，通过印刷册页，观看绘画成为一种更为普及的活动。明代的宫廷画师顾炳在 1603 年首次刻印了《顾氏画谱》，是中国历史上第一次从视觉图像出发编纂绘画史的尝试。《顾氏画谱》共收了一百零六幅单色木刻版画，编纂始于顾恺之终于同时代的董其昌的图画。这是一个时间线索颇为漫长的谱系，选取哪些画家和作品颇为困难和周折；同时，顾炳严格地对每位画家只选取一幅画作为代表作，在浩繁的视觉世界中进行选择、整理和重组，至于他所挑选出来的作品是否是画家的代表风格，或者画家本人看重什么，则显得无关紧要。在这里，绘画的"观看者"不仅仅是凝视、娱乐和观赏，也同时拥有定义、塑造和选择的权力。

《顾氏画谱》流传于日本和朝鲜，并被奉为经典。《顾氏画谱》在某种意义上呼应了此前朝鲜学者申叔舟编纂的《画记》，《画记》成书于 1445 年，这部明代正统年间的图像录罗列了宋、元两朝大师的近两百幅画，三十余幅书法，也包括十七幅后世已经失传的郭熙的画作。这部朝鲜学者的作品记载了东方共同拥有的伟大图像学传统，并深感这些传统也是自我的一部分，没有任何地方使人感觉到这些作品来自外国。

18 世纪的商业活动将大量的中国绘画带到日本，并在日本掀起了观赏和收购中国绘画的浪潮。繁荣的市场也为日本的专业学者对中国绘画的研究提供了便利。彭城百川以专业画家的身份进行创作，1751 年他在京都出版《元明画人考》，随后加入了清代的内容，并且于 1777 年扩充为《元明清书画名人录》，他依然沿用了朝代的名称。彭城百川没有使用"中国"这一类的现代概念来指代一衣带水的邻邦，也没有使用其他词语显示这是他国或者他者的绘画传统，即使中日之间存在文化上的种种差异，绘画仍然被视为一个共享的传统，一个共同的文化范畴。

1500 年以后的一个世纪，世界上诸多国家因为商业贸易或者武力政府，彼此之间的联系变得更为密切，这个世界性的频繁交往时期也促使"中国绘画"概念初步形成。现珍藏于奥斯曼帝国苏丹皇室的一幅名为《骏马与中国侍从》的画，是现存最早的"中国画"，或者最早置于"中国画"这个分类系统，最早被明确称为"中国画"的画。宫廷艺术家杜斯特·穆罕默德在 1554 至 1555 年整理了一部《巴赫拉姆·米尔扎画册》，献给伊朗国王塔赫玛斯普一世的兄弟巴赫拉姆·米尔扎，这个画册囊括了伊斯兰世界的各个地区和时期的大量作品，同时还收录了数量可观的来自欧洲和中国的绘画。《骏马与中国侍从》画在两幅绢布上，分别描绘了一匹强健的骏马和两名身着中国官服的侍从，侍从的帽子上方写着一段波斯语，"此乃中国绘画大师的佳作集"。

四

16 世纪以来的全球贸易，也同时带来了视觉形象上的传播和交流。比如活跃于明清之际的扬州画派的罗聘，就很擅长画《鬼趣图》，罗聘笔下的鬼妙趣横生，而这和当时流行的西方解剖学的骨骼图像密切相关。全球的商业和贸易必然给绘画带来了"不纯性"，而视觉文化的互联性（interconnectedness），在 18 和 19 世纪演变为一种更为普遍的事实。广州作为对外贸易的港口，就有专门为外国人制造绘画的工坊，这些工坊中绘画技巧中西杂糅，比如广州最为成功的一家画坊的主人林呱，就是一位全球范围内流行的画家。林呱曾在爱尔兰学习，擅长用油画的技法绘制人物肖像，他创作的中国官员和行商画像，常常当作礼物送给洋人。在广州的画坊中，相当多的画家吸收了空间表现技术，制作出大量供外国人观赏的"出口画"；同时，城市中产阶级也成为绘画的主要购买者和观赏者。他们热衷于中国和西洋技法共同创造的绘画，因此相当多的新奇景观被创造出来。合作生产的绘画是一种常态，中西方技巧相互融合，更是深刻影响了绢布、宣纸、瓷器、金属器皿上的各类图像的生产制作。

正如柯律格所言，当"中国绘画"的概念在外国观众脑海中首次形成时，他们没有看到中国绘画纯洁的、不掺杂质的面相，而是看到了一种长期以来与其他形式的绘画相互接触的复杂的绘画形式，无论是得到宫廷允许的郎世宁的创作，还是林呱为官员与行商绘制的图像（176 页）。1841年林呱的作品在伦敦皇家艺术学院的年度展览上被展出，1860 年在纽约、费城和波士顿巡回展出，可以推测最早为美国公众所见的"中国画"，应该就是这一类合作生产的图像。

如果说"中国画"的概念首先形成于本土之外观众的脑海，那 19 世纪和 20 世纪的观众对于什么是"中国画"的理解肯定完全不同。1900 至1901 年，八国联军在义和团运动时进驻北京皇城，掳走了中国绘画史上的典范之作——顾恺之的《女史箴图》。这幅长卷辗转来到大英博物馆，1904 年大英博物馆东方绘画馆馆长劳伦斯·宾杨在《伯林顿杂志》公开发表了这件作品，称其为"公元 4 世纪的中国绘画"。此时此刻"中国绘画"的概念开始正式确立和流行，而"中国绘画"所对应的物质性载体也在西方观众眼中变得清晰可见。《女史箴图》离开中国某种意义上成为一个隐喻，即"中国绘画"只有远离本土，越出帝国的地理范畴，暴露在远方观者凝视的眼光中，才能完成其作为"中国画"的独特性和纯粹性。1910 年伦敦的展览，"中国画"的展览初始于顾恺之结束于 18 世纪，完成了一个清晰的编目，此时的"中国画"对于西方世界而言不仅是一个知识性的事实，也是一种物质性的可见。这个编目排除了所有芜杂的、不纯的成分，在这个知识系统中无论宫廷里的通景画，或广州商行里的人物画，都找不到自己的位置。

在 20 世纪初伦敦的"中国画"展览中，我们遭遇到了熟悉的萨义德之"东方学"，东方的本质存在于中西方之间的碰撞，西方为了满足自身的文化优越感，寻找一个与自我对照的"他者"就显得异常重要，从而塑造了一个本质性的、纯粹性的东方形象，也反向地成为塑造和构建自我认同的关键。通过对"中国"的观看，西方确立了东西方的"差异"和边界，也确立了独特性的自我。

<h1 style="text-align:center">五</h1>

当然，要探讨"中国画"的形塑，其范畴的创生和知识的流播，我们无法止步于一种"东方主义"的批判。中国内部一直都有探寻"什么是中国"的强大的动力。宋代士绅阶层在强敌环伺的环境中，就执着于对中国正统的塑造，华夏正统文化的追寻和强化，不仅促进了理学的勃兴，影响了东亚几百年的思想格局，也波及了绘画等各个艺术领域。这正是陈寅恪所谓的"华夏民族之文化，历数千载之演进，造极于赵宋之世"。近代民族主义者对于纯粹的"中国性"（Chineseness）的寻求，与历史上本身就存在的中国文化，隐隐达成了一种超越时空的彼此间的呼应。

20世纪全球的国家和民族竞争愈演愈烈，国家危亡的压力更反向地促进了本民族文化的保存，一些人则通过中国画的主体构建塑造中国文化的认同，抽象的民族精神更是植根于具体的绘画和图像艺术中，中华民族和中国绘画彼此依存、互相成全。比如广东商人谢缵泰1910年就成立了"致力于保护和收藏中国艺术珍宝"的"中国艺术协会"，以自己的收藏为中心，期待建立一座国家美术馆。艺术追求中蕴含着强烈的爱国热情。柯律格也观测到内部塑造"中国画"的强大动力，20世纪国家和民族概念有着不可分割的联系，随后又通过新词"国画"和"画"产生了关联。国画意味着一种中华民族国家特有的绘画形式，体现了中国文化的某种本质（218页）。20世纪20年代开始，"国画"概念和语汇的使用渐成主流，至此我们所熟悉的各种国画协会，美术学院中的国画、油画的专业分类，以及潘天寿的《中国绘画史》开始正式登场。

无论自我对于"民族性"的追求，还是他者对于"差异性"的塑造，"中国画"的概念在塑造的同时，就已经预先排除了很多的图像形式，一个完美而完整的"中国画"或许从来都没有存在过。或许恰如柯律格所言，大约1550年当"中国绘画"的概念开始形成的时候，其贯通一致的可能性就在绘画的作品数量与类型过多的压力下分崩离析（37页）。毕竟，杜斯特·穆罕默德看到的只是通过宫廷和贸易带来的波斯味道的"中国画"，贡布里希也只是在波士顿美术馆选择了非常有限的图像形式讨论

"中国画"。而20世纪爱国主义者眼中的"中国画"，也已经预先排除了诸多类型的图像，更不用说他们还可能对很多的创作形式一无所知。

或许柯律格所想要尝试的，就是打破整齐规范的地图，进入一个没有边际的迷宫。如若能够享受和欣赏迷宫中的各类风景，即使道路不通原路折返，仍能在路途中体悟中国绘画丰富的面向和层次。在图像的森林中，我们可以尝试放下探求本质的欲望，从一个角度去观察，然后切换一个角度，将自己置换成不同的观者，在不断切换的凝视和角度中，得以体察中国绘画的可能与不可能，真实与虚构。或许还可以在窥见边界时打破限制，从具体的图像或绘画出发，去恢复和释放中国画的多样性、丰富性和世界性。如此我们才可以坦然面对一切——无论是莫高窟中宗教迷狂的壁画、故宫倦勤斋的透视性通景画，或者一切已知和未知的创造。

参考文献

［英］柯律格著. 《谁在看中国画》，梁霄译. 广西师范大学出版社，2020。

（选自《读书》2023年第8期）

我们依然需要古典音乐

孙国忠

　　无论是专业性质的音乐学探索，还是文化研究中的批评性审视，"古典音乐"（classical music）的每次出现都会让人感觉到这一语词所具有的丰富内涵和深厚的人文底蕴。作为音乐艺术的一种样态，古典音乐虽然经历了发展进程中的风风雨雨，但依然以其特有的强势在当今世界发挥着作用并产生重要影响。毋庸置疑，近几十年来古典音乐高高在上的地位受到了很大挑战，其长久统领音乐世界的方式、姿态及其价值不断遭受质疑。这种挑战与质疑的形成有着多方面的原因，其中最直接的有两个。第一，与大众文化紧密联系的流行音乐以全方位的扩张态势持续向古典音乐的"荣耀"发起冲击。第二，知识阶层对欧洲中心论的严厉批评导致古典音乐之"尊贵"意识的动摇。

　　正是在这样的情势下，西方音乐学界的一批学者于新世纪初开始重新审视古典音乐存在的价值和意义，多本相关专题的著作相继问世，其中朱利安·约翰逊（Julian Johnson）于 2002 年出版的《谁需要古典音乐》（*Who Needs Classical Music?*）的关注度最高，引发了学界的进一步思考和讨论。约翰逊是一位颇有成就的音乐学家，主要研究领域为 19 世纪与 20 世纪音乐，他撰写的《马勒的声音：歌曲与交响曲中的表达与反讽》和《威伯恩与自然之化境》受到高度评价。除了学术性研究，约翰逊还热心于古典音乐的推广，他的普及性音乐讲座和古典音乐欣赏指南的写作都很受欢迎。2020 年北京联合出版公司出版了他撰写的《人人都该懂的古典音乐》（*Classical Music：A Beginner's Guide*）。音乐学家通过自己的研究与深度写作努力为音乐学术大厦添砖加瓦之余，热情投入面向社会大众的古典音乐推广活动，已成为音乐学界诸多学人的自觉选择。随着音乐学人对古典音乐在当代社会中的生存境况和艺术地位及影响力的深入了解，一种强烈的危机感油然而生，因为他们看到了古典音乐历来的强势所面临的严峻挑战，它所引发的问题已经触及当代社会的文化选择和音乐价值的重新审视。为了更好地理解古典音乐的艺术"优势"与当代问题，有必要在此先对这一艺术形式的概念进行简要的释义。

作为文化领域和知识阶层的一个常见语词，"古典音乐"是指音乐世界中的一个类别，有狭义和广义两层意思。狭义的古典音乐特指 18 世纪后半叶至 19 世纪初的欧洲音乐，音乐史上称作"古典主义"（Classicism），这是西方音乐历史进程中一个特定时代的指称。广义的古典音乐则指受过专业训练的作曲家通过艺术性构思与作曲过程（compositional process）创造出来的一种音乐样态，这种以特定的记谱法记录下来的音乐作品需要音乐家的"二度创作"来完成产生音响效果的艺术实现，即通过歌唱家、演奏家（和指挥家）在音乐会或歌剧舞台上的音乐表演，达到艺术展示和传播的目的。因此，在古典音乐领域，作曲家是创作的主体，乐谱是承载作曲家创作诉求及艺术蕴涵的"文本"（text），音乐表演则是作品阐释（interpretation）的艺术结果。这种广义的古典音乐也被称为"严肃音乐"或"艺术音乐"，后者已被广泛用于音乐学的学术话语中。其实，从更完整的古典音乐的艺术效果展示来讲，这一过程的最终实现还需"聆听"与"接受"的加入。换言之，作曲家的"音乐文本"呈现和演奏家的作品演绎最终期待的是音乐受众之聆听选择和鉴赏态度所体现的音乐接受与艺术价值判断，正是这种独具特色的"创作—演绎—接受"三位一体的艺术创作模式和传播路径，导致古典音乐在逐渐强化其历史文脉之厚度和深度的同时，不断扩展其跨地域、跨文化的艺术影响。很多年来，古典音乐在世界范围内艺术影响力的独占鳌头是不争的事实，对音乐世界的这一强势存在及其艺术现象带来的文化冲击历来都有不同看法，当代学者对古典音乐之文化选择和音乐价值的再度反思可以看作这一特殊"历史问题"在当下社会—文化语境中的重新审视。

约翰逊的《谁需要古典音乐》是对广义古典音乐之"当代命运"的深度反思，从他对相关问题的评说中可以感受到时代文化浪潮冲击所带来的危机感，也能发现学院派音乐学者依然持有的坚定的艺术信念。此书新版前言中有一段话语开宗明义，可见作者写作此书的心绪和态度：

二十年前我写了《谁需要古典音乐》这本书。这个标题或许太富于辩护意味且流露了某种受挫感。但我的唯一用心乃是在当今世界里重申古典音乐的主张，因为这些主张似乎已然绝响于这个时代，我当时质疑的是如何使古典音乐在 21 世纪仍然具有鲜明的价值。而我的回答是：在最好的情况下，当我们投身于古典音乐时可以探寻到那些维系着我们作为人类的至高理想的思维、感觉和经验模式。（万婷译）

值得注意的是，虽然此书的核心关键词是"古典音乐"，但作者在前言中已表明"古典音乐"这一术语应该由一个更具包容性的标签来替代："作为艺术的音乐"（music as art）。如前所述，"艺术音乐"（art music）替代"古典音乐"作为专业术语早已在音乐学领域的学术话语与研究文本中出现并得到广泛认可，约翰逊在此所用的"作为艺术的音乐"的指定性表述就是要进一步强调古典音乐的本质属性及其样态建构的特色。通常来讲，只要能纳入音乐艺术的门类，每种音乐都应该有它本身的"艺术性"及其呈现方式。但是，对古典音乐之"本质"与"特性"的特殊关注和强调不仅是为了表达这种音乐形式关联艺术认知的审美特质，更是为了凸显其反映历史变迁的艺术品格和精神气象。

毫无疑问，与其他任何类型的音乐相比，古典音乐的构成最为讲究，因为这种用记谱法呈现的"音乐文本"承载着作曲家的艺术思想、创作理念和审美趣味，而这种关乎音乐创作者"品味"与"品位"的思想，理念和趣味都必须通过作曲技艺来实现。作曲技艺的形成建立在音乐写作的技术与方法之上，但它的展示又在多个维度体现了音乐构成的历史积淀，以及作曲家思维层面的"智性"与实践层面的音乐写作能力。换言之，作曲（composition）是一种依靠理性建构音乐的创作过程，它需要通过专门训练而获得作曲技艺并以此来展示音乐进行的结构思维和艺术表现的逻辑意义。因此，以"作品"形态作为存在方式的古典音乐最为典型地体现了由复杂性音乐创作思维和智识意涵所形塑的这门"时间性艺术"的品质。作曲过程既是作曲家个人创作追求的具体化呈现，也是与古典音乐之艺术历程和人文精神走向密切联系的时代风貌的展示。正是从这个意义上讲，"作为艺术的音乐"以其注重作曲技艺和讲究艺术品质的创作实践为古典音乐之艺术深刻性和精神厚度的建构提供了坚实、有力的支撑，渗透其中的是对音乐传统及其艺术文脉的体认。

对音乐的"艺术性"和精神内涵可以从多个角度来理解，但没有人能够否认古典音乐在表达"艺术性"和展示其精神内涵方面所具有的独特性和巨大能量，因为构成这种音乐建制的形式、体裁、表演方式与传播路径为其"艺术性"承载及实现提供了极为丰富的可能性。以音乐创作为例，古典音乐之"音乐语言"的丰富性和形式、体裁建构的宽阔与厚实清晰可见，这种独具的"优势"使得它能够在广阔的场域用多样化的方式来达到艺术表现的目的。当然，对这种"优势"的观察不能离开对西方音乐历史的审视。从中世纪以宗教音乐为主体的仪式音乐和文艺复兴时期宗教音乐与世俗音乐齐头并进的态势，到巴洛克时代歌剧的诞生和器乐曲创作的蓬勃发展，再到18世纪中后期宫廷音乐与市民音乐的交相辉映，广义古典音乐渐进式地完成了从"功能音乐""娱乐音乐"向更显艺术品格和表现深度的"艺术音乐"的转型，而以贝多芬为代表的具有独立人格和自由意志的"作曲家身份"的确立则成为"作为艺术的音乐"这一理念及其实践形成的直接推动力。以作曲家为创作主体和用"作品"典型体现艺术创造力的古典音乐，在展示这一音乐样态之独特性的同时，也充分表明音乐承载理念、意绪、感情和趣致的多种可能性。

值得重视的是，约翰逊对"作为艺术的音乐"的强调特别联系到"作为思想的音乐"（music as thought）。在约翰逊看来，音乐艺术能够让人进入一种特殊的思维活动中，其强烈而复杂的独特方式能将情感和智力融为一体。显然，作者在此所讲的音乐中的"思想"主要是指体现思维特征的"思考"，这正是古典音乐渴望并有强大能量达到的状态，因为它所储备的丰富的"音乐语言"（音响材料）和传达"音乐话语"（音响修辞）的特殊形式具有展示思维复杂性的理性高度和突出音乐化逻辑性的表现深度。这种以"思考"来体现"思想"的音乐承载既是融入作曲过程的艺术审思，更是反映作曲家个人思想意识和创作诉求的艺术自觉——力图通过超越日常语言的音乐"言说"达到精神交流和产生思想共鸣的深层次"对话"。如作者所言，"它通过具体的音乐形式来呈现具体的音乐思想，并以一种能使我们在智力、情感、心灵上感到满意的方式加以阐述。古典音乐能够展现一种兼顾心灵和情感的复杂会话，这促使19世纪初的浪漫主义哲学家和文学家将音乐视为在某种程度上超越语言限制的事物"（《谁需要古典音乐》，万婷译）。

古典音乐之所以能以让我们在智力、情感、心灵上感到满意的方式传递"音乐思想"，是因为它以闪耀艺术"智性"的内在聚合力展示了触及人类心智和情感的精神纹理。一方面，每个时代的古典音乐的创造者能以熟练掌握的作曲技艺和融入音乐传统的个性化选择来呈现具有创意的音乐建构；另一方面，真正有思想、有创造力的作曲家无不清醒地认识到：音乐之物质属性的自然显现和作品"形式美"的努力塑造正是为了表达一种具有张力的艺术追求，并以此在达到超越物质层面的精神升华的同时，投射出穿越时间和跨越时代的思想品貌。古典音乐的艺术微妙性、复杂性和独特的"雅趣"形成了其特有的显现"智性"和"灵性"的艺术品格，而这种艺术品格的底蕴则是开启精神向度的音乐创造力。

谈论古典音乐的创造力和智识品质，必须面对"音乐经典"（canon）的问题。从某种意义上讲，作为西方文明组成部分的古典音乐的历史就是"音乐经典"的历史，而这样的历史进程也在很大程度上成就了古典音乐在整个音乐世界中的独特性和重要性。何谓"音乐经典"？在西方音乐史学的话语中，超越了作曲技艺和音乐形态概念后的"canon"是指展现艺术的高度价值和伟大创造力的音乐作品（及其作曲家），这一语词的深邃含义尤其体现于西方艺术音乐传统的诠释。当我们探讨"音乐经典"时，我们实际上是在论说历经时间考验、承载历史锤炼、达到艺术高度和呈现美之永恒的音乐作品。换言之，真正的经典不会过时，其表现形态和艺术完美性不仅在当时（作品诞生的年代）是体现最高成就的艺术典范，而且其优秀的艺术品质具有传递美感意蕴的持续力和恒久性。当然，每种有历史积淀的音乐都会有自己的经典，但相比较而言，古典音乐领域的经典作为一种艺术现象显得更为突出、更为典型。它不仅反映了众多古典音乐的作曲家对"音乐伟大性"的高度认同（尤其在 19 世纪与 20 世纪初）和融入"音乐经典"的强烈意识，也充分展现了古典音乐的发展中以"音乐经典"为特色而闪耀整个音乐世界并产生文化冲击力的艺术辉煌。虽然在当代西方音乐学的研究中"canon"本身以及"音乐经典"理路的学术言说常常成为批评的对象，但经典的存在和影响是任何人都不能忽视的事实，古典音乐领域的经典之所以能够超越时间、跨地域产生影响力，是因为它们带给人们的是不受时空限制的艺术景致和普世情怀，其独特的艺术价值和历史意义渗透着世代连接的审美依恋和持久的人文审思。

在很多人看来，以"音乐经典"为典型体现的古典音乐似乎有种"高大上"的姿态，难以接近。其实，作为普通的听者大可不必对古典音乐产生艺术鉴赏的压力。我们知道古典音乐的众多杰作蕴含"思想"，具有"意义"，但音乐学术圈外的音乐欣赏者无需对音乐的"思想"或"意义"进行学术性解读。约翰逊指出："我们与作为艺术的音乐建立的联系应以实现'理解'为目标。"（《谁需要古典音乐》，万婷译）这是一种睿智的说法。人与人之间的交往需要理解，文化与文化之间的交流需要理解，而"以人为本"的古典音乐——"创作—演绎—接受"的三阶段进程中始终强调"主体"融入的音乐行为——同样需要"理解"的介入来达到艺术目的的最终实现。音乐学界之学术层面的音乐理解是基于专业性"音乐分析"（musical analysis）和结合音乐史学思考与审美观照后做出的阐释性言说。换言之，学术性的音乐理解是以"音乐论说"的姿态出现，这种带有个人旨趣的音乐审视和表达论说者（研究者）智性思绪的音乐学术话语，实际上已将"音乐理解"转化为服务研究目的的"音乐诠释"，体现学术深度的艺术解析和价值判断，无疑是这种表达诠释取向的音乐理解的核心内涵。与之相比，以"接受"为本义和以欣赏为目的的"音乐理解"则要单纯得多。约翰逊提倡把"音乐理解"作为一种媒介性的活动，其要义是强调"参与"行为的鉴赏性"音乐共情"："我们在音乐中能够与他人共情。我们共享着艺术品（音乐作品）邀请我们参与的那个旅程，我们也理解这段旅程。语言公式在表达方面的不充分性并不意味着内容的贫乏。在马勒《第九交响曲》演奏结束后离开音乐厅之际，人们不太可能说这音乐没什么内容。人们可能会在深入理解音乐后感到内心的痛楚，或许正因为如此，他会拒绝节目单撰写者努力想要借助文字语言表达的陈腐说辞。"（《谁需要古典音乐》，万婷译）虽然在本书中"参与"（participate）与"共情"（empathy）并不是最重要的核心概念，但这两个看似普通却蕴含深意的语词值得我们细细品读。

作为一种艺术行为发展过程中的环节，古典音乐的"接受"就是一种"参与"：以聆听的姿态完成"接受"之目的的实现，以欣赏的诉求获得艺术审美的满足。无论是走进音乐厅聆听（观赏）现场的音乐会实况演出，还是通过唱片或其他录音媒介接触音乐，欣赏者都是以"主体"的身份去直面这门听觉艺术。聆听的介入既是形成古典音乐欣赏的首要且必需的步骤，也是完成这一音乐样式建构过程的最终期待。进而言之，强调乐谱承载的音乐文本和音乐演绎之艺术表达的古典音乐，以其讲究的创作方式（作曲过程）和关联"二度创作"的表演实践（performance practice），为以聆听为目的的音乐欣赏提供了宽阔的"接受"空间，而欣赏者也在主体"参与"的接受维度与作曲家和音乐表演艺术家共同完成了"音乐作品"之艺术意义的整体性建构及其"理解"的实现。

如果说"参与"是一种身体力行的行动，那么古典音乐欣赏者的"共情"就是与艺术感受和体验直接相关的审美心理活动。英文原著中所用的英文名词"empathy"来自动词"empathize"，其基本意思是"有同感"和"产生共鸣"，中文译本则用"共情"这个语词来翻译，颇显意趣。它突出了这一语词的情感向度，进一步强化了欣赏者审美取向中的情感投入。从显性层面上看，古典音乐欣赏中的"共情"似乎是被动性的"同感"，属于浅层的心理反应，但从隐性层面上探析，则不难发现真正有深度的"音乐共情"，实际上是欣赏者对音乐作品之文本意涵及其艺术诠释的深层共鸣，这是一种"鉴赏智性"的自然流露，它在新的高度表达了古典音乐接受中特有的艺术品鉴性质的趣致。显然，古典音乐欣赏的"共情"在展示感性聆听之理性蕴涵的同时，也再次表明古典音乐（尤其是经典作品）所具备的艺术能量对鉴赏者艺术心智的构成所起到的不可替代的作用。

谈论古典音乐的品质、特色及其显而易见的"优势"并不是要回避这门艺术目前受到的冲击，古典音乐面临的冲击和挑战自有其关联历史与文化的多种原因。在当今这个全球化发展的时代，每门艺术的存在与发展都必须正视自己的历史与当下处境。原本作为西方文明组成部分的古典音乐已是人类共有的精神财富，其跨文化、跨地域的生存状态及其被广泛接受的境况是我们必须承认的现实。换一个角度讲，站在一个视野更为开阔的高度来观察体现西方文明及其历史的古典音乐，我们不仅要理解这一音乐"品种"承载的西方文化的精神内涵，还要体悟其艺术独特性带来的特殊审美价值。人类文明的体系建构与不断演进的活化生态，正是建立在对"异文化"及其代表性艺术样态不断深入的认识之上。无论是非西方文化圈的音乐学者还是普通音乐受众，都应该敞开胸怀接受西方古典音乐影响力依存的事实。真正美好的音乐，尤其是包括西方古典音乐"经典"在内的音乐杰作，是促进不同族群情感交流的极有效力的艺术载体，它在传递人文精神正能量的同时，用最能触动心扉的艺术脉动不断激发人类共有的"美"之渴望和对和谐世界的精神向往。

约翰逊在《谁需要古典音乐》中讨论的古典音乐所受到的"当代冲击"和"某种受挫感"是针对欧洲和美国的古典音乐生存现状而言，他的担忧不无道理，他的"抗争"可以理解。然而，当今中国的古典音乐生存情况与欧美的现实并不一样，约翰逊在书中描述的现象和讨论的问题由于语境不同，所形成的"结果"也有差异。众所周知，西方古典音乐在当代中国有着众多爱好者，爱乐人群体不断壮大，许多大城市的古典音乐演出市场相当活跃，一些音乐大师和著名乐团的音乐会常常是一票难求。疫情之前的那些年，像维也纳爱乐乐团、柏林爱乐乐团和伦敦交响乐团这样的世界一流名团的访华演出都已成为令人难以忘怀的"音乐事件"，那些伴随精彩音乐会而掀起的爱乐热潮可以视为当代中国音乐演出业态的风向标，这种具有时代意义的文化现象是中国音乐文化史书写不可缺少的章节。曾有不止一位的西方音乐家对中国红火的古典音乐市场和音乐人才辈出的发展态势发出过这样的感叹，"古典音乐的未来在中国"，此言听来有些夸张，但话中的深意值得回味。

中国的古典音乐市场日趋繁荣和音乐事业（创作、表演、教育）逐渐走向成熟，表明了一个令人欣喜的状况：中国民众的音乐生活越来越丰富，对包括西方古典音乐在内的多种音乐文化的鉴赏需求越来越强烈，而这一切都离不开整体国力的提升、民众生活水平的提高和文化自信心的增强。西方古典音乐对未来中国广大民众的音乐生活将起到怎样的独特作用，值得学界的持续关注和探究，这将是历史音乐学、音乐社会学、音乐人类学和音乐哲学共同的研究课题。对广大爱乐人来讲，西方古典音乐的独特美感和长存的艺术魅力都已化作不可替代的一种精神食粮，它将继续滋养展现音乐活力的生命存在。

音乐伴随人类的成长，历经三年大疫的这个世界比以往任何时候都更需要古典音乐：不仅是心灵的抚慰，更是精神的启迪。

（选自《书城》2023 年 8 月号）

吴青峰的互文之乐

李亚泽

翻开 2022 年各大平台的华语流行音乐榜单，一张名为《马拉美的星期二》的专辑赫然在列。马拉美是谁？他的星期二有什么特别之处吗？找来专辑曲目再看，更是奇葩：《（……小小牧羊人）》《（……海妖沙龙）》《（……老顽固博士）》《（……醉鬼阿 Q）》……歌名有些俏皮，也不免让人心生疑问：为什么非得用括号括起来？省略号又是什么意思？臂弯般的括号像是一种小心翼翼的暗示，珍珠般的省略号又似一种意犹未尽的召唤。谁在召唤？是作为创作者——词曲作者、歌颂者的吴青峰？还是歌词里各种鲜活的文艺经典，例如，塞壬的歌声？都可以。因为这张唱片刻录的声音足够诱惑，专辑概念与歌词创作也极具创意，航行在这片诗意之海，或许连奥德修斯都愿意抠掉耳朵上的蜜蜡"洗耳恭听"。

作为一位中文系毕业的歌手，吴青峰在歌词创作上可谓妙笔生花，从他笔下流淌出的词句经常受到业界的肯定。单是金曲奖的"最佳作词人"，他就五次被提名、一次获奖。在吴青峰的歌词中，总是能听到、读到一些"出其不意"。他善于从中外经典文学作品中汲取灵感，并且恰到好处地运用到歌词中去。传唱度最高的那首《小情歌》就曾化用战国诗人屈原的《离骚》，借以表达恋人内心的痛苦和纠结："你知道/就算大雨让整座城市颠倒/我会给你怀抱/受不了/看见你背影来到/写下我/度秒如年难挨的离骚。"其实，早在苏打绿"维瓦尔第计划"时期，身为主唱及主要词曲作者的吴青峰就已经有意识地借助希腊罗马神话、中国古典诗词、西方文学经典等元素来表达自己对人生、社会和世界的思考：《春·日光》的牧神潘、庄周梦蝶；《夏/狂热》的酒神狄俄尼索斯、浮士德；《秋：故事》的丰收之神德墨忒尔、陶渊明、苏轼；《冬　未了》的西西弗斯、普罗米修斯。极富哲思的严肃文学为青峰的作品提供了稳定的内核，灵动优美的旋律又为意蕴十足的歌词添上了一双轻盈的薄翼，文学的音乐或是音乐的文学就这样萦绕在听众的耳畔，可谓艺术歌词的典范。

在法国学者克里斯蒂娃看来，"任何文本的建构都是引言的镶嵌组合；任何文本都是对其他文本的吸收与转化"，由此提出的"互文性"理念开拓了文本的边界。从词源上说，文本（texte）即是编织的产物，七彩的丝线捻在作家手中，织出一匹匹亮眼的绸缎。2022 年 9 月，吴青峰再一次开启了他的纺织艺术，试图在个人专辑《马拉美的星期二》中探讨丝与手——创作与创作者之间的关系。这张专辑的创作同样离不开对文艺经典的吸收和借鉴，甚至在以往的基础上迈向了一个更加令人眼花缭乱的互文世界，让我们既能以耳享乐，又能以思享乐。

先来说说这张专辑的"缪斯"，法国象征主义诗人马拉美。19 世纪 80年代中期，马拉美每个星期二都会在巴黎的罗马街或是乡下的房子里举办一次文艺沙龙。当时参与的嘉宾不乏先锋艺术家，例如，诗人兰波、魏尔伦、瓦莱里，作家纪德、普鲁斯特，音乐家德彪西，画家塞尚、马奈等。这些来自不同领域的艺术家聚集在一起，交流彼此的艺术理念，最后也酝酿出许多优秀的艺术成果。就拿德彪西来说，他的那首印象主义代表之作《牧神午后前奏曲》正是从马拉美的著名诗篇《牧神午后》当中汲取的灵感。一个多世纪以后，马拉美的文艺沙龙仍有余温，影响了一位来自东方的歌者。在《马拉美的星期二》这张专辑中，十二首歌曲，每一首都邀请了不同的音乐人参与制作，如华语歌手孙燕姿，日本歌手小野丽莎、大桥三重唱，以及法国圣马可童声合唱团等。对吴青峰而言，这些合作伙伴都是他的沙龙嘉宾，每一位都或多或少地在他的音乐世界里留过一段故事，"从一个创作源起，激发了另一个人的创作"，就像德彪西运用管弦乐的色彩建构起一个牧神午后那样，吴青峰的这场音乐沙龙也充满了梦境般的美好气息。

除了音乐人之间的灵感碰撞，我们还会看到一些"纸上的共鸣"。这样的文艺沙龙，自然不会缺少吴青峰在书中结识的伙伴。在接受《南都娱乐周刊》的采访时，吴青峰说："我很喜欢读各种故事与神话，所以我幻想我自己有个沙龙，有一些人物来到我身旁，有些定期拜访，有些偶然闯入，他们分别或交集，丢下各自的故事，像阿拉伯花纹般交织在我身上。"

抛开吴青峰之前发表的、从歌名就能看出主题为何的歌曲（如《巴别塔庆典》《水仙花之死》《男孩庄周》）不谈，光是《马拉美的星期二》就化用了希腊罗马神话的诸多意象，维纳斯的镜、卡戎船、特洛伊、象牙门、多头蛇、阿波罗、墨丘利、斯芬克斯等。这些典故的运用并非混乱的堆砌，而是针对特定主题的巧妙贴合，因此，歌词所呈现的世界并不是一团晃眼的马赛克，而是一枚精致的阿拉伯花纹。这种花纹同样是马拉美在《音乐与文学》中宣布的法则，将它们（词语）连接起来的阿拉伯花纹有着令人眼花的跳跃，形成了一种熟悉的恐惧。对此，法国哲学家朗西埃在《马拉美：塞壬的政治》中解读道："阿拉伯花纹的说法消除了一种错觉，即认为诗歌旨在描写一个人或一个故事，一样东西或一种情感，好让它们被认出来。"马拉美的诗歌总是被人冠以"晦涩"之名。而吴青峰在《马拉美的星期二》中进行的互文实验显然也不是为"流行"而作。新专辑发行后，许多听众都在歌词面前迷失了思维：太多典故，太多意料之外的词语并置，太难懂，太晦涩。能指或许熟悉，所指又该如何把握？这种"熟悉的恐惧"，或许正如朗西埃所说，是"筑起的一道特殊的城墙，但构成这城墙的，并非晦涩的词语，而是不断逃脱的句子的灵活线条"。通过交织的阿拉伯花纹，"吴拉美"同样选择了一种隐晦的方式来诉说自己对创作的思考。

仔细"阅读"过《马拉美的星期二》的听众不难发现，整张专辑应用最广泛的互文手法就是"引用"与"暗示"。"引用"以一种直白的方式呈现作者的文学记忆，不加掩饰地让读者发现其他文本的痕迹，"暗示"则被作者别出心裁地隐藏在文本之中，旨在唤起与读者之间的默契。在这两种互文手法的重叠中，我们毫不费力地就能捕捉到小王子的身影。作为法国作家圣-埃克苏佩里所塑造的最为经典的文学人物，小王子一直是各个艺术领域的宠儿，绘画、电影、时装，到处都有这位小黄毛的身影。流行音乐领域同样如此。早在2007年，吴青峰就已经将《小王子》里的金句引用到《白日出没的月球》一曲："是你浪费在我身上的时间/使我变得/如此珍贵。"《马拉美的星期二》同样邀请了这位文学大咖，在《（……恋人絮语）》中，吴青峰直接引用了《小王子》的法文片段，颠倒了小王子与玫瑰相遇、相识与离别的情节，从小王子的离开，慢慢倒回故事伊始玫瑰的苏醒。随着音符的跳动，画面由暗转明，歌中的主角从一开始的绝望与冷漠，不再相信世界的善意，到最后"像个傻子问花瓣/你爱我不爱我"，如小王子般天真，对这个世界仍然抱有美好的想象。对于曾经因为深陷版权之争而对音乐产生怀疑的吴青峰来说，创作正是这样一种遇见，一种被理解，一种恋爱，"你就这样发现了我/认出了我的伤口"。此外，这首歌曲的名称同样来自法国作家罗兰·巴特的同名著作《恋人絮语》，根据吴青峰在歌词里留下的踪迹，我们不难找到对应的那一章"夜照亮了夜"："夜是黑暗的，但它照亮了夜"，如同这首歌曲的单曲封面，一个黑色的影子伸出双手，温柔地抱住吴青峰，"恋人正是在这样的黑暗中挣扎或是平静下来"。或许词人也没有忘记这本著作的解构意图，机灵地在歌词里写道，"而你将累化作了甜蜜"，他把"累"字拆解成"田"和"糸"，合在一起唱出了"甜蜜"，进行了一场能指的游戏，而在为小王子量身定制的歌曲《（……小王子）》中，青峰没有选择直接引用原文，而是通过暗示的方式，让读者在那些熟悉的语词中发现惊喜。"那个不安的、逃避的、虚空的我/忍受每个日落"，是那个难过时爱上四十三次，甚至是四十四次日落的小王子；"那个想念的、贪恋的、沉迷的我/一片花丛里头"，是那个发现自己爱的玫瑰不过万花丛中的一朵之后，躺在草地上痛哭的小王子；"生命中真正重要的/眼睛看不透""在你驯服了、解剖了、治愈了我/沧海桑田之后"，是那个遇见狐狸、驯服狐狸并在狐狸那里学会用心看清重要的东西的小王子……就这样，伴着温暖的旋律与真挚的歌声，听众用耳朵重温了一遍《小王子》的精髓。有趣的是，小王子的影子还游荡在专辑的其他角落——与法国圣马可童声合唱团一同拍摄《（……催眠大师）》MV 的地点恰好就在里昂，小王子的故乡！

在互文性的研究中，法国学者热奈特还提出了"超文性"的概念，即通过戏拟和仿作的互文手法来实现对原文的转换或模仿。热奈特认为，"戏拟不是对前文本的直接引用，而是对前文本进行转换，或者以漫画的形式反映前文本，或者对前文本进行挪用"。在《马拉美的星期二》这张专辑中，歌曲《（……醉鬼阿Q）》就灵活地使用了"戏拟"的手法。在读者解码文本之前，词人就已经对歌名中的"阿Q"作出了自己的阐述。吴青峰表示，"阿Q"既是鲁迅的小说《阿Q正传》里的人物，又是电影《阿甘正传》中的主人公，更是词人自己——吴青峰的"青"字拼音首字母正是Q。在词人看来，擅长"精神胜利法"的阿Q和不懈追求目标的低智商阿甘都是沉溺在自己的世界里不惧他人眼光的可爱角色。吴青峰希望借"醉鬼"之名，探讨创作者在创作时的沉醉状态，歌颂坚定本心的艺术精神。然而，在鲁迅的笔下，阿Q并不是一个讨喜的角色，这位受尽欺压凌辱反而自轻自贱的"精神胜利者"，在国人的记忆中似乎一直是以负面形象登场的，被作者拿来批判旧社会政府的腐败和人民的麻木。吴青峰则通过"戏拟"的手法，抓住阿Q在假想中克敌制胜的那份偏执特性，使其服务于歌曲所要表达的"别人笑我太疯癫，我笑他人看不穿"的大主题。歌词中这样的例子不在少数：希腊神话"食莲忘忧"的食莲族和"驴耳朵国王"弥达斯被塑造成沉醉自溺、坚守自我的形象。唐代诗人白居易追念往昔的《花非花》和歌颂友谊的《问刘十九》被裁剪拼贴在一起——"花非花/雾非雾/能饮一杯无？"用以描写饮酒场面与醉酒状态。元代戏曲家关汉卿抗衡黑暗社会现实的《一枝花·不服老》经过"戏拟"之后，随着动感的节奏释放出了那份"不向外界妥协"的信念。《（……醉鬼阿Q）》像是马戏团的杂耍表演，各种奇珍异宝抛在空中，令人眼花缭乱。如热奈特所言，"内行的戏拟作家对正在模仿的主体有着十分深刻的理解，一位成功的戏拟作家在作品中展示的不仅是他对原作家、作品的理解，而且还有他自己的风格与技巧"，吴青峰在歌词里的巧思并没有把他从别处借来的巧丝织成笨拙粗劣的图案，反倒让那些看似不搭边的元素互相融合得恰到好处。它繁杂，但爽目，豪迈饮下之后，嗝出一片醺醉的快乐。

　　跳出歌词的绚烂，我们回到开头提出的问题，为何要把歌名搞得如此复杂？其实，在思考这个问题的时候，我们就已经踏上通往词人意图的道路了，或者说，已经伸出双手接过词人的邀请了。吴青峰在采访中表示，歌曲标题的设计是受到了德彪西的启发。德彪西钢琴作品同样带有这样的小标题，特意附在乐谱最后，为的是在表达创作心境的同时，不去限制听众的想象力，让听众根据自己的理解去感受作品的魅力，形成自己的"印象"。是的，无论聆听还是阅读《马拉美的星期二》，我们都不是以一种被动的姿态来接受意义，而是通过主动的阐释来参与创作、完善作品。早在1968年，罗兰·巴特就提出了"作者之死"的观点，他认为，作者在完成写作之后，不再是作品的主导，文本的众多可能性是由话语来言说，由自身来运作。凑巧的是，也是在马拉美的诗歌中，巴特找到了充分的证据，"马拉美最先试图动摇作者的统治地位，他企图用言语活动自身来取代进行言语活动实践的人，是言语在说，而非人在说，写作不是一种人格行为，其中，只有言语活动在进行，而没有作者'自我'的存在"。读者听见了言语的声音，感受到了召唤，也总想拨动嘴唇说些什么。他要与它形成对话。对话的音律也许合调，也许变调，但只要是和谐的，就不会让言语沉默，就会让言语的传播得到可能。

吴青峰的歌词也不乏被听众玩味的例子。2016年，青峰为杨丞琳量身打造了一首词作《年轮说》，作为专辑的首波主打，一经推出便广受喜爱。词人将回忆隐喻为刀，切开树木般的身体，露出一圈圈年轮，诉说着成长之悟。副歌唱道："一是婴儿哭啼/二是学游戏/三是青春物语/四是碰巧遇见你""十是寂寞夜里/百是怀了疑/千是挣扎梦醒/万是铁心离开你"。从事件到情绪，数字的递进传达着人生各个阶段的感触。这段书写令许多听众动容，简单几行便启封了窖藏心底的往事。而文字越是简单，就越有解读的空隙，越有供人玩味的朦胧。有人这样理解词作中的数字，"伊始婴儿哭啼/儿时学游戏/散是青春物语/似是碰巧遇见你""失是寂寞夜里/败是怀了疑/埕是挣扎梦醒/忘是铁心离开你"。这种谐音式的解读为听众提供了另一种美学体验："伊始—婴儿""儿时—游戏""散—青春""似—碰巧""失—寂寞""败—怀疑""埕—挣扎""忘—铁心"，时间、情感与事件的连接消解了原作模糊的隐喻，使读者掠过理解的障壁，直接获取记忆的共鸣。这样的解读虽不及原作那般隽永，却为《年轮说》延续了一个崭新的生命，它的身影出现在各大音乐软件的评论区，也收获了不少愿意这样欣赏词作的思绪。

遗憾的是，就算利用再多的篇幅探索《马拉美的星期二》，也只能局限在文字的层面上：我们的眼球听不见奇妙的旋律。流行音乐终究是词与曲结合的艺术，吴青峰的互文之乐既是字里行间的互文乐趣，又是已然形成风格的互文乐曲，它们等待手指按下播放键，等待感性去发掘。或许就像《（……小小牧羊人）》唱的那样："暧昧如这宙和宇/在我嘴里/在我嘴里。"创作暧昧着文本，解读暧昧着可能，如果遇到一张互文织就的大网，干脆就义无反顾地坠落吧，坠入一个个可能的世界，再用收获的可能去塑造更多的可能。

（选自《书城》2023年7月号）

共读记

长 安

孩子越长越大，童书也越积越多，次子小学一毕业就处理掉了一大批。不过，总有那么一些舍不得的，也总觉得应该留下点什么，于是试着写下这篇札记。边读边写，仿佛又回到了亲子共读的金色长河，亦仿佛重温了一遍童年。

鼠目有情，鼠眼有光

贼眉鼠眼，鼠目寸光，硕鼠硕鼠，无食我黍，老鼠过街……人类社会里鼠类的形象实在有些不上台面。然而小孩眼里万物有光，人类鼠类，皆我族类。周氏兄弟成年后均念念不忘儿时看过的"老鼠娶亲"的年画，鲁迅回忆说"那时的想看'老鼠成亲'的仪式，却极其神往"（《狗·猫·鼠》），还养过一只能为他舔食墨汁的小隐鼠。

《鼹鼠的故事》是捷克艺术家兹德内克·米勒（Zdeněk Miler）自20世纪50年代起在将近半个世纪的时间里创作的系列动画片及绘本，由波希米亚走向世界，早已是儿童故事的经典。土里来土里去的鼹鼠到了米勒笔下纤尘不染，大眼睛温和灵动。《鼹鼠帮兔子找妈妈》里，与妈妈走散的小兔子痛哭失声，哭醒了在地下睡得正香的鼹鼠。刚会说话的长子读到这页便拿起书来，让我抱着那书，说，兔子要妈妈啊，你抱抱它吧。《鼹鼠与老鹰》里鼹鼠自洪水中救出老鹰宝宝，一手把它养大，母性十足。《鼹鼠与电视》讲了个电视"中毒"的故事。小动物们有了电视就像得了宝贝，鼹鼠看累了回去睡觉了，大耳鼠、兔子和刺猬它们则看得夜以继日、雨雪无阻，直看到藤蔓缠身、动弹不得。后来鼹鼠锯开藤蔓解救了它们，还推来一车哑铃让大家锻炼身体。《鼹鼠当医生》里大耳鼠病了，鼹鼠从欧洲跑到非洲，又跑到大洋洲、北极洲和北美洲，满世界给大耳鼠找药。一路上鼹鼠曾经掉到狮子头上，也曾被鲨鱼吞进肚里，还见识过会吃虫的猪笼草、闻一下就让人失去知觉的毒花……世上无奇不有，鼹鼠有惊无险。最后鼹鼠还是回到了故乡，在老橡树下采到了药。《鼹鼠的故事》温情脉脉，从容舒缓，也流露出了波希米亚人乐天知命、与世无争的天性。

卡夫卡发表于 20 世纪 20 年代的小说《地洞》的主人公就是个鼠类（大约是只鼹鼠，卡夫卡在致友人信中提到过自己像只打地洞的鼹鼠），首鼠两端，孤立绝望，患得患失，惶惶不可终日。半个世纪后，赫拉巴尔写了一本《过于喧嚣的孤独》，书里的老鼠成了精般参与到废纸打包工汉嘉的生活当中，见证了他在地狱里寻觅天堂的另类人生。《鼹鼠的故事》中，创作于 20 世纪 80 年代的《鼹鼠在城市》《鼹鼠的梦》仿佛与这些文字一脉相承，荫翳多阳光少，更像是给大人看的。《鼹鼠在城市》里森林被砍伐光了，鼹鼠与伙伴们不得不体验了一把钢筋水泥的城市生活。到最后还是义无反顾离开城市，奔向远方。《鼹鼠的梦》讲述一个大人梦见没电没水没汽油了，天寒地冻，鼹鼠帮他生火取暖，春天到了，他与动物们过着原始的生活……醒来发觉是个梦，长出一口气。等他来到加油站却发现真的没油了，而梦里的锤子亦出现在现实中，令他混乱且沮丧。生活中的荒诞与丧失多了，童书亦不免染上灰色。《鼹鼠的梦》只有动画没有绘本，或许也是由于太过灰暗了。

波希米亚鼹鼠横空出世，无亲无故，无牵无挂，岩村和朗笔下的“14只老鼠”系列绘本则讲述了一个老鼠大家庭的故事，里面有爷爷奶奶爸爸妈妈，还有六个男孩四个女孩。岩村三十六岁离开东京迁到枥木县益子町，隐居杂木林中，亦耕亦读亦画，也给了他的孩子们一个野生的童年。“14只老鼠”系列绘本从 1983 年画到 2007 年，皆创作于大自然中，细腻不留白，本本精彩。《14只老鼠大搬家》《14只老鼠的晚餐》……都是左右合起来成一大页，严丝合缝，构图精妙，每大页下面又都有一行字，问那个睡懒觉的是谁，那个戴着漂亮帽子的是谁，那个差点儿坐了个屁墩儿的是谁……两三岁的小孩很快就能找到答案，开心得手舞足蹈。“古里与古拉”系列绘本亦以老鼠为主人公，作者中川李枝子接受采访时说：“想做一个让孩子们吃惊的大蛋糕，就得用一个大鸡蛋……为了显得鸡蛋大，古里与古拉就设定成了小小的'野老鼠'。"（《吓人的大蛋糕》，《朝日新闻》2021 年 5 月 4 日）这对双胞胎野老鼠深得幼儿喜爱，开了"古里与古拉"系列的先河。

鼠目有情，鼠眼有光。

成长，历险

人的成长或许是个漫长的过程，或许缘于一个事件，或许就是一瞬间，刻骨铭心。成长小说亦自成一类，张爱玲在 1963 年 6 月 23 日致友人信中谈及将自己的英文小说《易经》改译成中文，说《易经》"并不比他们的那些幼年心理小说更'长气'，变成中文却从心底里代读者感到厌倦"（《纸短情长：张爱玲往来书信集 1》）。"他们的"可用"英语世界的"或"西洋的"来置换，私信里张爱玲一向将他们与我们分得清清楚楚。弗朗西丝·霍奇森·伯内特（Frances Hodgson Burnett）的《秘密花园》氤氲绵长，乃张爱玲所谓"长气"的成长故事，我耐心给次子读过一遍。花园内外的孩子慢慢成长，脾气坏的玛丽变温和了，体格弱的柯林变强壮了，故事也就结束了。

相比《秘密花园》，詹姆斯·马修·巴利（James Matthew Barrie）的《彼得·潘》似乎是个反例，主人公永远长不大。次子年幼时爱玩彼得·潘游戏，与邻家女孩互称彼得与温迪，把我家小院当作梦幻岛，占岛为王。彼得·潘长不大也不肯长大，以致有心理学家以"彼得·潘综合征"形容拒绝成长的男性。彼得·潘故事之所以深得人心，实在也因为道出了许多人——有大人也有孩子——的心声或曰潜意识。安托万·德·圣埃克絮佩里（Antoine de Saint-Exupéry）的《小王子》幽邃曲折，经得住各路阐释，或者亦可读成《彼得·潘》的进化版，永远定格在少年模样的小王子就像个忧郁内敛的升华版彼得·潘。只在自己的小星球见过一朵玫瑰花的小王子来到地球上的花园里，发现了五千朵同样的玫瑰花，沮丧又崩溃，像所有在情感中迷路的人一样。后来狐狸告诉他"重要的东西眼睛是看不见的""你珍惜你的玫瑰，因为你在她身上花了时间"，而且，"你要对你的玫瑰负责"。这些话小王子听懂了，也听怕了。责任是道义的而非审美的，也是他难以承受的。飞行员作家圣埃克絮佩里心里揣着他的小王子，本能地抗拒乏味的成人世界，痛苦地徘徊于家国责任与自在人生之间。人世多困扰，他只想往天上跑，超龄开不了飞机就以身殉梦。不肯长大、拒斥社会性、回避责任，在普通人便是有人格缺陷，而艺术家则或大都有些彼得·潘情结，无论男女。张爱玲至死都在改写《小团圆》，从小说改成散文，不厌其烦地重温那些悠长的童年往事。村上春树广受欢迎，或许也是由于他内心长住着一个青春期男孩。作家大都擅长写自己，写孩子也是写自己，写给孩子也是写给自己。童年变成年，人还是那个人。我也曾试着给孩子们读点描写当代成长故事的中文绘本，比如，黄蓓佳撰文的《会跳舞的摇摇》，大概内容有些偏严肃了，他们读了好像也没有什么代入感。

成长，随之而来的就是遇险、冒险、探险、历险。无人岛、海盗船、喧嚣闹市、深山老林、撒向世间都是险。女孩子必看（？）的灰姑娘、睡美人、白雪公主……似乎都可省略，男孩们更爱读那些未必经典但匪夷所思的书，像萨姆·塔普林（Sam Taplin）"可怕的体验"系列绘本中的《千万别当海盗》。邻家女孩来我家玩有时也带上小妹妹，那小妹妹有一次穿了长裙扮演公主，忽然就伏在沙发上哭了起来，过会儿又笑出了声，解释道："公主都是得哭的啊！"公主都得哭，童话女主角差不多个个窝窝囊囊受苦受难，最后又几乎都与王子成婚，过上了"幸福生活"，除了那个生猛的小红帽和那个伤残的小美人鱼。童话里隐藏着重重叠叠的古老密码，有这些童话做底子，女孩子就更难面对成长过程中的诸多课题——独立与依赖、自尊自爱与自我牺牲、自我认同与社会认同……她只会更惶惑更混乱。没生女儿，暗自松了口气。

孩子们喜欢历险故事，我自己小时候却很少读这类书，于是母子共读，皆有兴致，尤其是在欧亚之间倒时差的时候，迷迷糊糊读着打发时间，亦梦亦醒，梦里不知身是客，醒来再读历险行。比利时漫画家埃尔热（Hergé 本名 Georges Prosper Remi）的《丁丁历险记》信息量大又细致谨严，经得起大人孩子一读再读。娃娃脸记者丁丁走南闯北，满世界转悠。周遭总有些密探、特务或坏人，杀机四伏，最后总是正义战胜邪恶。《714航班》《金鳌蟹》《奥托卡王的权杖》……惊险，神秘，诙谐，背景是光怪陆离的域外风光。若是在这域外风光里看到老上海鸦片馆……翻开《蓝莲花》，扑面而来的是旧时代的中国气息，里面有细密的写实，还有个中国少年小张，故事背后亦有佳话。同为 1907 年出生的埃尔热与中国雕塑家张充仁相识于 1934 年，彼时埃尔热笔下的丁丁已去过苏联、刚果、美洲和埃及，下个目标便是中国，在张充仁的大力帮助下，埃尔热终于完成了《蓝莲花》。谦和儒雅、心怀文化自信的张充仁让埃尔热知道了一个马可·波罗纪行文字之外的中国，也改变了他对世界、对绘画的看法。1935 年张充仁回国后两人便失去了联系，埃尔热多方打探张充仁的消息，还于 1958 年至 1959 年创作了《丁丁在西藏》，书里那个让丁丁昼思夜想的小张寄托着埃尔热对张充仁的殷切思念，分别四十六年后，两位老人终于在布鲁塞尔机场重逢，相拥而泣。

原汁原味的、有滋有味的，生活

小孩有小孩的认同，大人中意的小孩未必感兴趣，小孩喜欢的大人可能觉得莫名其妙，长幼咸宜的便弥足珍贵。那些不实用、非教训、无目的又"有那无意思之意思"（周作人《儿童的书》）的童书，就像原汁原味、有滋有味的生活，让人回味。

《小王子》故事里商人告诉小王子每周吃一粒止渴丸就不会渴，能省下五十三分钟，小王子就想用这五十三分钟走到有泉水的地方。我问长子：如果是你呢？他说要去飞机场看飞机。彼得·史比尔（Peter Spier）的绘本《好无聊啊》开头便是两兄弟百无聊赖瘫坐床上，闲得五脊六兽。被母亲训斥后，他们就到储藏室找出了螺旋桨，又拆掉汽车引擎，找来家里的木桶，梯子、床单……物尽其用，做了一架飞机。还真就开着飞起来了。家里一团糟，父母斥责他们胆大妄为，暗地里也赞叹孩子们的天才创意。闪光的无聊日子，无聊的闪光日子，喜爱飞机的长子看得很投入。埃尔文·莫泽尔（Erwin Moser）创作的《会走路的树》绘本故事集里，有两个躺平享福的故事，长子亦喜欢。《会溜冰的床》描绘刺猬两口子拆下溜冰鞋上的马蹄铁装到床脚下，又用扫帚支起床单做成冰上船帆，躺在床上溜冰。《树上的床》里小灰熊把床挪到了树上，晚上又把两个蜜罐子挂上树冠，还点了个灯笼。一只只彩蝶翩翩飞来，小灰熊和朋友小考拉躺在床上，享受这个梦幻世界。

在克利斯提昂·约里波瓦（Chrisian Jolibois）撰文的绘本《我去找回

太阳》里，我看到了嫉妒与背叛，努力与机遇，亲情与成长，次子更感兴趣的则是老佩罗对太阳的解释："太阳其实是天上的一个巨大无比的蛋黄……当我们看不到它的时候……那是它已经煮熟了！"次子刚上幼儿园时订了每月一册的绘本。十月那本是古川裕子创作的《出来吧，地瓜》。书到的那天幼儿园老师刚领孩子们到田里挖过地瓜，大家烤着吃，还各带了一包沾着湿润黑土的地瓜回家。睡前读那绘本，蚂蚱、蚂蚁、蝴蝶、花大姐们喊着"地瓜地瓜等等啊，我们出发啦"，浩浩荡荡去挖地瓜。鼹鼠一家，老鼠一家……都来帮忙，终于挖出巨无霸大地瓜。动物们吃得正欢，次子已沉沉入梦，梦里可闻得到甜甜的焦香？

童书里有十四只老鼠融融泄泄、三世同堂，亦有孤独、衰老与死亡。苏茜·摩根斯坦（Susie Morgenstern）撰文的《一个老女人的故事》日译本名为《巴黎老奶奶的故事》，译者为著名女艺人兼作家岸惠子。巴黎老奶奶是个犹太移民，不得不离开自己的国家。孩子们在战争中四散逃亡的惨痛经历是她心中永远的阴影，"她知道，就是得到全世界的甜美糖果，也绝不会减轻心中的伤痛"。老妇人腿脚不便，牙口不灵、眼神不济，上街购物、做饭吃饭拿钥匙开门都是大事难事，还健忘，整天找东西。老妇对镜自语："皱纹，皱纹，皱纹，可爱的皱纹啊。我的脸上刻着，四分之三个世纪里品尝到的，人生的苦乐。"夜里，往事走马灯般旋转不停，老妇叹息着吞下一粒安眠药。这本书让当时六十八岁的岸惠子心有戚戚，打破了不做翻译的戒条。《后记》中岸惠子说："依然梦想着旅行与冒险的我对衰老亦有所觉悟，但也相信自己还有使不完的劲儿。"岸惠子如今九十高龄，经常写作到凌晨三点，中午才起床。

金·弗珀兹·艾克松（Kim Fupz Aakeson）撰文的绘本《爷爷变成了幽灵》描绘了死亡与告别。爷爷突发心脏病离世，艾里克哭得死去活来，学也上不了了，夜里爷爷变成幽灵穿墙而来，自己也忘了来做什么。祖孙俩出门散步，来到爷爷家，一同回忆从前的温馨时光。爷爷明白了，自己回来就是为了跟艾里克说再见。有了这番仪式，艾里克终于定下心来，又去上学了。长子幼时共读这本书，读得难过，好多年没再碰。其间孩子们的外祖父去世，祖父去世，外祖母去世，一桩桩的生离死别。如今再读，仿佛已跨过几重山水，怅惘中亦有了那么几分释然。

童年时光渐渐流走。记忆的绘本里印刻着离奇的、梦幻的、甜蜜的、悲伤的……原汁原味的、有滋有味的生活。

渡 河

小时候好像没读过什么像样的童书，仿佛从小人书一下子就跳到了大部头的三国水浒红楼，亲子共读也像补课。回望共读的日子，其实统共也没多少年，眨一眨眼就过去了，只是当初，似乎每天都漫长。临睡读绘本，有时比孩子还困，尤其是冬天，半感冒状态，白天教书，晚上声音喑哑，实在有些对不起梦幻童话。孩子睡了还得放下大灰狼小红帽，重拾孔乙己祥林嫂，纠结于为师为母的角色转换。

长子幼时也看小人书，一大盒三十六本《西游记》全都一起读过。隔了几年，世间越发声光化电、五色迷目，电视更加高清，绘本也进化得有声音有味道，有小洞洞或镶着小镜子……小人书苍苍白白，像童书标本，亦像上个世纪的化石，次子不感兴趣。我心有不甘，母子游冲绳时就只给他带了几本《西游记》小人书，让他别无选择。每晚床头灯下大讲西游，大闹天宫，盘丝洞，三借芭蕉扇，三打白骨精……次子听得也津津有味。但黑白小人书终归敌不过斑斓五色，敌不过高清声光化电，回东京后次子就又不碰小人书了。至少，西游冲绳，次子还记得个猴哥。

百年前周作人谈到儿童图画书时曾说"中国现在的画，失了古人的神韵，又并没有新的技工"（《儿童的书》），百年后面对林林总总的童书，还是困惑，碰到色彩俗艳、图画死板的就纠结，遇到措辞不切、译笔不畅的则边看边改，边润色边讲。鲁迅在1935年1月4日致萧军萧红信中谈到了童话《表》的翻译，自云"想不用难字，话也就比较的容易懂，不料竟比古文还难，每天弄到半夜，睡了还做乱梦"。鲁迅尚且如此，童书之难译亦可想而知。《爷爷变成了幽灵》的日文译本隽永耐读，其译者菱木晃子在接受"好书好日"网站采访时一再说，"翻译绘本得有诗心"。诗意难觅，诗心难寻。培育想象力及语感的黄金时期，不读好书或许还不如不读为好，玩泥巴也许更重要。困惑，困惑，摸石头过河。

困惑中，纠结里，魔幻岁月不再，金色河流远去。

（选自《书城》2023年6月号）

世事观

旅游的发明：一段从精英到大众的旅程

黄微子

2023 年 3 月初，港珠澳大桥的穿梭巴士上，挤满了戴着旅行社帽子的老年游客，他们操着方言大声交谈，宣告着跨境团队游复苏的喧嚣。另一边厢，来自东部沿海城市的中青年自驾游客，涌向了滇西和川西。超一线城市的精英人群，则攀登珠峰，驾帆船出海，去非洲看动物迁徙……

旅游，是现代的发明物。古代当然有大名鼎鼎的旅行者，从希罗多德到马可·波罗，再到哥伦布和麦哲伦；从孔子到张骞，再到玄奘、郑和、徐霞客。但是"旅行"和"旅游"是两个不同的概念。据《韦伯斯特词典》，现代英语里的"旅行"（travel）一词，目前所知最早出现在 14 世纪，源自中古英语 travailen，本意为"痛苦、辛劳、努力"，今天英语中的 travail 一词，仍保留了"令人痛苦或劳累的工作"的意思。在西方古代人眼中，"旅行"往往意味着长途跋涉的艰辛，水土不服的痛苦，伴随着探索未知的不确定性，甚至是危险。而"游客"（tourist）这个词 1775 年才在英语中首次使用，指的是"为了愉悦或文化而旅游的人"（one that makes a tour for pleasure or culture）。"旅游"（tourism）一词更是晚至 1811 年才出现，意思是为了消遣而出游（traveling for recreation）。简言之，"旅行"指向前现代时期旅途中的困苦艰险，"旅游"则是浪漫主义时期的发明，更强调出行是为了轻松舒适的休闲度假。

旅游，本是精英的专属。今天中上阶层的父母喜欢让孩子在暑假或间隔年到国外游学，这种游学的风尚可以追溯至 18 世纪在英国贵族间流行的炫耀性的"壮游"（Grand Tour）。"刚从牛津、剑桥毕业的贵族子弟，带着一笔丰厚的旅游费用，在家庭教师的陪同下，穿过英吉利海峡，踏上壮游的旅途。"（保罗·阿扎尔：《欧洲思想的危机》）壮游的终点一般是罗马，目的则是塑造一种"世界公民"的身份，以彰显"自由"的价值。而这种"壮游"通常需要极为优渥的经济实力和文化资本。除了高昂的旅费，这些英国的贵族子弟最好还要懂得法语、拉丁语、意大利语和古希腊语。虽然以求知之名，但是"壮游"讲究的却是一种无用之用。"无实际用途的旅游成为 18 世纪英国社会贵族阶层的一个主导特性，起到区分贵族与其他阶层的作用。"〔马克·布瓦耶：《西方旅游史（16—21 世纪）》〕这与今天中产阶级父母想让孩子通过游学来增强一技之长的旨趣大相径庭。

英国人的"壮游"某种意义上可视为现代旅游的开端。无实际功用正是现代旅游的核心。旅游不是为了经商，不是为了传教，不是为了殖民。正如滑雪不是为了打猎，潜水不是为了捕鱼。与生产性劳动剥离，是凡勃仑意义上的"有闲阶级"的特性。旅游起源于有闲阶级的休闲活动。但是，有闲阶级并非自古以来都喜欢旅游。

法国是英国人"壮游"的重要一站，也是当时在整个欧洲中与意大利并肩的高端旅游目的地，但是身处"宇宙中心"的古典主义时期的法国人却很宅。"tour"一词（指圆形的加工机器）虽然起源于法国，却是英国人赋予了它以现代旅游的意义。而法语的"touriste"，不但由英语的"tourist"演化而来，而且最初特指阔绰的英国游客。1875 年版的《拉鲁斯词典》对这个词下了语带嘲讽的定义："游客指因为好奇与闲来无事而周游各国的旅游者。"古典主义时期的法国作家拉辛、莫里哀和布瓦洛都不喜欢远游。对布瓦洛来说，去一趟巴黎的郊游就足够远了，拉辛一生只去过一次普罗旺斯，而著名的寓言诗人拉封丹直到四十二岁才第一次离开巴黎。这与古典主义重视稳定和秩序的理念有关。1642 年路易十四登基后，法国国力日益强盛，成为欧陆霸主。17 世纪法国的文学艺术和社会风尚传遍欧洲，为他国所仰慕。法国人得意于自身的繁荣稳定，当时的耶稣会士勒孔特曾批评法国人的自满："我们只关注法国的荣耀，几乎忘了世界上还有其他国家。"路易十四本尊就不喜欢长途旅行，而热衷于兴建富丽堂皇的宫殿和田园牧歌式的花园，在其中接待宾客，以展示和炫耀自己的权势和财富。上有所好，下必甚焉。法国贵族竞相效仿，终日环游花园、参加宴会。巴黎的都市社交和凡尔赛的宫廷生活，其魅力远远超过大自然和异国风情对法国人的吸引。直到浪漫主义时期，著名的哲学家卢梭才以一己之力改变了这种状况。

在法国，卢梭通常被视作"第一位游客"，19世纪的不少作家甚至公认他是发现了阿尔卑斯山的哥伦布。"他背着旅游包，挂着木棍，吃着麸皮面包、乳制品和樱桃，是真正的'自然之子'。"（《拉鲁斯词典》）卢梭的书信体小说《新爱洛依丝》以阿尔卑斯山和莱芒湖为背景，贵族小姐朱丽和平民教师圣普乐的凄美爱情故事在优美的湖光山色中展开，重新唤起了欧洲人对大自然的热情。作者卢梭和小说主人公生活过的地方，都成了观光景点。欧洲各国的游客纷纷慕名而来，手捧一册《新爱洛依丝》，每到一个景点，就翻开来读一段，将自己的观察与卢梭的描绘进行对比。我们今天的游客也延续了这种传统，只不过他们到景点打卡参照的是电影、综艺、电视剧和网红Vlog（视频日志）。卢梭的地位如此重要，不仅在于他通过优美的文笔将日内瓦的山水"发明"为旅游景点，更重要的是他赋予了"旅游"新的教育功能和哲学意味。在影响深远的教育哲学论著《爱弥儿》中，卢梭鼓励年轻人应向古代先哲学习，不要受困于图书馆和古物陈列室，而要多去自然中探索求知。"我们应该对植物感兴趣、对农作物感兴趣"；"不应该从书中去读，而要亲眼去看"。

但是，卢梭真的"亲眼去看"了吗？在《新爱洛依丝》中，卢梭对阿尔卑斯山赞美不已："在高山上，冥想富有伟大崇高的特质……仿佛高悬于人世之上，人们便可以忘却尘世间所有卑微的情感。"后世登山史学家们质疑了卢梭发现阿尔卑斯山这一传说。他们发现，卢梭作品里描写的"高山"，不太可能是真正有一定海拔的高山，卢梭爬过的仅仅是莱芒湖边的山丘。卢梭的自然观是带了浪漫主义滤镜的，他所爱的自然景观实际上不够荒野。可是卢梭的小说影响如此之大，读过他作品的人，看到的都是一幅"卢梭风情"的景观。小说里的句子便于引用，替代了旅游者独立的观察和发现。在这个意义上，布瓦耶认为《新爱洛依丝》遮蔽了阿尔卑斯山。

既然卢梭不曾实际上登上阿尔卑斯山，那么，谁才是登上阿尔卑斯山的第一人呢？卢梭的同时代人，富有的日内瓦人索绪尔（Horace Bénédict de Saussure），被视为现代登山运动的开创者。这位索绪尔是地质学家和博物学家，他的曾孙是著名的瑞士语言学家费迪南·德·索绪尔。索绪尔登顶阿尔卑斯山的勃朗峰在当时是不同寻常的事。登山爱好者中有一则流传甚广的名言，出自英国登山家乔治·马洛里。当被问及为何要去攀登珠穆朗玛峰时，他回答："因为它就在那里。"（Because it's there.）这句回答斩钉截铁又颇具禅意，登山不需要理由，高山屹立在那里就是一种召唤，就能激起人类挑战极限的欲望。但这种看似本能的欲望，实际上是文化建构的产物。在现代登山运动和高山旅游被发明以前，横亘在法国和意大利之间的阿尔卑斯山众多高峰被视为旅途中令人生畏的障碍，翻越这些山峰不但面临滑坡、雪崩的危险，传说山谷中还潜伏着恶龙，山区的冰天雪地则是被女巫下了诅咒。英国诗人弥尔顿从意大利归国，途经此处，却只留下了短短一句话："阿尔卑斯山那些寒冷的顶峰。"威尔士旅游者豪威尔路过时，觉得阿尔卑斯山"又高大又吓人"，是"自然界的巨大而又丑陋的毒瘤"。很长一段时间，阿尔卑斯山区的众多山峰都未被在地图上命名，山脚下的小镇也罕见外来游客。

1787 年 8 月，索绪尔带领一支十八人的队伍登上了勃朗峰。他的探险之旅是一次预先张扬的事件，当地居民和三百个好奇者通过望远镜见证了索绪尔的登顶。索绪尔出生于日内瓦的贵族家庭，是知名的教授和博物学家，广为结交欧洲上流阶层和知识分子，他的成功在整个欧洲引发了巨大的反响。然而，事实上，索绪尔并不是最早登顶勃朗峰的人。1760 年他来到勃朗峰下的霞慕尼，发布悬赏，奖励给第一个找到登顶路线的人。此后陆续有人向勃朗峰发起冲击，但都无功而返。直到 1786 年 6 月，爱慕尼当地猎人雅克·巴尔马发现了一条通往山顶的路。在巴尔马的陪伴下，当地一位年轻的医生帕卡于当年 8 月 8 日登顶勃朗峰。巴尔马后来拜访了索绪尔，领取了他的悬赏，并在次年作为向导加入了索绪尔登顶的队伍。今日前往霞慕尼的游客可以见到一座雕塑：大旅行家索绪尔抬头仰望远方，旁边的巴尔马右手高举，指向勃朗峰，正在给索绪尔讲解路线。这对"贵族客户加本地向导"的组合名垂青史，索绪尔的成功被广泛认可为第一次真正的登顶，而早一年登顶的医生帕卡在风光一时后，却长期被历史所遗忘，他的游记也未得到出版。因为他既不是本地人，又不是旅行家，社会地位不高，完全无法跟日内瓦贵族索绪尔和著名艺术家布里（此人从未真正登顶，却依靠描绘阿尔卑斯山的画作诗文赚了大钱）等上流人士争夺登顶的荣耀。直到两百年后，1986 年，经过学者们对史料的努力发掘，医生帕卡的成就才重新得到承认，霞慕尼也为他建造了一尊纪念塑像。

可见，旅游是贵族精英主导的活动，旅游史的书写也由精英的事迹和观念所构成。索绪尔深知书写的力量，他登顶勃朗峰后一回到日内瓦就出版了一份《勃朗峰游记》，后来又发表全本《阿尔卑斯山之旅》，获得知识界的交口称赞。当然，索绪尔没有卢梭的影响广泛，毕竟登山运动的门槛太高，不容易效仿。一直到19世纪中叶，登山运动才有较大发展。1857年，英国人在伦敦成立了阿尔卑斯登山俱乐部，这当然也是一个准入条件苛刻的精英阶层俱乐部。

与登山的冒险形成对照的，是贵族阶层的另一种旅游方式——到乡下度假。度假，讲求的就是安逸（comfort），除了休息之外，没有什么特别的目的。受卢梭和众多浪漫主义作家影响，在欧洲，城市被视为玷污人性的深渊，而乡村则成了纯真、天然和美德的象征。充满自然野趣的乡村胜过了人工整饬的花园，城里人纷纷涌去乡下度假。别墅（villa）作为一种被用来休闲娱乐的房子，在浪漫主义时期成为风尚。里昂的乡间别墅通常设有两层，第一层的层高高于第二层，且拥有最漂亮的窗户。这意味着，对于别墅来说，景观是非常重要的。布瓦耶在18世纪中后期的广告性周刊《里昂启事》上看到，当时别墅广告的突出卖点是拥有"美丽的视野""最宜人的景色"，例如——"小楼出租，花园种有椵树，有一个美丽的露天平台，还有小喷泉，可以看到罗讷河。位于圣朗贝尔。"这跟今天度假村酒店里对于景观的强调——海景房、园景房等——如出一辙。在乡间花园宅邸的边上，还会有一些小屋，用来游戏和开派对，这些娱乐场所被称为casino，这个词源于意大利语，法国人也将它发扬光大。

不仅本国贵族到自己国家的乡下度假，英国人还会跑到法国南部的乡下去度假。这种行为通常有着鲜明的季节性特征——"越冬"，主要是为了躲避本土气候的严寒。尼斯和耶尔是18世纪晚期最受外国越冬者青睐的地区，连登山运动先驱索绪尔也曾在这两地度过了两个冬季。去法国南部度假在英国人中蔚然成风，在当时的英国作家亚瑟·扬格（Arthur Young）看来，这不仅有着气候上的理由，而且有经济上的考量。"这里生活成本被认为是很低廉的。有人向我们提到了一个家庭，收入大约是一千五百路易金币（Louis），过得却和在英国有五千路易金币一样潇洒。"（《法国之旅》）这和近些年我国北方和西部的中产阶层跑到海南或云南去过冬有着异曲同工之处，尽管由于去的外地人太多，当地的物价也不再廉宜了。

热爱度假的英国人还发明了"疗养"的概念。疗养式度假，首推的就是水疗（Spa）。Spa 是位于如今比利时境内的一个温泉镇，从 19 世纪开始，它用来泛指温泉度假村。如果说到乡间度假是为了"换气"，清新自然的空气被认为有助于哮喘和其他肺部疾病的治疗，那么去温泉度假就是为了"换水"，温泉对风湿病、麻痹症、关节疾病和创伤等各类患者有吸引力。"最早的统计数据显示：每个温泉都注明能治疗十五到二十种疾病。"（布瓦耶）在用来泡澡的同时，专门为饮用而生产的矿泉水瓶装水也被发明了出来。根据水质和来源，它们被赋予不同功能，有的成为咖啡专用水，有的则声称能让人充满活力或减轻痛苦。不过我们知道，温泉度假村里的贵客也不能终日只在水里泡着，他们需要社交和娱乐。戏剧演出是一些"水城"推出的娱乐项目，而晚间的"博弈游戏"则屡禁不止。

贵族们到水里泡澡的欲望不止于温泉，清凉的海水也在召唤。作为一种消夏方式，海滨浴场在 19 世纪下半叶也开始蓬勃发展。时人相信海水里的盐分以及在海水里短暂憋气对人体有利。人们在海滨修建高尔夫球场和网球场，但是无所事事地把全身晒成棕色的日光浴要直到 20 世纪初才引领时尚。

"标新立异的发明曾经是旅游的原动力，它永远都是。"（布瓦耶）在山上滑雪、在海里游泳、在乡下生活，这些都是当地人早已有之的行为，但是只有当外来的有闲阶级赋予这些行为以特定的文化意义，它们才被发明成为旅游项目。旅游是现代的发明物，18、19 世纪的英国人在现代旅游的发明上有着令人瞩目的贡献，这并非偶然。工业革命在英国的影响，使得靠年金和地租生活的有闲阶级，急于和在乌烟瘴气的城市里劳碌的资产阶级划清界限。有闲阶级生产令人效仿的生活方式。新兴资产阶级能够追随贵族的脚步，在乡下购买土地、建造别墅，实际上也与工业革命的发展使得乡下有了闲田相关。走在工业化前列的英国，人力成本上涨，推高了物价，于是形成了和法国南部乡下颇为可观的价格差。无需工作但余粮也不多了的英国贵族阶层纷纷去法国乡下寻求更高性价比的生活。随着生产力的发展和带薪休假制度的出现，先是壮大起来的中产阶级，再是有了一点积蓄和闲暇的大众，也纷纷外出旅游。旅游，于是完成了一段从精英到大众的旅程。大众占据了精英发明出来的景点，精英，为了品位上的区隔，只好不断标新立异，以炫耀普通人难以企及的经济资本、文化资本和社会资本。结果，小城镇的居民到发达的都市旅游，都市的中产到淳朴的乡下旅游，精英则到人迹罕至的大自然旅游。旅游，在地理空间的暂时位移，却巩固了各个人群在社会空间中的位置。

参考文献

［法］马克·布瓦耶著.《西方旅游史（16—21 世纪）》，金龙格，等译，广西师范大学出版社，2022。

（选自《读书》2023 年第 6 期）

开此门望此路
——乡村上门匠人小录

周岳工

　　"近"字目前已知最早出现应该是在战国时期，《孟子·尽心上》"大匠不为拙工改废绳墨"，这里的"大匠"指的是高明的木匠，《说文》"匠，木工也"，由此可知，匠字本义是木工，后来随着社会分工的细化，词义内涵不断丰富，引申为有专业技能的工人。然而这些专业技能在几千年的文化里所秉承的，不仅仅是一种生存的技能，更多的时候是它们附着于匠人身上时所蕴含的生活智慧与哲理。

　　小时每当家中有匠人上门，祖父叮嘱孙辈总有两句话挂在嘴头：一句是"人家的吃饭牙龈，不要动"，把工具行头比喻成人的牙龈，牙龈都没了，自然无法吃饭；另一句是"开此门望此路"，意为匠人师傅不容易，出门觅食，指望着靠手艺来维持生计。当年在我家乡湖南浏北地区上门的匠人师傅，印象中有篾匠、木匠、泥水匠、弹匠、漆匠等，还有剃头匠和补锅师傅比较多，而石匠、瓦匠、锯匠、皮匠等则比较偏门。铁匠大多开有铺子，贩售各色大路货，还可根据主顾要求专项定制，也有上门打造的情况。

　　先说篾匠。父亲过世前算是远近小有名气的篾匠，师从离家七八里地的聂长生。当年父亲选择学当篾匠，盖因学徒期短，工具简单，投入较小。不过，也出于同样缘由，相对木匠，同期篾匠的工价总要低点。篾匠的工具确实简便，篾刀、匀刀、刮刀用布一包，加一把篾尺，就可以上门开工。父亲说木匠、篾匠的祖师爷都是鲁班，起初用的工具尺都是三尺长，后来裁缝师傅没有尺，将篾匠的尺偷偷截去了三分之一，所以最后木匠的尺依然三尺长，篾匠的尺变成两尺，而裁缝师傅的尺刚好一尺。和别的匠人不同，篾匠可以边做事边闲谈，不耽误手上功夫。看着一根竹子，在篾匠手里劈开、修剪、剖篾、编织，像变魔术般最终变成好看实用的生活用品。篾匠的功夫殊为不易，信手编织，需丰富的经验和技巧。小时最喜欢看父亲编竹席，宽窄均匀的篾条一字竖着排开，父亲娴熟地横向编入篾条，哪根摁下，哪根提上，胸有成竹，信手拈来，富有节奏；将篾条编入后，再用篾尺轻轻敲打，使其致密。那些青篾黄篾，不经意间便都排列分配好，错落有致，既结实耐用又美观大方。好的竹席，在阳光下可以不透一丝光；好的皮箩，可以倒满水不漏一分——这当然是篾匠师傅吹牛的说辞，但也可以看作篾匠对技艺最高境界的一种向往。在所有匠人师傅里面，只有篾匠可以出入主家的每一间房，包括卧室，因为要量尺寸，现编现做，有实际需要。

木匠上门打制东西，工具行头特别多。有时需要提前一天让人挑了担子送来，各种锯子、刨子、锉子、锤子、墨斗、斧头等，大大小小，分门别类摆放整齐。在小孩子眼里这些分外新奇，总想趁人不注意，拿来比画比画，被大人发现立即遭到一声暴喝。木匠开工，满地雪白的锯木屑和刨木花，散发着清新的木香。做工很像是在打拳，平堆刨子，垂直锯木，看似简单，实则有窍门。平推刨子，两手用力要持续均匀，才会事半功倍，木头刨出来光滑平整，刨花自然也长而不断。垂直锯木，要求眼准手稳，发力不疾不徐，尤其不能游移，否则锯开的断面不平整，甚而会夹锯或折断锯条。木匠下料须使用墨斗，在备用的木材上弹下墨线，一头将墨线固定，到另一头单眼眯着看准位置，一手将墨线拉紧，另一手往上扯起再迅疾弹下，一条笔直墨线顷刻显现，就像人生道路笔直开阔。用斧头最考验木匠功底，一手扶木料，一手提斧头轻削慢伐，既费体力，又耗眼力，也正是在这横劈竖削中完成了一块大料的雏形，所以有时也把斧头的运用看作整体活计方向性的工作。木匠打制一套家具，整体的流程是头几天只下料备材，按要求选择木料，准备好各种板子、柱子；后面是拼接阶段，中国传统的榫卯拼接充满了无尽的神奇巧思，一件完好的家具可以不用一颗钉子。

木匠师傅手艺路数繁杂，制品种类繁多，将技术学全需要很长时间，过去一般三年出师。拜师时，按例要摆拜师酒，老家一带叫"长进师酒"。这里的"长"，有长志气、长威风、长才能之意。出师前，徒弟没工钱，有的还要出学徒粮；出师后，徒弟可以跟着师傅继续做事，也可自立门户单干，正所谓"进师由师，出师由徒"。徒弟在外，要看师傅眼色行事，做好基础工作，完成苦活累活，上门挑担子，收工清场子。吃饭时师傅不下手，徒弟不能动筷；师傅放下碗，徒弟先吃完。反之，就算逾矩，是要受到责罚训斥的。

和木匠算上下游关系的是锯匠，专门负责将大型树木锯断，裁成适用的木料。锯匠有条传承已久的行规：上山砍伐锯断古木大树之前，头天会在树上削去一块皮，然后用墨线弹一条印迹。第二天上山，若墨迹还在，则该树可以开锯；若墨色消失，绝不可造次，否则就犯了禁忌，会遭受惩罚与不测。锯木料是重体力活，一推一拉幅度很大，如同练功，阳光下汗水挥洒在古铜色肌肤之上，那健美的身躯，是真正的人体美、劳动之美。

老家一带过去泥水匠众多，俗称砌匠。砌匠工具繁杂，但除了带班的包工头，其他人随身携砌刀和泥压子，戴一顶安全帽就行了。大件工具、水平仪、架板等都由主家或带头的人负责。泥水匠有大工、小工之分：大工会砌砖墙、立门窗、上房梁等；小工负责和石灰水泥，担灰桶砖块。严格讲，大工才能被称为砌匠。很多小工做工日久，耳濡目染，用心偷艺成才也就成了大工。泥水匠起屋先要看好朝向和起手日子，当天会在堂屋位置中间放条准线，叫作"开天门闭地户"。紧接下来打地基，根据事前规划好的拉线开挖墙基。挖到足够深后，就回填黄土、砂石等物料，再由小工抬着长条石打夯，反复筑紧。打夯时好不热闹，一行人四五个抬着石头上下用力，须整齐划一，同步使劲。打夯要喊号子，老家这边的喊法很简单，就一句"嘿哟啊嘿哟，打夯要用劲"，场面颇为壮观。砌墙很有观赏性：泥水匠顺着事先拉好的水平线，砌刀挥舞，将红砖刷上水泥，稳稳放上去，再抹平接缝，让人眼花缭乱。众多泥水匠往往分工砌各板墙，到安装门窗或上梁时才一起协作。同样长度的一板墙，两位师傅同时起手，到后面进度常常不一，墙面光整度也有差别，就能看出水平高下，大家纷纷暗中较劲。泥水匠胆子都不小，在高高的脚手架上劳作，走墙体过架板如履平地。过去老家一带建新房，多数人家一层用红砖，二层用土砖。

落成封顶上主梁之时，会有热闹的"喊彩"仪式。木匠在东墙，泥水匠在西墙，各自手提大公鸡，端着满盘的烟酒糖果，从最顶端安梁处悬下红绸缎和长鞭炮，直达地面。喊彩开始，鞭炮点燃，大梁升起，两位匠人就扯开嗓子交相礼赞，手里忙不停。栋梁安好后，将红绸缎在栋梁上缠绕几圈。用力把鸡冠挤出血来涂在上面，倒酒敬天敬地。同时开始往下丢糖果、茴饼和花生，围观的大人、小孩纷纷争捡。听老泥水匠邹祖照介绍，把红绸在梁上绕，叫作"穿红"，此时木匠和泥水匠要一人一句喊对口彩，常用说词是："手执绫罗长又长，绫罗出在苏州房；苏州房里出巧女，绣出绫罗缠栋梁；左缠三圈龙摆尾，右缠三圈凤求凰；前缠三圈朱雀叫，后缠三圈玄武祥；东家添丁又进财，纳福增寿好华堂。"将公鸡鸡冠往梁上破冠挤血，是在"祭梁"，这时喊彩喊的是："东家赐我一只鸡，此鸡不是寻常鸡。王母娘娘赐下凡，平常人家用不得，东家买来祭栋梁……"在屋上倒酒是"祭酒"，自然也有相应彩词。祭酒完成后，房顶的师傅将公鸡小心丢出，大声呼："金鸡下凡!"按例，公鸡和剩下的烟酒归喊彩的师傅所有，另外还会有一个包封。接下来主家开封栋饭，浏北老家风俗，要由司礼人员喊全体参与建房的匠人师傅入席。照规矩先请窑匠上座，再请石匠，接着请木匠和泥水匠。因为窑匠烧瓦，石匠做大门架，木工忙过，泥水匠才有活计，所谓"窑是天来石是地，木工泥工靠边倚"。

乡里的铁匠大多开有铁匠铺，偶尔上门叫作"打行炉"。老家北盛仓街上过去有个铁业社，招徕远近著名的铁匠师傅做工，工艺颇为精湛，广有名声。我认识的周春萱老师傅，就是铁业社退休的老铁匠。老人家七十多岁了，很健谈。他说，打铁和金木水火土五行都相关，看似粗活，实则需要心灵手巧。例如，将两块烧红的铁块接合锻造，一定要在接口处先糊上泥巴，否则不会牢靠，因为需要水和土的功效。打铁时，大锤跟着小锤走，师傅用小锤指引，徒弟或帮工背大锤着力。因而，土话言某人打下手，会说是"背大锤"。打铁时铁花四溅，铁匠一般也不会烫着，所谓"火不烧铁匠，鬼不打和尚"。当然也有烫伤的时候，不过那火星都经过了超高温，没有毒性，因此也会好得快。过去出门打行炉，都是一个屋场约好一段时日，集中打制，因为打铁首先要垒铁炉，颇费周章。垒铁炉时要先用炉笔在地上选定位置画一个圈，再动土，这样不会犯土煞。那炉笔很有讲究，是一根适手的铁钎，号称"红炉先生的杖棍"，是由太上老君赐给铁匠的。

漆匠最希望前手的木匠是个好师傅，平整的木器可以少费时日刮灰和打底子。漆匠的工具主要有刷子、刮子、筛子、碾子几样，那时皆为自制；尤其是刮子，需要牛角料。过去做漆匠，要自行买石膏烧熟，粉碎过筛，再调上桐油制成打底灰，不像现在有腻子粉购买。那时漆的颜色也要自己配，如今都用调和漆。有的旧家具用了几十年仍不变色，这和老工艺、老材料有关，朴实无华却经久耐用。老漆匠大多会画画，老式的床和柜，柜门和床头等处需绘制花草鱼虫，题写诗句对联，很要功底。还有漆匠会画镜画，用油漆在长方形的玻璃反面画图，装上棕红镜框，从正面看美观大方。镜画的内容有各式建筑、各种人物、花草树木、鱼虫鸟类，不一而足。

上门的匠人师傅中，石匠是难得一遇的，我只在屋场有人家建新房立红石大门框时见过两回。石匠通常在深山石矿中开采红石，加工好后运送到各个屋地基。老家那边建房，过去往往用红石砌五六层三四尺高，以防洪水。红石大门框需要石匠运来粗料，上门现场加工，属精细活计。两边的立柱高七八尺许，上面有承接横梁的弧形角料，横梁中央绘八卦图，两头画日月星辰。下面垫起的台石，往里有个石窝，用于安装大门。那油漆绘制的八卦图，一红一黑阴阳鱼缠绕旋转，民居的阴阳鱼红进黑出，庙宇则是黑进红出。立大门框系建房的重要节点，成功后会在横梁上披红绸，放鞭炮。

皮匠的主要业务是修补皮鞋、雨伞等物件。听说过一个笑话，某皮匠发家后春风得意，大兴土木，建设豪庭。落成之日，当地有好事者赠送匾额。上题"甲乙上人"四字，金碧辉煌。皮匠心喜，将匾额挂在堂中，不无得意。后有游学先生路过，向其指出四字深意，原为讽其出身。"甲"字上大下小像钻子，"乙"字形如一把皮刀，"上"字倒看和修鞋用的鞋撑子象形，"人"字状同一个夹子：刚好类比皮匠日常用的四件工具。

弹棉花做棉被是弹匠唯一的工作，老家一带有女出嫁操办嫁妆，或购得棉花添置新被子，才有邀请弹匠上门的需求。弹匠的器具不多：一张长弓、一把木槌、一块木饼，还有最后拉线的竹竿。长弓的弓弦用牛筋做成，弹性和韧性俱佳。木饼又叫磨盘，须用木子树料做成，才能与棉性相洽，将棉被压制平整。弹匠在作业时，把挂着长弓的竹篾片插在背后，左手握着的长弓高高悬起在棉花上逡巡，右手握木槌不断敲击弓弦，那形象独特而有气势。主家若说好话，待棉花弹好至放线阶段，有的弹匠会用红线在棉被上做字，诸如"百年好合""步步高升""早生贵子"之类，图个吉利。听老家对岸的老弹匠陈家昌介绍，过去，棉被一般长六尺六，宽度则有六幅和七幅两种，八寸为一幅，也就是宽四尺八或五尺六。有笑谈说，旧时有弹匠发迹后入行伍做了将军，当地文人为其书一对联："单手能擒半边月，一槌惊动万重山。"成为一时笑谈。

老家一带，补锅匠和剃头师傅因为上门时间短，走村串户，主家历来并不待饭。叔外公聂金海是远近闻名的补锅匠，小时候他来屋场补锅，我常缠着他要铁水冷却后的铁弹子。记得当年他说过，补锅没稀奇，有好风箱、好泥碗和好炭火就行了。他故去多年，后来和他的授业徒弟闲聊，才得知其详。风箱自不必说，那用来在炭火中烧铁水的泥碗，制作殊不简单。要用青泥和上一定比例的焦炭和猪鬃，反复揉搓后捏制成形，阴干多日没半点水分后方可启用。盖取青泥、焦炭之性状，添加猪鬃则为增加韧度，提供结构力。那徒弟言，每个行业各有禁忌，也算蹊跷，过去出门补锅一定不能在老屋主梁下生火，否则那铁水一定烧不开。他试过几次，皆如此，换地方立马解决问题。是因"梁"与"凉"同音，还是气流风向问题，原因不得而知。他还说道，补锅少不了用稻草灰，铁水沸腾后，上面用泥勺舀铁水补洞，下面需用布包稻草灰顶住，这样铁水不漏下来，更不会烫手。补锅的铁水也很讲究，要用灰口铁烧制，春夏秋冬烧制的时间长短也不同。

补锅匠出门吃饭只能投亲靠友，随遇而安；剃头匠却自有妙招，想出了分摊的办法。当年剃头匠上门，一律只剃男头，每个月上门三次，一年三十六次，剃与不剃同样价钱。大多随手提个木箱子上门，里面各种剃头工具一应俱全，理完发还负责挖耳朵，修须。为解决吃饭问题，剃头师傅规定，一个理发事主每年招待两餐饭。那时一位师傅大概有三百多个事主，六百多餐饭下来，全年的吃饭问题就解决了。剃头师傅上门须风雨无阻，不能错过时日，此为行规。每年腊月二十四过小年后，剃头师傅上门不再掏耳朵，盖因耳中取出之物算作财喜。每个事主年前剃最后一个头，就预示着来年的头还由该师傅负责，这是约定俗成的规矩。

和众多匠人师傅闲聊，说起过去上门做手艺讨生活，都道不易，身不由己。江湖传闻匠人师傅不能得罪，否则会使各种窍门，让主家破财添灾、时运不济、后代不兴等，多为戏言，其实是匠人们为提高身价获取尊重，自我保护和提高收入而编造的说辞。一些传言也起到了潜移默化的作用，地方上一般对匠人师傅上门都客气有加，还有"三代做官不能轻师慢匠"的说法。用窍门惩罚主家，主要指木匠和泥水匠，传言他们在砌墙、上梁和制作器具的当口能乘人不备，做出手脚。我听镇上彭菊潜老先生说过一件逸事，不知真假。说某木匠上门做工，主家建房，每日杀鸡招待，从未见鸡胗鸡肝。木匠认为主家故意慢待，遂将木屋柱倒装，以坏其风水，他人皆不知真相。到房屋落成结账后，主家赠其一包礼物，半路打开看，俱是卤好的鸡胗鸡肝。木匠感到羞愧，忙叫上徒弟重返主家新房，在倒装的木屋柱上用斧头轻敲三下，言"顺也发倒也发"，遂得破解。

匠人们在外谋生，有诸多规矩和巧妙说辞：泥水匠有起手包封、过龙包封、撩檐包封、完工包封，木匠漆匠做上门做嫁妆完工日、弹匠师傅弹好新棉被时，说赞篇好话主家也会打包封，都约定俗成，既为讨个彩头，也能增加收入。一年到头结算工钱，收支两抵，吃在外面，手艺人算下来往往要比普通人显得宽松，有所结余。手艺好的匠人地位、名声和收入都水涨船高，进而可以收徒授业。这也是当年许多人要学门手艺，成为匠人师傅的原因。凭手艺吃饭，开此门望此路，其实深蕴着一种自强自立的民族文化精神传承。

（选自《随笔》2023 年第 6 期）

164

植物的战争

詹文格

一

凡是带有入侵属性的植物，似乎都有一种王者香气，它们出手凶狠，行事果断。不论是纵向开掘，还是横向延伸，那种扩张势头，大有独霸天下、唯我独尊的锐气。

我一直以为，漫山遍野的植物，默默生长，岁岁枯荣，就像修行的老僧，养成了平和淡泊的佛性。谁知我的认识仅停留于浅表，所看到的只是肤浅的假象。草木用朴拙的外表，隐藏了深重的心机。人非草木，这完全是一厢情愿的自我炫耀，在某些方面人不一定比草木高明。

人类并没有全知全能的上帝视角，在大千世界中，还有广阔的区域存在疑惑，在大量的空间留下未知，所有的空白地带为我们提供了无限想象。

在名目繁多的植物界，其实不乏暴戾乖张的种类，那些平淡无奇的植物，一旦争斗起来，惊心动魄，毫不手软。相互撕咬的根系藤蔓，纠缠不休，你死我活，植物争斗的凶猛程度，丝毫不比血腥的动物逊色。

从枝繁叶茂的热带雨林，到寒凉清瘦的高原植物，随处都有明争暗斗的对头冤家。它们为争夺有限的生存空间，多吸收一些阳光雨露，不断挤对，反复较量。那些性格野蛮的物种，到了生死存亡关头，会不择手段，排除异己，大有置对方于死地而后快的德性。

当强者一旦占据绝对优势，就会摇旗呐喊，乘胜追击，继续对弱者展开围追堵截，折腾厮杀，直至彻底清剿为止。

热带雨林是地球上物种最为丰富的乐园，同时也是植物竞争最激烈的决斗场。它们为了获得成长的权利，拼命争抢阳光，尤其是伏于地面的植物，只能从枝叶的罅隙中获取一丁点儿微弱的阳光。面黄肌瘦地挣扎在地面，它们心有不甘，翘首仰望，苦苦等待破土而出的时机。

当一棵衰朽的古树轰然倒地，百年一遇的时机终于来临。就在阳光洒满大地的那一刻，如同听到起跑线上的枪声，一场新的生存秩序重新建立，所有蓄势待发的竞争对手，重返赛场。它们裸露隆起的肌腱，迈开腿脚，当仁不让，迎头冲刺。拿出各自的看家本领，贪婪地吸吮阳光雨水，用强攻的方式，抢占空间，为种群的后代繁育创造条件。

二

在庞杂的植物界，无论木本、草本，还是藤本，它们在适者生存的环境中不断演化，笑傲江湖，暗中练就一招制胜的独家秘籍。

从它们的招式里可以清晰地看到，一个物种向另一个物种的入侵路径和攻谋手段。那株沐浴在朝露中的龟背竹，正努力生长着碧绿的叶子，尽情吸收金色的阳光。在它旁边晃荡的藤蔓，看上去稚嫩纤瘦，如同邻家小女，看不出有任何企图和危害。

春深时节，青藤伸出粉嫩的玉臂，朝龟背竹亲切地挥手。它说：大哥呀，你别只顾着自己往上蹿，快来搀扶弱者一把，给一个可以依靠的肩膀，让小妹也有攀缘而上的机会。

挺拔的龟背竹不知藤蔓心藏诡计。对楚楚动人的芳邻，毫无提防警惕，一不小心就被迫不及待的藤儿搂住了脖子。藤儿借着晨雾的滋润，又亲又啃，死死缠住了俊朗的大哥。

这种以身相许的搂抱，看上去像是生死相随，托付终身，显得无比温柔。实际上这完全是一个美丽的陷阱，攀附成功的藤蔓，迅速勒紧大哥的腰身，踩着它的肩膀，缠绕而上，很快便成功登顶。

接着疯长上蹿的藤蔓又披纷而下，一展英姿。龟背竹原以为这是一次激情搂抱。谁知变成了致命缠绕，很快龟背竹就枝叶萎缩，呼吸不畅。一株被唤作大哥的植物，眼睁睁窒息在青藤的臂弯里，欲哭无泪。它后悔当初心太软，不小心招惹了灭顶之灾。

草木葳蕤，混迹山林。多样性的植物，像 20 世纪 30 年代的上海滩，鱼龙混杂，暗流汹涌。无论是卧底的密探，还是策反的间谍，哪一个能成为最后的赢家，一时难见分晓，一切要看是谁笑到了最后。

铺天盖地的藤蔓肆无忌惮地宣泄在阳光之中，接下来有一种植物即将出场。它迅疾的速度，如迎风的箭镞，噌噌地往上飙升，很快就超越了所有的植物。

这种疯长的植物叫轻木，它的叶子可以长到四十厘米，雨伞一样挡住阳光，阔大的叶片，以一种势不可挡的劲头，剥脱了周边植物生长的机会。

轻木看上去已经稳操胜券，然而争斗远没有结束，紧接着又有一株植物在它旁边伺机而动。有人形容这是一个准备套马的汉子，手中挥动着套马索，在寻找下套的机会。它的卷须上有十几个像钩子一样的倒刺，任何一个倒钩，只要钩中了目标，其他钩子就会开启疯狂的缠绕模式。在这样激烈竞争的环境下，如果可以攀上轻木，那等于如虎添翼。由于轻木的叶片上长满了绒毛。不仅扎手，而且特别光滑，外物很难黏附上去。就这样轻木扫除了身边障碍，打败了众多的竞争对手，畅通无阻地继续它的野蛮旅程。

迎风生长的轻木，只需一年左右就能蹿到十几米高，在同样的时间里，大多数树木只能长高两三厘米。不过万事都有两面性，虽然轻木生长神速，但同时也因欲速则不达，带来了极大的存活隐患。

由于质量过轻，哪怕刮起一阵不算猛烈的风，轻木都将拦腰折断。当一株轻木倒下，它的周围一片敞亮，给地面苦苦挣扎的植物带来了生机。同时也预示着，另一场没有硝烟的战争在植物界再次打响，新的霸主很快又将出现。

三

第一次听到水中暴君的名词，我不以为意，认为这是炫耀者夸张的修辞。然而在接连不断的深入探访中，面对真相我认可了暴君这个词语。看到了植物杀手的厉害。

初春时节，在那片平静的湖面上，我遇见了一些布满毛刺的小叶片。

当时我对亚马逊王莲一无所知，也许是湖面太大，叶片太小，没有谁会在意它的存在。王者初始，并无特别，从颜色到形状，根本窥视不出任何异相。再残暴的君王，它的幼年依然是满身翠绿，一派鲜嫩。谁知这种天真稚嫩的样貌里，早已隐藏了无尽杀机。

淤泥堆积的湖底，养分充足，在这个水生植物繁茂的地方，充斥着对抗和竞争的紧张关系，它们表面上在争夺水面，其实是在争夺阳光。

战争爆发的前夕，依旧是风平浪静，潜伏在水底的杀手悄然行动。开始，周围的植物并不在意，它们没有领教过王莲的凶猛和恐怖。野蛮生长的王莲，很快就显现了它的戾气，它借助武装到牙齿的精良装备，称王称霸。特殊的叶子像气球一样充盈，每天以超过二十厘米的速度在膨大扩张。最大的叶子可以长到两米多，在水上的承重能力高达六十余斤。一个半大的孩子站上去，如踩舢板，自由漂动，在辽阔的湖面上，亚马逊王莲无疑是水生植物中的航空母舰。

更厉害的是，它有超强的新生能力，一株亚马逊王莲，在短短几个月内能够繁育出四五十片叶子。一株王莲以魔幻般的扩张方式，碾压水中所有植物，成功抢占一方水面，不给其他植物一丝露头的机会。

王莲硕大的叶子不仅能抵御风吹日晒，还有抗拒水汽腐蚀的能力，它自带循环排水系统，再多的雨水也不会聚集于此。

王者归来，凡是它覆盖的水面，就像如来的手掌，谁都没有翻身的能力，就连繁殖力超强的水葫芦也被无声剿灭。

当我见识了这样的植物后才明白，莲中之王的命名准确而贴切，没有一点夸张的意思。铺展在湖面的王莲，如同一群冷面杀手，所到之处，寸草不生。

四

为了跳出思维的偏见，我提醒自己不要在植物的身上寻找动物的影子，不要用人类的道德标准去评判它们的对错。

我对强者的反复描述，并非为了赞美而是出于好奇。其实我更关注纤细的弱者面对弱肉强食的丛林法则，那些卑微的种子和孱弱的根苗，在九死一生的抗争中，是如何幸免于难，得以存留的？

在云贵高原我曾幸遇过成片的桫椤，这种从侏罗纪地质年代遗留下来的珍稀物种，在那片向晚的夕阳中，闪烁着钻石般的光泽。

其时，我们一行人踩着潮湿的落叶，踏上松软的腐殖层，去见识植物的始祖。在桫椤的周围生长着一圈高大的灌木，像站岗的卫兵，丛生出杂草和枝条。树冠张开，犹如巨伞，叶片呈羽毛的形状，凝珠带翠，树形华美。远远看去，挺拔高挑的树貌，有一种铅华洗尽、大难不死的苍劲。凝视着这样劫后余生的物种，我感觉它们不像一片简单意义上的树木，更像一排穿越历史的碑林，每一棵桫椤都长成了时光的纪念碑。

一群珍稀的物种，在云雾缭绕的山坳中，如同修行的隐者，沉默不语。慧根深藏的桫椤，散发出一种超尘脱俗的表情，被众多国家列为濒危保护植物。无疑是地球上最古老的生命。考古界认为，桫椤最早出现在三亿多年前，算起来比恐龙的历史还要早 1.5 亿年，它是名副其实的"地球活化石"。

外形类似于椰树的桫椤，它还有个特别的名字——蛇木。站在桫椤面前，我突然冒出"地老天荒"这个词语。作为公认的冰川前期蕨类，桫椤在沧海桑田的变迁中，何等幸运！它竟然找到了自己的避难所，让纯正的根脉得以延续。

三亿年的兴衰存亡，生而为"树"的桫椤，有着怎样的长寿秘诀？连凶猛称霸的恐龙都已灭绝消失，而它却顽强地活到了今天。没有谁知晓这个过程，所有的结果只能是推演和猜测。物竞天择，适者生存。

行星撞击，尘埃飘上了大气层，屏蔽了阳光和空气，让强大的恐龙遭遇绝境，而蕨类植物不需要任何昆虫和风雨为它们授粉。它的种子是以孢子的方式进行繁殖，当大气层的尘埃重新落下时，它的生命再次开始进化，重生。

桫椤不开花、不结果，没有种子，靠孢子真菌繁衍后代。与常见的灵芝、鸡枞、虫草一样，它们生之易，正如那句老话："好货不留种。"

五

人类还是低估了植物的威猛，尽管它们没有飞翔的本领，但人类、鸟兽、虫类却心甘情愿地充当了它们的翅膀，让远方的物种跋山涉水，远渡重洋。

强敌一旦跨越国界，它们就能畅通无阻、所向披靡地完成入侵作战，实现殖民野心。

2001年，在河北衡水一带发现了一种植物，开始人们以为只不过是一种普通的杂草，根本没有引起任何人的重视。随后在邯郸、邢台、保定、石家庄、廊坊等地相继发现。绝大多数农民对这种刚刚出现的植物一无所知，看见它生长在路边，像一片金黄的野菊，非常好看，可不久这种名叫黄顶菊的植物开始显现出它恐怖的面目。

原产南美洲巴西和阿根廷等国的黄顶菊，具有超强的适应能力，充满了破坏的心思，大有一举占领地球的野心。它根系发达，抢夺肥水，具有耐盐碱、耐干旱、强抗逆性、高繁殖力的特性。在生存能力上，黄顶菊无可阻挡，一株黄顶菊能产出数万至十万以上颗种子，即便有再多的天敌，再大的屏障，也架不住它的"花海战术"。

细小的种子借助风、水、行人、车辆等媒介的推动，很快就传播开来。从南美洲蔓延到北美洲南部以及西印度群岛。后来又入侵到了埃及、南非、法国、英国、日本，以及澳大利亚等国。

不讲武德的黄顶菊，进入我国以来，由于没有天敌，繁殖速度惊人，生长肆无忌惮，轻而易举地挤占了其他植物的生存空间。

最致命的是，这种不走正道的黄顶菊，在生长过程中还会释放毒气，产生化学物质，这种物质会干扰或抑制其他作物的生长，甚至直接导致死亡。有数据显示，黄顶菊对于棉花的致死率高达百分之七十。

黄顶菊扎根的地方，其他植物难以生存，因此它臭名昭著，人们给它冠以"生态杀手""霸王草"这样的恶毒之名。就连铲除黄顶菊的人员，在劳作之后也得十分注意，需要认真检查鞋子衣服上面是否落有种子或沾有根茎残须。只要有一点挂上行人或野兽的皮毛，它就能走遍田野畦垄，占领更多的阵地。

黄顶菊，这种野蛮透顶的植物，它的恐怖之处不止一个，不仅生长迅猛，而且还喜欢拈花惹草，打怪升级。由于黄顶菊的花期与我国本土的菊科植物交叉重叠。出现菊科植物之间的天然杂交进化现象。别小看这种杂交现象，它可以让外来优势与本土优势强强联合，生出一种危害性更大的新物种。

六

谈到入侵植物，我就会想起我们村的革命草——它的传播者，竟是我的父亲。

作为一名走村串户的兽医，在那个粮食匮乏年代，农民放下镰刀饿肚子的事情经常发生。没有饲料，缺少米糠，外出打猪草也得起早摸黑。农民养猪喂鸡很不易，对于农民的艰难，父亲看在眼里，急在心里，可一时又想不出啥办法。

后来终于有了一个机会，县里派他参加省农干校脱产培训。培训结束前，组织学员到实习基地参观，发现有一种生命力极强的植物，无论是荒山野地，还是田边沟渠，它都长势喜人，一片青绿，为此人们称这种植物为革命草。

离开基地时，父亲获得了十几根草苗，提着几根青草，他如获至宝，兴冲冲地带回了家乡。很快革命草就在家乡落地生根，不久开始繁茂起来。开始大家对这种草以礼相待，非常客气，在空闲的地块上助其生长。有些人家甚至把它视为座上宾，请进了肥沃的菜园，植入了疏松的苗圃，当成远方的贵客，好吃好喝进行侍候。

这种即使没有阳光也灿烂的革命草，一旦获得扎根喘息的机会，立马就呈现燎原之势。几年过去。当人们发现它是一种危害性极大的毒草时，扩张的趋势已经上升成了灾害，根本无法遏止。

几十年来，革命草不知被多少人诅咒，火烧、药杀、锄挖，人们用尽了各种方法，依旧无法铲除。现在无论是乡村还是城区，只要有水土的地方，就有革命草的身影。

去年秋天，我去图书馆查阅资料，偶然间在一本植物志里发现了革命草的记载。当时仿佛看到有人在身边揪出了一个老谋深算的卧底，让人大吃一惊！原来这种所谓的革命草，它也是由北美传入。

在 20 世纪 60 年代前后，为解决牲畜饲料来源，我国曾尝试种植。革命草的种植显然非常成功，但种植成功后发现该植物不仅含有毒性，不适合做饲料，而且还会抢夺农作物的阳光、水分、肥料和生长空间，造成严重减产。可是等人们发现后已经来不及了，革命草已经四处蔓延，危害极大。

回头来看革命草，它的生命力极强，不怕旱、不怕涝，只要有一小段落进水土，很快就会疯长起来。就连进入猪牛肠胃的草料，从粪便中排出的草节，它也能还魂再生，照样长出碧绿的草来。

七

我国的林草生态系统屡遭攻击，已经确认发现的外来入侵物种多达六百六十多种。无论是通过风媒、水体、飞禽、走兽、昆虫、植物种子或微生物发生的自然迁移，还是人为有意引进的，植物入侵已成为一个世界性的生态问题。

国内有如此之多的入侵物种，那么国外情况又如何呢？是否同样出现了入侵植物？以美国为例，就有一种入侵严重的植物——野葛。野葛的入侵对美国人来说，那是典型的自作自受。

美国原本没有野葛存在。1876年，日本人把葛藤带到了费城世博会，有一位美国人看到了葛藤花，经受不了它的美丽诱惑，偷偷地掰下一个葛藤芽头，带回去栽种，于是培育出了第一株小葛藤。接着出于好奇，美国人开始人工种植，直到1935年，美国人做出了一个决定，就是这个决定导致了葛藤在美国出现了不可控制的局面。

当时美国南方普遍遭受了虫灾，大面积的种植园出现荒芜，造成水土流失严重。为了保护水土，美国政府呼吁农民广泛种植葛藤，每种植一亩就可获得八美元的补贴。短短一年时间，葛藤开始泛滥成灾，四处蔓延，所有植物都被葛藤覆盖，给美国生态造成瘫痪性危害。

对于如此疯狂的葛藤，美国人无可奈何，他们把葛藤形容为"绿色恶魔"。从此，野葛成为入侵美国最严重的物种之一，几乎想尽一切办法来消灭野葛，一直都没有效果。后来想利用一物降一物的方法来消灭葛藤。听说引进一种叫"筛豆龟蝽"的虫子能把葛藤吃光，谁知这种虫子引进来，非但没能消灭葛藤，反而给美国大豆产业造成巨大损失。"筛豆龟蝽"从此在美国成了另一种入侵物种，可谓是雪上加霜。

常言道：前车之辙，后车之鉴。本来有了前车的失败教训，人们应该更加警惕和审慎起来才对。可惜这些年我国还是出现了人为引进有害物种的惨痛例子，比如福寿螺、水葫芦等。

松线虫，被称为"松树癌症"的松材线虫病，是由外来入侵生物松材线虫引起的一种世界性重大检疫性森林病害，原发于北美地区。

1982年我国在南京中山陵首次发现松材线虫病，四十年过去，现在对我国近九亿亩松林安全构成了严重威胁。

松材线虫病是一种毁灭性的松树病害，其破坏力极强，松树一旦感染，只要四十天左右就会死亡，而且完全不可逆转。目前尚无有效药物可治，因此，被称为松树的"癌症"。近年来，松材线虫病传播扩散日益加快，呈现向西、向北快速扩散，最西端已到达四川省凉山州，最北端已蔓延到吉林。同时还入侵了黄山、泰山、张家界等国家级风景名胜区。危害日趋严重的松材线虫病，已造成数十亿株松树死亡，直接经济损失超过千亿元。

八

面对凶猛的入侵植物，绝大多数人都是漠不关心的观望者。正因为对入侵者持模糊不清的认识，在日常生活中毫无防范意识。

八月上旬，我家小女儿与班里同学结伴郊游。她们来一个山村，钻过大片的草丛，穿越一条河谷，找到了一块开阔的河滩。

在河滩上孩子们停了下来，高高兴兴地准备野餐。刚摆好水果、面包、牛奶、鸡腿，准备正式开吃。我女儿与另外一名同学突然有了情况。感觉身体奇痒不止，特别是耳朵、眼睛、鼻子部位出现红肿，接下来头痛欲裂、鼻涕直流……

幸亏她们的班长有些经验，第一时间拨通了家长电话，我们及时联系就近医院，把孩子送去治疗。原来孩子是因豚草花粉过敏，引发严重过敏症状。后来听医生说，豚草过敏是很严重的事，它不仅是枯草热的主要病原，同时还会引发肺气肿等疾病，甚至造成死亡。

豚草在我国有了很长的入侵史，最早可追溯到1935年，那年在杭州首次发现。看上去平淡无奇的豚草，是世界公认的有害植物之一，它危害惊人，素称"植物杀手"，不仅引起甘蓝菌核病、日葵叶斑病，诱发大豆病虫侵害，使农作物严重减产或绝收，而且还会对人体健康造成伤害。

如此诡异的植物，不由想起那款著名的游戏——《植物大战僵尸》，以及流行的绘本故事——植物战争。

在地球上，植物的演化从未停止，在演化过程中，有的成了杂技运动员，不停翻滚；有的成了蛇蝎美人，美丽凶悍；有的成了盗贼，专门窃取其他植物的能量；还有的成了骄纵的毒博士，杀死了自己的邻居……

植物，看上去沉默不语，其实它们的战争惊心动魄。一场横跨百万年的生存之战，看不到任何的硝烟战火，找不到厮杀较量的痕迹。但是那确实是一场兵戎相接的比拼。

植物的秘密武器有时会藏在地下或存于根部；有些则配备在摇曳的枝叶、待放的花蕾中。胜者为王，败者为寇，事实证明，优胜劣汰的法则不仅是动物界的显性现象，同样是植物界的通行原则。如此看来，新生与死亡，疾病与健康，战争与和平，永远是相生相克的两大阵容。在辽阔的星球上，没有真正的平静之地，即便是寂寞的旷野、无边的沙漠、寒冷的冰川，同样存在着无声的战争。

（选自《四川文学》2023 年第 8 期）

我能不能感谢您的聆听?

汪　锋

还是 2021 年 10 月的时候,北大数学奇才韦东奕在青橙奖答辩的 PPT 最后一页写了一句:"感谢各位专家聆听!"在获得一百万奖金的同时,喜提"语文不行"的称号。

其实,"感谢聆听"这个说法已经困扰大家好几年了,学术论文都有好几篇了。归纳一下,认为"感谢聆听"不合适的理由主要在于其不得体,"聆听"是敬词,但用在了应该表示谦逊的语境中。觉得可以接受"感谢聆听"的理由主要有两方面:一是书面语体上的"词汇缺位",按照书面韵律上的要求,"感谢"后面需要找一个双音节的听义词;二是"聆听"的本义就是仔细听,并没有格外尊敬讲者的意思,其尊敬讲者的色彩是语境带来的。

所以,双方根本的矛盾其实在于"感谢聆听"这个说法中,"聆听"是否带有尊敬讲者的语义。如果是,显然就不合适,因为演讲者再托大,按照社交礼仪,也不能强行让听者尊敬自己;如果不是,自然就没有问题了。

为了在这个冲突中获得更强的支持,人们纷纷追根溯源,大多都会追到《说文解字》,发现"聆"和"听"在古时候是同义并列的,"聆"有仔细听的语义侧重。"仔细听"这样的事件更多发生在对尊者的聆听这样的语境中,因此,"聆听"就会沾染上尊敬讲者的色彩。这样的演变故事在汉语历史发展过程中比比皆是。但要注意的是,其不含尊敬讲者色彩的用法仍然很常用,比如聆听音乐、聆听大自然,等等。学者们还从北京大学中国语言学研究中心现代汉语语料库中去检索,试图给出更为客观的证据,而不仅仅是个人的语感。基本的分析都是倾向于所听为人的讲话时带有尊敬之意，其他则并无此意；大致上，前者的使用频率是后者的两倍。

　　值得注意的是，"感谢聆听"这样的用法最近几年才出现，而且基本限于在 PPT 演示的最后致谢页面。以我个人的经验，2000 年前，也是我读硕士研究生的时候，计算机课上有 PPT 内容，但由于投影等相应的设备有限，2001 年我硕士答辩时完全是口头报告。后来到香港攻读博士学位时，上课及讲座鲜有不用 PPT 演示的。三年后回到北大 PPT 演示也非常普及了，不过，一直没有见过"感谢聆听"，直到最近四五年，才常见起来。我感觉，一种新的语体正在形成，介于书面语与口语之间。在这种 PPT 演示语体中，书面（PPT 页面）和口语（口头讲述）一起呈现，互为补充，通常是一个讲者面对多个听众，最常见的场景是期待讨论互动的报告，可以说，PPT 演示语体正在试图体现一种平等沟通的新型关系，比如：学生在课堂上做报告时，不仅面对老师，还有自己的同学；学者在会议上做报告时，不仅面对前辈，还有自己的同辈和学生；业务经理在做产品规划时，不仅在向上级主管陈述，还面对自己的同侪和下属。

　　或许，正是为了适应这种新的 PPT 演示语体，"感谢聆听"应运而生，首先从做课堂报告的学生中生发出来，因为此前所用的"谢谢"一方面过于口语，另一方面过于笼统简略，显得不够正式与真诚。电视结束时用"谢谢观看"，广播结束时用"谢谢收听"，以此类推，在 PPT 页面上写上感谢的话，就更为得体。根据现代汉语韵律上的要求，"感谢听"这样的说法非常别扭，需要为"听"找一个双音节的词，如此，可供选择的有"聆听""倾听"和"垂听"，在北京大学中国语言学研究中心现代汉语语料库中，三者的频次分别为 1941 次、3828 次和 59 次；根据《现代汉语词典》（第七版），"聆听：〈书〉听：凝神～、～教诲"；"倾听：细心地听取（多用于上对下）：～群众的意见"；"垂听"没有列为词条，与之相关的是对"垂"的解释："〈书〉敬辞，用于别人（多指长辈或上级）对自己的行动：～念，～询，～问。"再仔细检查语料库中的用例，"垂听"均出自《圣经故事》，仅用于上帝对子民的垂听，这大概可以看作一种特殊的临时造词现象。假设一个学生在做 PPT 最后的致谢页面，"垂听"由于其过于罕见，大概率不会出现在选择项中，"聆听"比"倾听"更适合书面及正式语体，而且"倾听"过于强调听众的"尊长"身份，与演示语体中追求的平等尊重有所抵触，甚至显得略微做作。

但问题是,"聆听"附带的听者对言者的尊重义似乎与交际的礼貌原则冲突,也是前文提到韦东奕在答辩时"感谢各位专家聆听"受到批评的原因。中国有句古话:"言者无意,听者有心。"显然,在青橙奖这样的场合,韦东奕无意冒犯各位专家评委,由于此处"聆听"并没有带宾语,其意义更为抽象,而不是带上不同宾语后的实际分化(聆听人的话语,不仅表示仔细听,而且还有对言者的尊重;聆听其他声音时,仅有原初的仔细听之意),也就是,此处"聆听"意为"仔细听",甚至泛化为"听"。有学者提到中国台湾学者早已将"聆听"泛化为"听"了,我找台湾同事确认,她认为确实如此,并没有额外的对言者的尊重之意。我猜想,在这里"感谢"二字也起了相当的作用,也就是,感谢之意的先导压制了由于常与"教诲"等连用造成的"聆听"对言者的尊重之意。不过,也得承认有不少听众,由于频率效应,看到"聆听"就会想到"聆听教诲"一类,从而激活对言者的尊敬之意,尤其是当在意其地位实际上比言者高时,会感觉受到了冒犯,进而会反对这种用法,其公开批评会抑制"感谢聆听"的进一步扩散。据说,有专家对一名优秀青年学者使用"谢谢聆听"很是不悦,认为就凭这个就不把票投给他。幸亏韦东奕的评委不这样想,否则他的青橙奖就泡汤了。

语言作为一种交际行为,其用法的创新与扩散取决于交际双方的博弈,双方各自的考虑不尽相同,导致了语言运用上的变化,该创新得到大多数人的认可,就会赢得一席之地,否则,就可能是昙花一现,被淘汰出局。"感谢聆听"在一些地区和一些人群中似乎已经站稳了脚跟,能否全面铺开仍然是一个饶有兴味的议题。

(选自《读书》2023 年第 6 期)

密码朋克与个人隐私的未来

刘　晗

一

我们每天都在用密码，无论是拿起手机，还是登录邮箱。但严格说来，这些日常所说的"密码"都只能算"口令"，类似于"天王盖地虎，宝塔镇河妖"一样的暗号。真正用来保障信息安全和个人隐私的，是这些口令背后的数学算法和技术系统，也就是密码学和加密技术。在大数据和人工智能的时代，密码学和加密技术值得每一个人关注，因为它事关个人隐私的未来。

正如美国记者和密码学爱好者戴维·卡恩的《破译者：人类密码史》（1967）一书所展示的，密码贯穿了人类文明发展的历史。然而，密码的基本原理和底层逻辑一直未变：对所要传输的信息进行加密，将明文变为密文，使得只有指定的接收人才能看到信息内容。例如，恺撒发明的移位密码法（即将拉丁字母表中的每个字母向前移动若干位）就是人类早期出现的典型加密方法。中国古代的"隐写术"和兵书《武经总要》中的"字验"，乃至于康熙年间九阿哥胤禟在"九子夺嫡"中用传教士教他的拉丁文作为通信隐藏的方式，也是密码学和加密技术的应用实践。

从古代的种种密码到今天互联网使用的加密体系，密码学的发展经历了古典密码学和现代密码学两个时代。区别在于是否运用复杂的数学算法。现代加密算法的基本原则是 19 世纪提出来的所谓"科克霍夫"原则：即便算法公开，只要密钥未曾泄露，信息仍然安全。信息论的创始人香农则表述为"香农箴言"："敌人了解系统。"如果说网络安全是整个互联网的免疫系统，密码便是其中的关键基因。本杰明·富兰克林曾有名言："三个人是可以保密的，如果其中两个死了的话。"现代密码学在三个人都活着的情况下，通过数学运算来实现保密效果。

密码学也不仅是一项专业技术，而且有着重要的社会意义。说起密码学，普通人一般都会想到情报战，想起破译敌方密电的影视画面。正是因为密码学对军事政治的重要作用，在很长的历史时期内，加密解密都是军政机关的专属技术，与商业活动和个人生活相距较远，即便普通人都有保密的需求。实际上，即便到了20世纪60年代，在加密技术最发达的美国，密码学的研究和加密技术的开发，也牢牢掌握在政府情报部门，特别是国家安全局手中。

1967年，上文提到戴维·卡恩在美国国家安全局的反对下出版了著名的密码学普及读物《破译者》，掀起了一股民间密码学研究热潮。与此同时，美国国家安全局也将部分密码技术放开给其他政府机构，特别是与美国国家标准局联手开发了一套新的密码标准，即1977年公布的对称加密系统DES（Data Encryption Standard）。这也促进了密码走出"暗室"，走向社会的进程。

在此背景下，一批密码学家提出了对后来互联网影响巨大的"非对称密码"设想。传统的密码学以对称密码为主体，简单来说就是加密解密用的是同一把"钥匙"，类似于我们给一个文档加上密码，再把密码传给其他人，用来打开这个文档。非对称加密法则采用私钥/公钥体系，加密和解密分别采取不同的"钥匙"。1976年，数学家迪菲（Whitfield Diffie）与赫尔曼（Martin Hellman）发表了《密码学的新方向》一文，阐述了上述发现，从数学原理上解决了陌生人之间的通信安全，为以后常用的电子签名等应用奠定了技术基础。秉承非对称加密的思想，今天的网络浏览器中保障安全常用的RSA算法也被开发出来。

在1976年的那篇论文中，两位作者在结尾处写道：

我们在密码学史上注意到的最后一个特征是业余和专业密码学家的区分。对于产品进行密码分析的技能一直是专业人员的强项；但创新，尤其是在设计新型密码系统方面，一直主要来自业余人员。作为一位密码业余爱好者，托马斯·杰斐逊发明了一个在第二次世界大战中仍在使用的系统。我们希望这将激励其他人在这一迷人的领域工作；在这一领域，人们的参与在不久的过去被几乎完全的政府垄断所劝阻。

伴随着上述论述，从 20 世纪后期开始，特别是在非对称密码发明后，密码学开始逐渐从军政机关的专用技术，转变为一种"军民两用"技术。而随着互联网商业化（如在线银行和电子商务）和社会化应用（如网络论坛和社交软件），密码技术开始了"旧时王谢堂前燕，飞入寻常百姓家"的进程，变得跟每一个人的日常生活息息相关。

二

随着信息化的进程不断推进，民用密码的发展逐渐跟个人隐私和个人自由融合起来。其实，今天的计算机和互联网，都源于美国的军工项目。1946 年世界上首台通用计算机埃尼阿克（ENIAC）是在炮弹和导弹研发项目中产生的。1969 年世界初代互联网阿帕网（APARNET）是为了解决冷战背景下的安全通信而发明的。因此，信息化从一开始就带有浓浓的军政气息，甚至是军工复合体的一部分。

而在风起云涌的 20 世纪 60 年代，美国兴起的学生运动和反主流文化运动，开始在反对越南战争的过程中，不断批判美国军工复合体。一批嬉皮士认为，军工复合体塑造的技术利维坦将把人变成"单向度的人"（马尔库塞语）。80 年代，随着美国保守主义的兴起，嬉皮士开始逐渐回归主流社会，但其乌托邦理想一直没有消退。这种理想随着家用计算机的出现和民用互联网的普及，从物理世界迁移到了"电子边疆"（electronic frontiers），老嬉皮士们开始在赛博空间中找寻逝去的精神家园。

在这批人中，精通密码学的先锋人士"密码朋克"（crypto-punk）对于隐私的保护格外关注。密码朋克是计算机领域的摇滚先锋，是懂加密技术的社会活动家。阿桑奇在《密码朋克：自由与互联网的未来》一书中说："密码朋克提倡通过使用密码术及其类似手段来实现社会和政治改革。"今天无人不知的区块链和比特币，底层架构都是加密技术和密码学，甚至其创始人很多都是"密码朋克"。

我们可以看一下著名的"密码朋克"都有谁。1992 年，"密码朋克邮件组"（Cyberpunk Mailing-List）成立，早期成员包括后来互联网界大名鼎鼎的人物：BT 下载创始人科恩（Bram Cohen）、维基解密创始人阿桑奇（Julian Assange）、万维网（World Wide Web）的发明者李（Tim B. Lee）、脸书创始人之一帕克（Sean Parker），以及比特币的创始人中本聪（Satoshi Nakamoto）。

密码朋克秉承的理念是通过加密技术，保护隐私免于被追踪。1988 年，电子工程师和社会活动家蒂姆·梅（Timothy May）模仿《共产党宣言》，在互联网上发表了《加密无政府主义者宣言》，宣称计算机技术可以实现个人通信的匿名化，加密技术可以完美地防止篡改和追踪：

> 正如印刷技术改变和削弱了中世纪行会的权力和社会权力结构一样，密码学方法也将从根本上改变公司和政府干预经济交易的性质。……从数学的神秘分支中诞生的看似小的发现也会成为剪线钳，拆除掉围绕知识产权的铁丝网。

1993 年，加州伯克利分校的数学家和程序员艾瑞克·休斯（Eric Hughes）发表《密码朋克宣言》一文，认为"一个匿名系统使个体可以在且仅在需要时透露他们的身份，这就是隐私的本质"。而要保护隐私，就要更新的方法："如果我们希望拥有任何隐私，我们就必须捍卫自己的隐私。几个世纪以来，人们一直在用耳语、黑暗、信封、封闭的门、秘密的握手和信使来捍卫自己的隐私。过去的技术不允许有强大的隐私，但现在的电子技术可以。我们这些密码朋克致力于建立匿名系统。我们正在用密码学、匿名邮件转发系统、数字签名和电子货币来捍卫我们的隐私。"

密码朋克的呼声也随即转变为行动，但也很快遭到政府管制。由于非对称密码系统的保密性越来越强，民用密码开始形成一种独立空间，政府逐渐失去对密码技术的全面垄断。于是，美国政府从 90 年代开始对民用密码进行监管，由此产生了公权力和私领域的冲突。这种冲突跟互联网商业化早期政府对网络信息的规制一样，只不过方向相反：对于网络信息而言，先有信息自由，后有政府规制。而对加密技术而言，先是政府垄断，后有私人空间。

当时，美国政府与密码朋克之间的冲突常被称为"密码圣战"（Crypto Wars）。而其中最著名的战役是"齐默尔曼案"。案件的当事人、密码学家齐默尔曼（Phil Zimmermann）曾以反对核武器著称。冷战结束后，他的关注点变成了隐私。在他看来，随着信息技术的发达，政府的监控成本大大降低、效率大大提高，对隐私的威胁大大增强。于是，密码学变得极为重要："在信息时代，密码学研究的是政治权力，特别是政府和人民之间的权力关系。"作为一名密码朋克，齐默尔曼试图通过技术创新，让普通人能够享用军事级别的加密技术。他基于互联网通用的 RSA 算法，开发了软件"极佳隐私"（PGP），开将其免费发布在互联网上，大受社会欢迎。

然而，齐默尔曼的开源行为却遭遇了政府的指控。1993 年 2 月，联邦检察官针对齐默尔曼进行调查。理由是将 PGP 这种加密件公开到网上，涉嫌违反《武器出口限制法》。为什么一个隐私保护类的软件，会跟武器禁运有关？因为按照检察官的逻辑，《武器出口限制法》授权政府管制军事技术的出口。而密码产品和技术则是谍战之中的"武器"，将密码软件代码开源的行为相当于"走私军火"，必须受到刑法制裁。

该事件立即引起轩然大波。公共舆论普遍质疑：毕竟当事人没有将任何实物携带至国外，仅仅是公布在网上，能算"出口"吗？密码软件能算"武器"吗？于是，互联网业界和民权人士普遍支持齐默尔曼，将其视为维护个人隐私的榜样。于是，1996 年 3 月美国联邦政府撤销了对齐默尔曼的指控。1999 年，克林顿当局随即放开对密码的进出口管制，转而采用区分军民两种用途的新体制，分而治之。克林顿当局的首席隐私顾问、著名网络安全法专家彼得·史威尔（Peter Swire）表示："今天的声明表明，克林顿政府全力支持使用加密和其他新技术，为数字时代守法公民提供隐私和安全。"

在大数据和人工智能的时代，个人信息和数据隐私的重要性不言而喻。随着相关法律的出台，我们保护个人信息和数据隐私的法律武器越来越多。但无论有多少法律，无论法律写得多好，都需要落实。在互联网时代，法律的落实有赖于技术的支撑，甚至"代码就是法律"。隐私不但需要靠法律来保障，而且要靠数学法则来保护。阿桑奇在《密码朋克：自由与互联网的未来》一书中说道："世界已经不是在滑向，而是在奔向一个新型的跨国反乌托邦……互联网正在威胁人类文明。"而能够应对这种趋势的工具就是加密技术："宇宙相信加密。加密容易，解密难。……让我们的空间在密码之幕背后得以加固。"这足以让我们深思，密码学和加密技术是否能成为人类隐私的最后一道防线。

杨义先和钮心忻在《安全简史：从隐私保护到量子密码》一书中也告诉我们，大数据时代的隐私已经不再是传统的私密空间、私密行为或私密信息，而是几乎遍及一切。由于数据量不断加大、数据的维度不断增多，个人隐私不再像以前那样可以进行较为精准的管理，各种各样的"隐私挖掘"技术和"隐私泄露"事件变得日益普遍。于是，隐私保护具有了新的要求：不仅要靠法律规则，更要靠数学法则；不仅要靠法学，同时要靠数学。文理工融合才是正途。

三

在中国，密码学和加密技术应用经历了类似的发展过程。无论是在革命战争年代，还是在新中国成立以后的很长时期内，密码一直专属于国防和情报领域，很少有个人使用的空间。在商业领域，也只有银行等少数机构会用密码机。公众对加密技术的了解也大多出自谍战文学和影视剧。90年代，随着市场经济的发展，社会对信息保密的需求逐渐增大，商用密码（包括商业和个人使用的密码和加密技术）的空间随之拓展。随着信息化建设的不断发展，信息安全日益重要，商用密码的作用愈发凸显。1996年7月，中央印发《关于发展商用密码和加强对商用密码管理工作的通知》，商用密码的研究与应用正式起步。与此同时，在国家大力推进信息化的"金字工程"中，商用密码在金融等行业的应用也是重要的内容。

进入21世纪，国产密码产业不断发展，技术标准不断完善，甚至国产标准开始迈向国际。同时，随着互联网、电子政务和电子商务不断发展，商用密码的需求快速增长，市场空间不断扩大，社会影响也越来越大。2005年，《电子签名法》正式实施，确认了电子签名的法律效力，解决了互联网上"谁是谁"的问题，加密技术就是关键的技术支撑。进入数字时代，商用密码开始遍及生产生活的方方面面，人们对于个人信息安全的保护也日益重视。频发的数据泄露事件，很大程度上都是因为所谓"数字裸奔"：大量数据以明文形式储存在云端，在传输过程中也未经加密，导致数据很容易被窃取，甚至无须破解用户个人的"密码"（口令）。

时至今日，密码在商业场景和个人生活中已经无处不在：无论是传统的银行卡、增值税发票和二代身份证，还是当代的智能手机、电子支付和网络购物，里面都有加密技术的影子。对于每个在线的人来说，要想保护隐私，除了法律手段之外，技术手段必不可少，甚至有些时候技术更为根本，更为关键。正如密码学家王小云教授所言，加密是"信息保护的重要手段"。

而法律法规对密码的管理模式，也经历了逐步确立密码两用性质的过程。起初，商用密码被当作国家机密管理，审批和监管制度很严。典型的体现是 1999 年出台的《商用密码管理条例》的第三条："商用密码技术属于国家秘密。国家对商用密码产品的科研生产、销售和使用实行专控管理。"经历了二十年的变迁之后，《密码法》（2019）则明确了密码的两用性质。它把密码分成三类：核心密码、普通密码和商用密码。前两个用以保护国家秘密：核心密码关乎国家安全和国防利益，对应最高密级是"绝密级"；普通密码是一般政府机关使用的，对应最高密级为"机密级"。由于核心密码和普通密码与国家安全紧密联系，《密码法》规定了严格统一管理制度。而对于商用密码，也即商业机构使用的密码和普通人接触到的加密产品，则不再属于国家机密，管理相对更为便利化。2023 年修订的《商用密码条例》，则把上述原则进一步细化。

与普通互联网用户相关的是，个人也被赋予了用密码保护隐私的权利。《密码法》赋予了个人使用密码保护数据信息安全的权利（第八条第二款）。2021 年通过的《个人信息保护法》将加密技术与个人信息保护相衔接，规定个人信息处理者使用加密技术的制度。换句话说，无论是平台还是数据公司，在处理个人信息的时候，必须采取密码技术和去标识化等技术，让拿到数据的人，看不出来是关于谁的数据。新修订的《商用密码条例》则鼓励个人和法人依法使用商用密码保护网络与信息安全的权利（第三十五条）。此外，相关技术标准也做了类似规定。例如《信息安全技术个人信息安全规范》里面就规定传输和存储个人敏感信息时，应采用加密等安全措施。

毫无疑问，法律赋予个人的密码使用权，将大大改善"数字裸奔"的境况。值得注意的是，这也会带来新的挑战。例如，如果个人数据的加密程度变高了，用户用密码保护隐私的意识变强了，执法机关在处理案件中获取数据的困难也随之加大了。就目前的法律而言，针对涉及国家安全案件中的解密义务问题，已经有了较为明确的规定。问题在于普通案件：平台是否有义务配合执法机关？个人是否有配合调查、自我解密的义务？对于这些前沿问题，目前还尚无定论，需要每一位"数字公民"持续关注，甚至参与规则的建构。毕竟，密码不但涉及网络信息安全，更涉及每个人的隐私。

参考文献

［美］戴维·卡恩著.《破译者：人类密码史》（上下册），张其宏译.金城出版社，2021。

［澳］朱利安·阿桑奇著.《密码朋克：自由与互联网的未来》，Gavroche 译. 中信出版社，2017。

杨义光，钮心忻著.《安全简史：从隐私保护到量子密码》，电子工业出版社，2017。

（选自《读书》2023 年第 10 期）

未来记

虚拟世界：教育的潜力与风险

史晓荣

  无论是期待祝福，还是恐惧担忧，虚拟世界已经不打招呼地来到我们身边。正如狄更斯的感叹："这是最好的时代，这是最坏的时代；这是智慧的时代，这是愚蠢的时代；这是信仰的时期，这是怀疑的时期；这是光明的季节，这是黑暗的季节；这是希望之春，这是失望之冬；人们面前有着各种事物，人们面前一无所有。"伴随着呼啸而至的元宇宙，风靡全球的 ChatGPT，介入日常教学的虚拟学校、虚拟课堂、人工智能软件等，教育很难无动于衷，尽管这是一个相当棘手的问题。

  虚拟世界是随着人类各种技术的发展而不断演变、拓展、深化和完善的事物，低水平虚拟世界已成为现实，高水平虚拟世界已部分实现。人类文明的演进脉络就是不断告别自然环境，逐渐走入人造非自然环境的过程。虚拟世界本质上也是通过数据、符号、图像等构成的人造世界，但对教育的模式和远景以及传统的教育理念有着不可估量的颠覆，虚拟世界在教育中的应用才崭露头角，但已经昭示了未来的教育方向。哲学家大卫·查理斯热情讴歌，每个虚拟世界都是一个新的现实。虚拟世界带给教育的究竟是潜力还是风险，确实需要严肃对待。

  无论是理念还是实践，运用得当，虚拟世界可以为教育插上翅膀，提供无限可能。

  首先，丰富学生体验的广度和深度。教育即体验，在体验中可以不断地构建生命、塑造生命、丰富生命，虚拟世界提供了更多的体验空间，无论是文化的还是自然的。教育的重要任务便是引导受教育者进入人类文化世界，但受制于各种条件，尤其是抽象性、外在性所带来的疏离感让文化变得不够可亲可近，学生难以体验到文化的创生过程，虚拟世界可以让这一问题迎刃而解。以基础教育"文字的演化"课程为例，通过虚拟仿真技术，形象生动地展示文字的来龙去脉、前世今生，学生在可感可知中与文字建立有机联系，将历史场景与现实体验融为一体，形成历史与当下的对话，大大降低学习与理解的难度。对于自然的体验，虚拟技术有更多的用武之地，刘慈欣的《三体》让人深刻地体会到维度提升的意义，这恰恰是虚拟世界的魅力。高等教育中，航空学院学员的"模拟飞行"课程便是极好的例证：初级阶段的模拟飞行中，真实度较低，2D显示器难以通过舷窗观察飞机与地面的高度；新一代模拟飞行中，电脑屏幕消失，借助AI和云技术，学员可以感知真实世界中的每一栋建筑、每一棵树木，甚至能够感知真实的风雨雷电，虚拟与现实基本实现无缝衔接。借助虚拟技术，人类体验到最大增值的世界，"孕育体验、催生体验、沉浸体验、创造体验的丰厚土壤"正在形成。

其次，延展学生能力的维度和限度。培养学生走入社会所必需的能力是长久的议题，虚拟世界的出现为之打开了一扇窗，诸多能力都可以从中找寻到"培养良方"。一是想象力。虚拟世界既是人类想象力的产物，又可以不断孕育提升想象力，并使人类的想象力得到不断检验、满足和升华。虚拟与现实的不断互动更新，身处其中经受当下与未来、现实与虚拟的冲击，自然山川、烟火人间交相辉映，无论乡村城市，学生均可一探究竟，想象力在天马行空的体验中得到升华。二是交互力。主要包括师生交互方式的变革与交互内容的升级，虚拟世界中，学生通过表情、弹幕、点赞、评论、转发等行为实现观点表达与师生交流，营造身临其境的教育场景。传统教育大体由教师、学生、教科书在课堂中实现，师生交互不够充分。虚拟世界为教育提供了一种新的场域，为师生交互提供了良好语境，师生交互、人机交互、机机交互成为常态，时时处处皆可交互。通过技术加持，学习者可以从中找到适合自己的学习步骤与模式，学习者的个性需求可以得到最大限度的满足，大众苦苦追求的"教育公平"找到一剂良方。此外，学生合作、共生等多种能力随之发展，最终形成跨界融合能力，这正是我们期待的。

再次，激发教师与学校的活力。对于教师而言，虚拟世界的价值主要表现为提高素养和减轻负担。虚拟技术可以弥合不同区域之间的"教育鸿沟"，欠发达地区教师可以获得更多发展提升机会，足不出户，便可与国内外同行交流研讨，接受专家教师"一对一"个性指导，专业素养得到有效提升。同时，多样化虚拟技术能够减轻教师负担，让教师从批改知识作业、重复回答简单问题等机械性劳动中解放出来，留出更多时间专注于教学水平的提升。近年来，教育运用虚拟技术的步伐相较其他行业相对较缓。通过搜集学生评价成绩、日常行为表现等数据，建立模型，为教师精准教学提供依据，如同体检报告之于医生，更好地实现个性指导，让"因材施教"不仅是理念。对于学校而言，虚拟世界的意义主要表现为优化管理和提升形象。通过虚拟校园建设，让数据多跑路，学校管理模式不断优化，效率不断提升，人人皆为学校主人，学校由封闭走向开放。积极在虚拟世界打造数字化形象逐渐成为学校共识性的选择，诸多学校已经建设元宇宙校园，整合共享多种资源，提供更加多元的教育内容、更加立体的学习体验、更加广阔的创新空间，在虚拟世界展示了新形象。

事物皆有两面，对于虚拟世界，反思之声也不绝于耳，正如赵汀阳所言："计算机的主流设计从来就不是对人类心灵结构的复制性模仿，而是有用性的功能模仿以及对相关功能的原理模仿。"教育主要发生在人与人之间，心灵与心灵之间，因此需要警惕虚拟世界带来的可能后果。

首先，师生关系受到冲击。教育的根本任务在于立德树人，虚拟世界中师生对话的伦理空间不断被打破，师生关系逐渐变得冷漠。虚拟环境极易导致"投其所好"的教育倾向，量身定做的学习资源唾手可得，"短平快"互联网思维不断冲击学生，现实的课堂教学逐渐被认为乏味无趣，学生不再主动投入现实的课堂活动，"选择性学习"渐成常态，个别大学课堂出现的"抬头率"过低现象便是明证。"近在咫尺"却如同"远在天涯"，尊师重教的氛围在虚拟世界中消磨殆尽。教师的"传道授业解惑"不再是学生获取知识的唯一渠道，教师举足轻重的地位受到严重冲击，海量的教学信息、各种各样的 App、小程序甚至比教师的讲解更有针对性和实效性，现实课堂面临前所未有的现实考验和时代挑战。《论语·先进》描述的师生交流渐行渐远，曾皙提出"莫春者，春服既成，冠者五六人，童子六七人，浴乎沂，风乎舞雩，咏而归"的生动场景如同世外桃源，可遇不可求。

其次，技术伦理形势严峻。虚拟世界并不必然向善的方向发展，界面、数据和模型是虚拟世界智能算法的三大要素，其中蕴含着诸多让人产生焦虑的问题。数据不公开、模型不科学极易导致偏差，引发人们对智能技术进而对虚拟世界的信任危机。诸多利益相关者共同干预，"歧视"时有发生，资本大举介入引发教育变质，"慕课"等形式使学校的意义发生改变。同时许多极富人文价值与地域特征的内容被忽略或过滤，形成偏见，这既是对"谁的知识最有力量"问题的持续拷问，也极易导致新的教育公平问题产生，进而形成新的"公平鸿沟"。与此同时，造假、滥用等数据安全问题令人忧心忡忡。在采集、整理、分析、使用过程中，数据泄露的"达摩克利斯之剑"始终高悬，师生对于数据的采集与去向知之甚少，对数据泄露可能造成的伤害缺少估测，稍有不慎，后果难以预料。另外，不科学的数据量化体系，极易侵蚀教育的人性空间，进而导致教育活动人性的丧失和灵性的消亡，时常见诸媒体的学校魔鬼式作息时间表、各种各样畸形的量化考核表便是其外显的表现形式。一旦利用数据对教学行为和学生的学习状态进行事无巨细的量化控制，尽管虚拟世界能以各种噱头装点与美化，但教育依然失去了灵魂，必然走向异化。

虚拟世界对未来的种种想象为优化教育生态提供了可能路径，给教育的变革带来无限生机，但随之而来的工具理性与价值理性的矛盾也极易造成复杂且棘手的教育困境，若背离育人本质，虚拟世界中的教育会引发一系列问题。当前虚拟世界中教育适应的滞后性提醒我们，唯有不断实现虚拟技术与教育教学的融合共生，摆脱虚拟技术对人类的诱惑，方能让教育在虚拟世界中浴火重生。

（选自《读书》2023 年第 9 期）

不"肖"之像

海 青

　　如今人们还相信照片仍呈现真实的样子吗？恐怕见惯互联网"照骗"
的人心里都会打个问号。证件照或许不能太离谱，至少海关边检仍有用照
片核对人脸的程序，但指纹验证手段的加入已经说明，生物信息将比视觉
上的照片比对权重更大，因为在现有条件下前者更难被修改。就在 21 世纪
初，人像照片还是和指纹一样可靠。摄影发明之初，照片更是具有无比真
实的力量，以致人们看到自己的形象出现在一张薄片上，会产生极大恐
惧，认为是照相机偷走了魂魄，这类迷信的发生就建立在照片与真人极度
相像的心理震撼之上。巴尔扎克认为人像照片的真实不可能产生于无形，
被拍摄者必须蒙受些许损失才能获取。他想象每个人的身体都是由无数幽
灵般的影像层叠包裹形成，除此别无其他。每拍摄一次人像照，都必须从
中抓取一层以构成影像，被拍摄者会因此损耗掉一层真实。苏珊·桑塔格
认为巴尔扎克之所以产生这种恐惧，是因为摄影的步骤很像写作的另一种
表现形式，作家笔下的一个人"是各种外表的总和，只要予以适当关注，
就可以使这些外表产生出无限层次的意义"（《论摄影》，黄灿然译）。同
样，有了摄影术，人们更倾向于相信世界也是由无数现象和细节组合而
成，每拍一次照片等于截取了一小片真相，其中总有某一片能代表更广阔
的真实。

　　那么，到底什么才是人们期待的"真实感"呢？照片取代肖像绘画，
除了成本与方便程度的考量，一个主要原因是光学成像带来的直接真实
感。今天已经没有人再把自己的照片称为"肖像"，拍照可以随时随地进
行，也就没有必要说得那么隆重。而且，"肖"意为"相似"，我们每天看
到无数人的照片，其中很多早已不"肖"本人。用智能手机可以轻而易举

地拍照，也可以轻而易举改变照片中人的样子。发布在社交平台上的照片与二十年前的纸质照片、十年前的数码照片相比，"画风"大为改变。"磨皮""美白"已是常规操作，无论男女老幼，都没有了正常皮肤肌理，如塑料人偶一般白皙光滑。除此还可以走得更远，移动端有各种应用，不仅能调整被拍摄者的脸形、五官、肤色、身材、发型，还可以在拍摄动态影像时保持这些修改，更不要说那些五花八门的滤镜和特效。

经过修图的照片在外人看起来很不真实，而且有千人一面的特点，但这却是照片发布者心目中"真实的"自己。手机修图操作简单，人们对照片做了早就想做的事，也暴露了一直以来对人像的真实度不知所措的心态。波德莱尔的时评强调摄影与艺术的对立，人像照片的真实效果与绘画相比被视为等而下之。这一望而知、无可争议的"真实感"，让摄影在科学研究、调查取证、资料保存方面发挥着作用，这是一种科学的"真实"，与艺术想象无关，这就把摄影定义成了一种粗人的自娱自乐。但这不妨碍人们对这个新发明的狂热，波德莱尔在生命最后十二年中拍了十几幅肖像照，生动诠释了自己说过的话，摄影"已经使所有的人都迷恋上了"（《波德莱尔美学论文选》，郭宏安译）。1856 年，波德莱尔写信给母亲，提到自己想随身保存一幅她的照片，信中说："所有的摄影师，包括最好的那些，都有一种愚蠢的偏见，他们认为一幅好的肖像照就应该把人脸上所有黑痣、斑块、皱纹都表露无遗，甚至夸张一些更好，人像越清晰他们越满意。"波德莱尔希望母亲把照片上的人脸放大到一至二英寸，在当时的技术条件下这会导致图像边缘模糊，而这效果正是波德莱尔想要的——"真正的照片，但有着绘画般的柔和轮廓"　（Timothy Raser, *Baudelaire and Photograhy*: *Finding the Painter of Modern Life*）。

摄影尽量彰显细节，给人以无限逼近"真实"的感受。现在没有人再说摄影不是艺术，只是在具体实践上经常采取双重标准。人们喜欢观赏纤毫毕现的野生动物和岩石纹理，却不喜欢自己脸上的瑕疵细节被清晰呈现，在人像领域，摄影师和被拍摄者对照片的诉求经常大相径庭。作为诗人和评论家的波德莱尔懂得艺术上的"美"和肤浅的"好看"不同，但作为普通人，对自己和亲人的照片还是要求"好看"。早期拍照机会难得，被拍摄者通常担心照片效果而心存焦虑。曾经为巴尔扎克和波德莱尔拍摄肖像照的摄影大师纳达尔观察和记录了顾客们的表现："每位顾客拿到自己照片的样片时，第一感觉都是无可回避的失望、不愿承认，因为人们都觉得自己真实的外貌比照片上的更出色。有人用虚伪的谦虚来掩饰震惊情绪，千万不要相信这些人表面上的淡定，他们接着就会咄咄逼人、充满挑衅，很多人最终情绪失控大发雷霆。"顾客对照片不满意也让摄影师感到苦恼，只有一种万灵药可以医治顾客和摄影师双方的沮丧情绪，那就是"重拍"。就算希望渺茫，"重拍"的想法也总能令人振作（Félix Nadar, *When I Was a Photographer*）。

忐忑焦虑却渴望一次次重新来过，拍照从一开始就显现出令人上瘾的特质，人们总是想通过不断重复达到最完美的"真实"效果。19世纪的人们没有疯狂拍照不是因为不想，而是条件不允许。即使经过一个世纪的发展，摄影技术已颇成熟，担心照片效果不佳仍是每个人都有过的焦虑，罗兰·巴特和纳达尔的顾客们一样惴惴于自己在照片上的样子，一旦意识到有镜头对准自己，就会预估将要形成的影像，"自动摆起姿势"（罗兰·巴特：《明室》，许绮玲译）。拍照是让摄影"折磨"自己的过程，巴尔扎克的"幽灵影像论"有一点说得没错，即照片上的影像不会凭空产生，必须曾经出现过，哪怕随后如幽灵一般消散无踪。电影工业尤其形象地体现了这点，每部电影投资浩大，最终成品是那些胶片，为此搭建的场景、安排的画面，都是这部电影的"幽灵影像"而已。商业人像摄影已经发展得越来越像电影，为付钱拍照的顾客营造出照片上的瞬间，这是摄影最世俗化的一面，也是推动摄影工业发展的直接动力。

波德莱尔想要的去掉面容瑕疵、轮廓柔和的人像照片，类似于很多人津津乐道的甜美风格，后来俗称"糖水片"。有需求即有研发和供给，现在有大量专业器材来实现这种诉求，从镜头、滤镜到打光设备琳琅满目。人眼只看到自己想看的，镜头则平等地记录一切。很长时间以来，美化人像最有效的方法除化妆造型之外，在摄影上就是对画面的模糊化处理。没有电脑绘图技术的时候，电影经常把浪漫镜头、美好回忆和美貌的男女主角特写放在柔光中，好莱坞电影早就如此设计，1979年上映的国产电影《小花》也频繁出现主角的柔光特写，意味着影视行业偶像化风气的悄然到来。照相馆也开始为顾客拍摄斜对角构图、带有柔焦光斑的肖像，当时称之为"艺术照"，在民众的理解范畴里，是与真实生活拉开距离的。

无论用任何方法获得的柔光效果，本质上都要损失画面清晰度，并不是"真正的照片"，只是技术局限与大众审美对接后的结果。镜头仍然是威严的，直到20世纪90年代，被柔焦处理过的明星照片仍能透过朦胧薄雾看到明显的妆容或皮肤纹理。今天再看这样的照片，会让人产生很强的年代感，因为如今商业人像照片的美化崇尚不着痕迹。数码相机诞生后，电脑绘图技术可以对照片做数字化处理，颠覆光学镜头捕获的真实，从此广告牌上的面孔都有着清晰逼真而又绝非真实的质感和轮廓。巨幅广告是商品社会中最醒目的景观，清晰而完美，远比朦胧效果更有说服力，也更符合消费者对现代生活的想象。

摄影记录了真实，但人像摄影的历史就是人们规避镜头真实的技术演进史，真实的面容像强光一样令人难以直视，"认识你自己"哪怕仅仅从外表上都难以实现。人像摄影取代肖像绘画，毋宁说是人们篡夺了摄影真实的名义，已有无数人像照片远比绘画更加不真实。即使完全不考虑成本，所有人都会义无反顾地拥抱摄影，因为绘画是画家的"作品"，照片才被认为是本人真实形象的再现。本雅明曾引用利希瓦克（Alfred Lichtwark）写于1907年的这段话："在今天这个时代，我们聚精会神地观看自己的相片，或者亲朋好友、心爱的人的相片。反之却没有任何艺术作品能获得同等的青睐。"（《摄影小史》，许绮玲译）这意味着摄影唤醒人们将审美和娱乐的激情转移到关注自身，这种现代感受力有极大的自恋和迷醉成分。在王尔德的小说《道连·葛雷的画像》中，画家贝泽尔不愿展出自己最成功的肖像，他说："凡是怀着感情画的像，每一幅都是作者的肖像，而不是模特儿的肖像。……我不愿展出这幅像，是因为我担心它会泄露我自己灵魂的秘密。"（《道连·葛雷的画像》，荣如德译）这段话同样适用于人像照片，只不过照片的始作俑者往往是被拍摄者，人们对自己的照片最是满怀感情，造型、神态、姿势乃至画面之外的拍摄者，无不透露出"灵魂的秘密"。这些"秘密"曾经保存在照相簿中，观赏照片的场景只限于家庭和熟人之间，让他人拥有自己的照片曾经是非常郑重的行为，因为人像照片的原始功用本来就如绘画一样，在仪式中等同于真人在场。

互联网悄然而迅速地获取了一切秘密，将其变成引导流量的素材，而且在人们的授权之下。今天还在使用"摄影"这个词的人，如果不是职业摄影师，大概就是20世纪70年代及之前出生的"老年人"，直到他们成年之时，摄影仍很昂贵，照相机不是家家都有。人们去照相馆拍订婚照或全家福，从按下快门到看到照片需要等待几天或者更久。数码影像易于存储、检索、传递，从研发到普及，只经过了三十余年，这个过程与计算机、互联网和移动通信技术的飞速发展相伴随，照片逐渐失去私密性，成为互联网上的公开信息。在 90 年代的畅销书《数字化生存》中，作者预言在未来社会中，比特将打败原子，信息将以数据而非实体形态传播和存储，人们的生活和认知方式会由此发生巨变。结果我们都已看到，图像数字化和智能化处理技术一骑绝尘，照片完全比特化，拍照是手机最常用的功能之一，每个人的手机里都存储着无数照片，通过社交媒体能够随时浏览无数照片。

电影《社交网络》再现了"脸书"首席执行官扎克伯格在哈佛大学读书时制作了一个人脸照片对比网站，这个单一功能的网站在哈佛校园内病毒式传播，扎克伯格也因此受到留校察看的处分。后来扎克伯格接受采访时说，通过这个网站，他知道了人们对于自己的朋友和熟人的图片有多么感兴趣。这个恶作剧性质的网站用黑客技术从哈佛各学院的通讯录下载照片，随后的社交平台则获得了无数用户主动上传的个人信息和照片。扎克伯格及同时代的创业者们又惊又喜地看到"人们真的会这样做"，在一步步尝试的过程中，他们洞悉了"自恋和好奇心"是人们参与社交媒体的源动力（史蒂文·利维：《Facebook：一个商业帝国的崛起与逆转》，江苑薇、桂曙光译）。

互联网何以迅速瓦解了人们对照片的郑重态度，将这个曾经的私密领域公开化呢？又或许，这只是一度被压抑的隐秘愿望随着科技爆发而得到充分释放？据本雅明观察，人像摄影打破了阶级壁垒，使中产阶级都拥有了自己的肖像照。保存自己的形象、建立直观的家族史、反观自身这些从前相当于特权的活动也为平民阶层所有。一种小范围的感官娱乐普及之后，不可避免会出现波德莱尔所说"粗俗化"的趋势。苏珊·桑塔格说，"照片使人们假想拥有一个并非真实的过去"，人们不由自主地利用照片的明证性，修改和创作个人"历史"的愿望从来没有停息。但直到个人电脑和互联网普及之前，人们都没能随心所欲操控影像。本雅明及更早的观察者们早已预见到视听信息像水电煤气一样供应到千家万户的场景，但人们真正能做的，只是打开开关而已。电影和电视画面转瞬即逝不易保存，可以真正被"凝视"的图像——照片、画片、画报、画册等，仍属于笨重的"原子"，难以涂改且价格昂贵。数码照片处理技术实现了几乎无后续成本的拍照、修图，所有人都有了编写自己"历史"的能力，电脑屏幕上的照片可以让人久久注视，互联网使这一切变成盛大的娱乐，简易便携且能够做到无限量供应。

实际上，在本世纪第一个十年，当设备门槛和网速对人尚构成限制的时候，发布在互联网上的个人照片仍维持着数码修图的精致化与真实之间的平衡，这时网民数量有限，网络上每个 ID 与真人还保持着相对的一致性。系列科幻短剧《黑镜》第二季中有一个故事，男主角去世后，某互联网公司搜集分析他生前发布在网上的内容，就能制作出酷似其本人的仿生人，这部剧集播出于 2013 年。如果十年后重写这个故事，按照社交媒体发布内容复原出的人物至少在容貌上就会与本人大不相同。事实上无论是肖像画还是人像照片，其郑重性、私密性都与肖像主人对自己身份地位的认知相关联，社会关系也使涂改肖像的行为显得不可理喻。而互联网上的身份只有关注度这一个指标，如果修图能获得点击量，人们就会不假思索这样做。

智能手机的普及改变了很多事，首先是让照片数量呈指数级增长。在所有拍照设备中，只有手机是人们真正需要随身携带的，数码摄影无限重拍的功能，在手机上实现了最大化。

当照片变得无限多时，平台推送才成了必不可少的工具，因为人们不知道该看什么。在移动端社交媒体兴起之初，创业者们只是想方设法鼓励人们将随手拍的照片上传到网上，当时手机拍照效果还远不理想，不足以令人拿出来展示。以移动端拍照和分享为核心功能的 Instagram（照片墙）创始人凯文·斯特罗姆通过编写滤镜程序成功吸引了用户，第一款滤镜应用被称为 X-Pro Ⅱ，以此致敬交叉冲印这种显影技术（莎拉·弗莱尔：《解密 Instagram》，张静仪译）。在胶片冲印时代，商业人像拍摄曾经广泛使用这种技术，用负片显影液处理彩色正片，获得高反差、高饱和度、粗颗粒的画面风格。后来常有人把这种效果称作"文艺范儿""复古风"，或者"Ins 风"，总之与现实保持距离感。这种滤镜也是通过丧失一部分人脸细节的方法获得美化效果，而且降低了像素，提高了上传照片的速度，正好适应十年前的网速。

摄影诞生之初曾力图对标"艺术"，当通信工具手机成为主要拍照和观看设备之后，照片对标的是语言。Instagram 的成功意味着人们已经习惯省去措辞的时间去修饰照片，用表情包来表达一切情绪。在此之后各种美颜相机纷至沓来，有过之而无不及，滤镜、贴纸、特效数不胜数。以滤镜打下江山的 Instagram 曾经为自己设置"无滤镜"标签，现在的社交媒体动辄号召用户发布"素颜"照片，结果都会变成"素颜"效果的化妆术和滤镜大展示。在越来越多的营销场景里，照片早已被滤镜挟持，汇入互联网虚假信息的洪流之中。

科技迅速发展，人性则相对稳定。契诃夫写过一篇短小的寓言《不平的镜子》，说有一面凹凸不平的镜子能让普通人从中照见一个美丽的自己，照过镜子的人至死守着镜子不能自拔。现在我们似乎已经得到了这面镜子，自拍的动作正如揽镜自照，在社交平台可以设置让哪些人和我们共同观赏镜像，好像一切都万无一失。当我们前所未有地凌驾于影像真实之上时，却失去了不使用自己面容的权利，面容解锁时自己的样子就像无数我们不愿面对的真实一样，被轻松放逐到不知何处。

如今从人脸对比网站获得启示走向社交媒体帝国的"脸书"已经改名，但精明的扎克伯格不会放弃"脸"。拍照的成瘾性天然契合眼球经济的本质，只不过"有图有真相"的时代即将落幕，流媒体短视频也只是过渡阶段。本雅明提出，机械复制品由于在任何时间地点都可获得，肯定比原作更容易被人看到，甚至可能完全取代人们对原作的认识。人像照片曾是唯一的例外，作为人的复制品，一直无法取代原作——真人，主要原因大概在于，人类是世界上最复杂最具个性化的一种"原作"。当我们进入数码复制时代，被滤镜说服，认为复制品远远优于原作的时候，我们已经接受了这样一个由复制品构成的世界。按照巴尔扎克的假设，如果拍摄足够多的照片，多到用完一个人的全部"幽灵影像"，这个人就会消失，只剩照片纷纷扬扬散落各处，无从知道哪一片更加真实。这个在银版照相时代无从发生的狂想，也许会发生在未来的"元宇宙"中。

（选自《读书》2023 年第 9 期）

德雷福斯的人工智能"炼金术"

耿弘明

加州大学伯克利分校的哲学教授休伯特·德雷福斯（Hubert L. dreyfrus）在讨论人工智能问题时，曾大胆地预言：人工智能有其局限，无法处理人脸识别和下棋这样复杂的问题。20世纪中后期，他把人工智能比作巫师和术士的"炼金术"。不过，历史似乎在按照德雷福斯预言的反方向前行。21世纪的第二个十年，围棋机器人阿尔法狗（AlphaGo）与人类的对弈，成为火热的新闻事件，而 AI 人脸识别则获得了广泛应用，出现在写字楼、火车站、购物中心等各式生活场景中。可以发现，德雷福斯的预言失败了。曾被德雷福斯嘲讽的"炼金术"这个标签，如今似乎被回赠给了他自己。面对这一事件，有必要重温康德的经典问题：我们到底能知道、认识什么？

一、德雷福斯：从成名到骂名

德雷福斯曾受教于分析哲学大师奎因，却一直对海德格尔和梅洛·庞蒂等欧陆哲学家情有独钟，其研究可谓兼欧陆哲学和分析哲学两派之长。他的著作论域非常广泛，汉语学界已经可以读到《计算机不能做什么》《论因特网》《在世》等。

作为哲学家，德雷福斯最闪亮的标签是"反 AI"，这一标签的获得，源于他参与过的一些思想史事件。例如，他不断地批判马文·明斯基（Marvin Lee Minsky）和司马贺（Herbert Alexander Simon）等早期人工智能科学家；又如，在他的现象学和存在主义研究中，常常夹枪带棒地反讽"计算理性"；再如，他借现象学传统，反思 AI 的认知逻辑，写就《人工智能与炼金术》，并给兰德公司提供负面的意见，预言这门新兴学科在未来的必然失败。这些事件让他大名鼎鼎，或者说臭名昭著。

他的著作有些尚未和中文读者见面，其中一本名为《机器心智》（*Mind over Machine*），这是德雷福斯"反AI"的代表作之一，成书于1986年，由哲学专业的休伯特·德雷福斯和数学专业的斯图亚特·德雷福斯合作完成，对他早期的思想有系统总结的性质。这本书反思了"专家系统"这一早期人工智能实践，书名以英文修辞中押头韵的方式，表达了他的总态度，"Mind over Machine"，人类智能优于人工智能。本书中德雷福斯的观点可以简要归结为：在"弈棋"和"人脸识别"等领域，机器智能必然会失败。就具体预言而论毫无疑问，历史已经证明了德雷福斯的预言是失败的。

德雷福斯为什么会失败？

如果要归结它的深层原因，需要观察一次重要的数学范式转换——AI方法论自专家系统的符号主义，到机器学习的人工神经网络，完成了一次整体性进化，这种变化被称为"统计革命"。人工智能发展史上的统计革命，指的是以人工神经网络与机器学习为基础的，而非以大型知识库和符号推演为基础的AI革新，机器学习和深度学习伴随而生。罗森布拉特在20世纪60年代就提出了感知机模型，但是，直到20世纪80年代AI寒冬冰雪消融之后，人工神经网络才迎来了学术探讨的热潮，而直到21世纪，它才收获了诸多具体的商业成果。

从思想基础的角度讲，"统计革命"源于符号主义到联结主义的观念转变。简而言之，符号主义主张通过知识累积、规则设定、逻辑推导和符号运算来完成对人类心智的模拟；而联结主义，则通过大量数据的累积，人工神经网络的学习，完成判断方式与行为方式的拟合。基于这一理论，计算机在下棋领域取得了重要的突破。"统计革命"中暗含着对德雷福斯早期预言的彻底颠覆，超出了德雷福斯旧有的想象空间。

德雷福斯的具体预言失败了，不过，他的哲学根基是否也发生了动摇？

二、科学还是炼金术?

让我们放宽视野暂且避开德雷福斯在具体预言方面的失败,思考这样一个问题:德雷福斯的底层逻辑,与后来的"统计革命"是否有类似之处?

在知识论的层面,德雷福斯的核心观点是:存在一种"直觉性专业知识",它区别于形式化的知识、符号化的知识、计算化的知识。在《从菜鸟到专家必经五步》("Five steps from novice to expert")一文中,德雷福斯举了"自行车"的例子来阐发他的观念。我们很多人都会骑自行车,知晓如何登上自行车,开始骑行,并且骑到自己的目的地,我们还知道如何维持平衡,调整速率。在途中躲避各种障碍物和同行车辆。不过,很少有人能够给出一套标准化的自行车相关规则和专业知识。在这里,德雷福斯做出了一个主要区分:知其如何(know-how)与知晓原理(know-what)是不同的。

在刚开始学习一个新技能的时候,首先要学习识别各种各样的客观存在的事物,去了解它们的特性,尝试记住那些复杂的规则,而此刻这些规则都是与情境无涉的,对我们来说,它们的抽象程度无异于一门外语或者一堆数学公式。与之相反,对习以为常的事情,我们却不知其所以然,不过,不知其所以然并不代表不能够成功地做好它。

从自行车的例子开始,德雷福斯引申开去,他认为,人类所擅长处理的很多事物都遵循这一规律,例如聊天与谈话,如何走路等等,我们对其习以为常,因此也熟视无睹。唯有在执行这些日常出现问题的时候,才会想起规则,例如,当你开车挂错挡的时候,当你聊天说错话的时候,规则才显现出来。

总的说来,德雷福斯认为,学车不源于计算,不源于逻辑,不源于专家系统式的知识储备,而源于"学",包含长期的实践中形成的固定反应模式。如此看来,这是否与机器学习有相似之处?细细考察学自行车这一案例,思考德雷福斯对符号化认知的批评,就可以发现,德雷福斯似乎从另一个角度完成了对符号主义的超越。

在《逻辑机器及其限度》("Logical machine and its limits")一文中,

德雷福斯对他的想法进行了总结，他说，机器心智乃是符号化、计算化、形式化、规则依赖的、脱离大世界情景的，是在小世界（micro-world）自我操作的；而人类心智，则是非符号化、非形式化、非计算化的、可遗忘规则的，依赖于大世界的社会历史实践与生活风格的。这一思路也是德雷福斯思想的关键所在。所有电脑、机器或者人工智能，无论发展到何种程度，只要它本质上是符号依赖的，那么，它就摆脱不了逻辑机器与推理机器的本性。

当然，需要警惕的是，我们不能强行跨越学科边界，认为德雷福斯的哲学地基与深度学习的数学地基是相同的；或冒失地认为，海德格尔的幽灵被80年代和90年代的科学家在无意中发现；或者更极端地认为，人工智能的失败是由于科学家不懂海德格尔。但是，德雷福斯反驳"专家系统"的底层逻辑，与人工智能得以进展的底层逻辑，如果都用人人可理解的语言表述出来，变为公众的常识之后，它们确实存在共通之处。

问题开始变得复杂起来，德雷福斯失败了，也成功了，不管是否愿意称他为"科学先知"，他的预言都不宜再被贴上"炼金术""疯话"这样的标签，事实上，他的确在进行认真而严肃的思索，并且得出了富有启发的结论。

三、德雷福斯的位置——人文学者谈论科学的方式

自然科学与人文学科的研究对象或许偶有重合，但在大部分情况下，它们的方法是迥然不同的，言说方式有天壤之别，自然科学是人文学科方法论意义上的对手，它们之间有很紧张的关系。因此，人文学者不得不面对这一对手，思考它，研究它，并且回应它。如果不谈泰勒斯、毕达哥拉斯等早期兼有哲学家与科学家身份的智者，或莱布尼茨、笛卡儿、罗素这些全才的话，那些纯粹的人文学者，也未曾停止过对科学的探讨与反思。

粗略总结一下，其谈论的方式大概有如下四个类型。前面是两个消极的类型，其一，人文学者反思现代技术的弊端，机械化大生产对人的异化，在这一思路下，可以列举马克思、韦伯、霍克海默等一串长长的名字。其二，从一般方法论上，谈论科学的思维局限，对非理性的忽视，例如法国的柏格森、中国新儒家的熊十力。第三个类型是一个相对中性的类

型，人文学者用现代社会学方法，对科学家做田野调查与社会学分析，例如法国思想家拉图尔（Bruno Latour）的工作。最后一个则是积极的类型，人文学者采用科学的方式还原、解构传统的人文学科问题，例如采用了统计学方法的数字人文。

因此，谈论一般意义上的人文与科学之争，意义不大，因为，人文研究内部早已分化为多个话语类型。在这初步划分的四个类型里，前两个类型更容易招致科学家的抵制，因为它们与德雷福斯有共通之处，且都显示了科学与人文学科的紧张关系。

在第一个消极类型中，马克思的"异化"概念，如今已经成为文艺青年中的流行词，人开始劳作于工厂之中，机械化管控之中，异化为物、机器、零件，这个概念显示了作为个体的人在机器面前的无力、无奈与必然残缺的命运。借由法兰克福学派的阐发，这一问题得到了更深入的反思。在《启蒙辩证法》中，法兰克福学派的代表人物霍克海默和阿多诺将现代性的根本特征，定位为那种追求普遍之科学的冲动。他们认为，启蒙运动存在着一种"整一化"、将一切"理性化"的倾向，那些不能被计算化、数字化的，都是应该被抛弃的迷信、巫术与人类的幻觉，这种冲动必将导致启蒙走向它的反面，不再赋予世界以光明，而是让世界愈发黑暗。

在第二个类型中，很多思想家，例如海德格尔、柏格森、梅洛·庞蒂、德勒兹等，都在反思科学底层逻辑的局限。例如，柏格森曾指出，纯逻辑形式的思维，不能阐明生命的真正本质。再如，德勒兹提出一种块茎式（rhizome）的认识论，在这种认识方式中，事物之关系并非基于二元对立的分门别类，而是点点互联、变动不居、多样共存的，是具有互联性（connexion）、殊异性（hétérogénéité）与杂多性（multiplicité）特点的，是计算机科学中二叉树的反面。

在第一、第二两个类型中，第二个类型由于会反思具体的科学思维方式，易于被认为是伪科学，事实上，也已经有人给法国哲学家德勒兹的思考贴上了类似的标签。不过，德雷福斯虽然也偶尔批判互联网带来的异化，反思整体科学的认知巨献，但他的方式与上面的类型都不相同，因此，他更容易被认为是"伪科学"，或者说得更激烈一些，被认为是"伪科学"中的"伪科学"。毕竟，当海德格尔对存在进行高蹈玄妙之思，被卡尔纳普批评为"无效的形而上学语句"时，海德格尔只是固守着形而上学的位置。当海德格尔在《世界图像的时代》中谈论科学与技术时,他也只是进行总体的思考,称其为我们时代的核心特质,并没有具体化,去冒充技术专家,讨论某项具体科技的未来走向。

这是德雷福斯的独特之处:他在讨论具体的科学进展,具体的技术领域,甚至预言某一科学领域的未来,某一具体技术细节的未来,他不借科学还原哲学,他用哲学还原具体科学,他是反向的分析哲学。他少谈伦理问题,也不泛泛讨论科学的总体危机,更不是深入实验室的田野调查家,他基于现象学的哲学背景,具体讨论某一项科技进展(专家系统)的思维局限与技术困境。

四、警惕预言还是警惕傲慢?

事实上,人们还应该注意到德雷福斯的双重身份。首先,他是毫无疑问的哲学家。其次,他也是一位早期人工智能学者,他属于这个富有探索性和开拓性的群体。那么,当德雷福斯预言失败时,似乎不宜马上将他踢入哲人的阵营,认为这是哲学的失败,如果考虑到他的另一身份,那么,这也是早期人工智能学者们的失败,尽管在具体观点上他们有所不同。

当我们跳开德雷福斯一人,重新观察其他早期人工智能学者们的预言,就可以发现,德雷福斯的预言并非一开始就是失败的,在一开始,他并非是一个"玄学鬼"形象,并非是一个炼金术士。因为,在 20 世纪后半叶的很长时间里,在他与诸多科学家比拼的预言竞技场中,他反而是毫无疑问的胜利者。

让我们回到德雷福斯登上思想史舞台的时刻,那正是马文·明斯基、司马贺等大名鼎鼎的早期 AI 学者预言失败的时候。自 1956 年达特茅斯会议开始,人工智能这一说法让科学家们非常激动,他们洋溢着一门学科以及整个科学信仰的青春与自信,认为人工智能会迅速取得成功,马文·明斯基断言机器可以很快完成一切人类的任务,他们彼时曾一度认为"人脑是肉做的机器"。而且对于他们来说,这是一种自证预言(Self-Fulfilling Prophecy),即他们做出预言,同时用自己的努力,开发出专家系统(Expert system)等早期产品,再用努力不断兑现预言。

正是在这时,德雷福斯给这件事浇了一盆冷水,甚至影响到了美国政府和商界对人工智能的投资。兰德公司在人工智能发展史上具有重要的地位，由于德雷福斯《炼金术与人工智能》一文的唱衰，更是由于诸多早期人工智能实践投入产出比的不平衡，人工智能迎来了自己的寒冬，以专家系统为核心的早期人工智能实践很快遇冷，德雷福斯的审慎和保守让他一次次成为预言竞赛中的胜利者，他的文章以这样的姿态成为一个弥足珍贵的声音。

在这一背景下，我们可以重审预言。"预言"是一种独特的人类语言行为，是一种企图跨越维度的方式，在时间之矢的某个确定点上，让一维之点化身为二维向量，从而超越具体局限的过程，是一种自比于上帝的方式，是一种人类代上帝之能，企图用语言精准切中未来图景的方式；预言常常局限于时代的特征，因为并不存在一个穿透时间且独立于历史的上帝视角：人总会根据自己的时代，预测哪些是计算机做得到的，哪些是计算机做不到的。而这个讨程，必然伴随着预测失败，因为科学与历史的框架都已经历过翻天覆地的革新了。

假设人工智能技术的进步和发展是一个总体递增的函数，那么，目前它的值域（机器可完成的任务）是（0，100），那么预言家非常可能以（101—105）举例，来论证机器的局限。殊不知，随着技术的发展，当它们得以实现，这一领域便迅速成为预言失败的白骨场。

如果引入库兹韦尔对线性进步与指数进步的区分，似乎能更好地理解关于人工智能的种种预言的问题。在《奇点临近》一书中，库兹韦尔指出指数进步这一形式。一旦奇点临近，旧的增长方式便迅速迭代为崭新的另一个量级的增长模型。由此说明，马文·明斯基属于在指数函数的开端过早判断指数增长速率增大的来临；德雷福斯则属于在指数函数的开端，便将其视为直线函数，甚至认为这一线性函数在触及人类复杂能力的时候，增长率将渐趋缓慢，乃至停滞，成为值域恒定的函数。

可见，失败的概率是很大的。考虑到如此之大的失败概率，就不应该双标：当科学家预言人工智能失败，科学界会认为失败是成功之母，早期草率的实践和思考也该被视为科学发展史的重要一环。而当哲学家预言人工智能失败的时候，则必然是哲学思维的本性无法预言科学问题，它该被扣上玄学鬼的帽子。这样的做法显然不合理。事实上，无论哲人还是科学家，在一个领域仍旧充满未知的时候，基于本学科的思路对某一问题进行思考，都很有价值。

在这里，不妨重温卡尔纳普对预言的思考，卡尔纳普曾指出："在许多场合下，所包含的规律不是全称规律而是统计规律，于是预言将会只是或然的。"不过，与此同时，"在日常生活中，如同在科学中一样，预言是必不可少的，甚至我们每日所完成的最琐碎的活动也是建立在预言的基础上的"。

哲学家谈论科学，哪怕是具体科学领域的走向，也是没有问题的。他们应该在共同体内通过互相学习、辩难，从而促生真知，哪怕预言有误，其思考的价值也不容抹杀。

需要警惕的，不是预言，不是跨学科预言，也不是哲学的预言，而是傲慢。事实上，德雷福斯臭名昭著的原因和他惹得科学家愤怒的地方，除了现象学方法，还有很重要的一个方面——他的狂妄、自大和傲慢，他那凭借哲学而君临天下的幻觉。

科学是极易滋生傲慢与专断的领域，哲学则有过之而无不及，我们该鼓励德雷福斯们预言科学，哪怕是用哲学的方法，实现哲学与科学的互利互惠。不过也该反对他们对科学的傲慢，在这个层面，哲学与科学需要构建一种互利互惠的对傲慢的约束关系，对企图用哲学为一切立法却又早就丧失了那个哲学可以为一切立法的时代的人文学者来说，尤其如此。

（选自《读书》2023 年第 6 期）

遍历与死亡：游戏存档的媒介考古

车致新

"遗留在二手游戏卡带中的存档，是一个陌生人的历史。"虽然今天的电子游戏早已不再使用卡带，但是《如龙7》中的这句台词依然指出了游戏存档的意义所在——它是对玩家在游戏中所投注的生命经历的一次物质性存储，在每一份存档中被永久保存的，不仅是游戏角色的经验等级或装备道具，更是玩家自身的情感与记忆。也正是因为有了存档功能，游戏才获得了可以被反复阅读的技术可能，不同于小说与电影等传统叙事媒介，游戏中的故事不再是一条永逝不返的河流，而是一座有待遍历的迷宫。

虽然人们通常认为可以"存档重来"是电子游戏最重要的本质属性——因此汤姆·提克威的影片《罗拉快跑》才特意要去戏仿这一形式——但是这种"可存档性"并非与生俱来。它不仅与游戏软件的美学设计相关，更首先取决于游戏机硬件的物质性。换言之，只有重返电子游戏的早期媒介技术史，才能从一个历史化的视角反思我们习焉不察的游戏存档功能。

首先，在电子游戏诞生阶段，还没有出现任何形式的存档，因为早期游戏的通关流程非常短，进行一盘完整的游戏通常只需几分钟或是几小时，因此玩家并不需要在游戏中途"休息"。随着游戏业的发展，游戏作品的内容更加丰富，通关流程也越来越长，玩家不间断地一次性打通一款游戏变得极为困难，于是就出现了在退出游戏之后依然能够保留上一次游戏进度的实际需求。然而，20世纪80年代对于存档问题的解决方案在今天看起来或许有些不可思议：由于游戏主机在当时的诸多条件限制，人们发现与其把游戏进度保存到游戏主机上，不如主动给游戏中的每个关卡分别设置一个额外的解锁密码，玩家只要在开始游戏前输入密码就能跳转到相应的关卡。首次采用这种"密码选关"的电子游戏，或许是1983年雅达利2600主机上的《荒岛生存》，在其中共包含了三个不同的关卡（海滩、荒岛和寺庙），玩家可以使用密码进行相应的选择。1986年5月，艾尼克斯（ENIX）在FC主机（俗称"红白机"）上推出了具有里程碑意义的游戏《勇者斗恶龙》，该作不仅一举奠定了角色扮演游戏（RPG）的基本玩法，而且进一步助推了游戏存档功能的普及。当玩家在游戏中与"国王"对话后，会获得一组由日文假名组成的密码，再次开始游戏时在标题画面选择"复活的咒文"并输入该密码便可以读取游戏进度。有别于《荒岛生存》这类动作游戏中所采用的选关密码，作为一个有着超长叙事内容的角色扮演游戏，在《勇者斗恶龙》中需要被存储的信息无疑更加复杂。因此在初代游戏中一共需要使用二十个假名。而在1987年发售的《勇者斗恶龙2》中一共需要使用五十二个假名才能完成一次存档。

显然，这种通过密码进行存档，读档的操作过程烦琐且易错，而且数量有限的文字符号最终无法记录下越发庞大的游戏信息。因此，在不久之后人们发明了一种在FC主机的游戏卡带中添加一个静态随机存取存储器（Static Random Access Memory），以及一枚锂电池的新方法来实现游戏存档。1987年，第一款采用卡带-电池存档的FC主机游戏《森田将棋》问世，而同年年底推出的第一代《最终幻想》和次年推出的《勇者斗恶龙3》更是标志着卡带-电池存档彻底取代密码存档，成为八九十年代之交游戏行业的主流选择。

1994年12月，索尼推出了划时代的家用游戏主机PlayStation（游戏站），其中最关键的创新在于去掉了传统游戏主机中的卡带插槽，转而采用CD光盘作为游戏载体。不过，虽然CD光盘提供了巨大的游戏容量，但是光盘的读写却没有卡带那么灵活，因此人们无法在光盘中保存游戏进度，只能通过额外购买的外置记忆卡来专门存放各个游戏的存档（这种记忆卡利用了"闪存"技术，在断电之后仍能存储数据）。直到2006年索尼的PlayStation 3时期，游戏存档终于可以直接保存到游戏主机内置的SATA硬盘（串口硬盘）中，存储游戏进度从此不再需要依赖任何外在于游戏机自身的媒介（密码、磁盘、卡带或记忆卡），对于各大厂商的主机游戏或PC端的电脑游戏而言，这种在硬盘中内置游戏存档的解决方案一直延续至今。

　　在成为电子游戏中必不可少的"标配"之后，游戏存档已经不再是一种单纯用于接续游戏进度的功能，更成为在媒介技术层面决定游戏作品的叙事与机制的重要因素。正如王洪喆在《迷宫如何讲故事》（《读书》2022年第3期）中所提示的，电子游戏的媒介前史可以追溯到19世纪兴起的现代洞穴探险运动。不仅游戏史上的第一款冒险与角色扮演游戏《巨洞探险》的创作灵感直接源自作者本人的洞穴探险经历，而且从媒介物质性的角度看，"现代电子游戏是在空间构造和叙事构造的双重意义上模拟洞穴探险"。那么在此基础上，我们可以把电子游戏中的"存档"进一步理解为对于玩家在"洞穴探险"过程中"位置"的一种记录。换言之，对于玩家而言，存档功能在今天电子游戏中的主要意义，已经不再是接续上一次退出游戏时的进度，而是使玩家在任何时候都可以：

　　　　（一）返回某个特定的"分岔口"重新做选择，从而遍历游戏程序中所包含的每一条故事线，或者说每一个"洞穴"；
　　　　（二）返回自己在探险过程中曾经到达的特定位置，从而避免每次都要从第一个"洞穴"的入口处重新开始探险。

　　就第一种情况而言，存档主要与电子游戏的"叙事构造"相关。这尤其体现在以叙事为中心且包含诸多情节线索的文字冒险游戏（TAVG）中。有这类游戏经验的玩家，通常会在将导致叙事出现分岔的关键事件处进行存档，这样做或是为了避免因错误的选择而落入"坏结局"，或是为了确保能够遍历游戏数据库中的每一种结局。在2019年的一款颇具特色的文字冒险游戏《十三机兵防卫圈》中，设计者干脆把这种为了遍历各种叙事分支而不断进行存/读档的行为变成了游戏自身的一个有机组成部分。在这款游戏中，玩家不需要主动进行存档，因为在游戏的操作界面中会展示整个游戏的故事线路图，玩家只需点击该线路图中的某个场景就可以随时"穿越"到该游戏中任意一条故事线中的任意一个时刻。换言之，玩家在《十三机兵防卫圈》中为了推进主线剧情的发展，必须反复地读取存档，也就是必须不断地重返叙事网络中的那些"岔路口"，以便探索每个"洞穴"中的故事可能。

就第二种情况而言，存档主要与电子游戏的"空间构造"相关。受限于游戏主机的硬件条件（尤其是拮据的存储容量），也是为了避免玩家在游戏随机检定时利用"S/L 大法"（"保存/读取大法"）进行数据"作弊"，游戏设计者从很早就意识到可以通过设置固定存档点的方式，对玩家在游戏中的存档行为做出某种限制。80 年代，日式角色扮演游戏的两大经典系列都不约而同地选择了这种固定存档点的设计方式，比如初代《最终幻想》只允许玩家在城镇和帐篷中进行保存，而《勇者斗恶龙》系列始终延续着玩家必须与特定 NPC（非玩家操控的角色）对话才能存档的传统。

这种固定位置的存档点在游戏地图中通常表现为那些外观醒目，便于被玩家发现的特殊场所或道具：例如《勇者斗恶龙》系列中的"教堂"或是《生化危机》系列中的"打字机"；而在《丧尸国城》中，玩家甚至必须先进入"洗手间"才可以存档。虽然这些五花八门的存档点通常只是作为一种功能性的装置，并不一定与游戏作品的叙事意义直接相关，但从游戏机制的角度看，在游戏中允许玩家自由存档的区域总是意味着"安全"，这些区域通常也是游戏的主线情节集中展开的场所（比如旅店）；而游戏中那些不允许存档或存档点稀少的区域则总是对应着"危险"，因为这些区域同时也是玩家必须进行战斗或迷宫探索等非叙事性活动的地点。通过对存档功能进行这种空间上的区隔，游戏设计者可以预先调控玩家在不同游戏场景中所获得的情感体验。不过，也有反其道而行之的设计，比如在恐怖游戏《异形：隔离》中，固定存档点（紧急呼叫机）所在的位置总是在安全区之外，而且必须等待紧急呼叫机上的三个灯分别亮起才可以存档，导致玩家很有可能在存档过程中被怪物袭击。

而在宫崎英高的魂系动作游戏中，设计者通过在迷宫设计中故意延长各个固定存档点（如《黑暗之魂》中的"篝火"）之间的距离，大大地提升了玩家在迷宫探索过程中的难度。换言之，即便不考虑大大小小的战斗对于玩家操作能力的考验，固定存档点之间的这种无法忍受的距离本身，就已经塑造了魂系游戏标志性的"受苦"体验。但与此同时，虽然都采用了固定存档点的设计，魂系游戏与传统角色扮演游戏在迷宫探索方面也并不完全相同。比如，借助以"单向门"为代表的地图-机制设计，魂系游戏以一种无须存档的方式巧妙实现了对于玩家迷宫探索进度的记录：当玩家首次从背面打开这些"单向门"后就可以从正面通过这些曾经封闭的道路，因此在每次死亡/复活之后，玩家不需要重新探索整个地图就可以借助这些"捷径"直通每个关卡最后的战斗。

　　然而，不同于这种固定存档点的传统做法，今天主流的存档方式形成了两个截然相反的极端。首先，目前最常见的存档方式可以被称为"实时自动存档"。受惠于游戏机硬件技术的发展，今天硬盘的数据读写速度可以保证玩家在游戏存档的过程中不会感到任何明显的停顿。我们不难发现，近些年欧美各大游戏厂商的 3A 级游戏作品几乎无一例外地采用了这种机制，这在很大程度上是出于商业的考虑，因为在实时自动存档的情况下，两次存档之间的时空"距离"约等于零，所以这类游戏的实际难度也约等于零，即便是新手玩家也可以在其中轻松享受平滑而流畅的视听体验，正如同在影院中欣赏一部好莱坞动作大片。换言之，虽然这些游戏的故事内容所讲述的是惊心动魄、危机四伏的冒险之旅，但是从游戏机制的角度看，这类游戏中的主人公其实处在一种绝对安全或者说永远"不死"的状态，因为实时自动存档将确保游戏角色在任何情况下都可以从原地复活（无须玩家手动操作，系统会自动读取死亡前的最后一次存档）。与之相对应，存档方式的另一极端则集中体现在近年来复兴的类 Rogue（Roguelike）游戏。作为一种强调高难度体验的小众游戏类型，Rogue 游戏的独特之处不仅在于由系统随机生成的关卡地图，更在于玩家在游戏过程中始终不允许存档。正因为如此，在类 Rogue 游戏中的死亡也被称为"永久死亡"：玩家在游戏中一旦失败，就只能从随机重置后的迷宫入口处重新开始，前一次冒险过程中所获得的一切装备、道具，以及经验值也都会被清零。不过，在以《哈迪斯》为代表的新一代类 Rogue 游戏中，设计者也试图通过增添"局外成长"（即元游戏层面的自动存档）机制来缓解反复死亡给玩家带来的负反馈，游戏叙事（例如《哈迪斯》中对"冥府"的描写）也得以在游戏角色"死亡"与"复活"之间的局外时空中展开。

　　众所周知，除了某些包含特定"死亡惩罚"机制的游戏，游戏角色的"死亡"其实并不会对游戏体验本身造成任何实质性的影响，因为玩家只需读取之前的存档就可以使死去的角色立刻"复活"。换言之，"死亡"在游戏中只能作为一种抽象的修辞而存在，并不存在与其相对应的物质基础。那么，玩家为什么依然要在没有任何惩罚机制的游戏中竭尽全力地避免死亡？一个显而易见却又往往被忽视的原因是，为每一次"游戏性死亡"付出代价的主体并非游戏中的角色，而是屏幕前的玩家。因为一旦游戏进程终结，玩家将不得不失去自己曾经投注在这个游戏作品中的全部时间，除非这段时间本身已经为存档所记录。正如前文所述，电子游戏就是在程序世界中展开的一场洞穴探险，其本质是玩家在由一系列既定的事件节点所构成的叙事网络中的决策与位移。因此，当玩家的死亡地点与最后一次存档点之间的距离越远时，玩家丢失的游戏时间就会越多，死亡的代价就会越高；反之，当玩家的死亡地点与最后一次存档点之间的距离为零时，即便死亡也不会造成任何真正的损失。总之，对于电子游戏而言，在硬件层面不可见的"存档"才是故事世界中可见的"死亡"的媒介物质基础。

2017 年，横尾太郎监制的《尼尔：自动人形》（*Nier：Automata*）以一种"元游戏"的形式对电子游戏中的"存档"与"死亡"进行了极其深刻的媒介反思。正如游戏的副标题所示，这个以欧洲浪漫主义时期流行的"自动人"（词源为 Automaton，最初是指模仿人或动物的行为方式而制作的自动机器）技术为名的故事本身就是对后人类语境下的数据存储与肉体死亡之关系的一次搬演：在游戏中作为"人造人"的两位主人公 2B 与 9S，他们的身体虽然在战斗中反复死亡，但是在网络中保存的"灵魂"却得以在末日幸存。在《尼尔：自动人形》三周目的叙事进程中，一共包括 A、B、C、D、E 五个主要结局，其中与"存档"问题直接相关的是最后一个结局（"E 结局"）。在此结局的最后，游戏的战斗形式转变为竖版弹幕射击，玩家需要操作一台飞行的辅助机消灭敌对服务器不断产生的"清除程序"。随着时间的推移，敌人发射的弹幕数量会不断增多，战斗变得极为困难，但如果玩家一直坚持下去，系统会提供一个意想不到的"接受救援"的选项：画面上将出现带有其他玩家 ID 的六架僚机环绕在玩家辅助机的周围，当这些僚机每被击落一架，屏幕下方就会出现"某玩家的存档数据已丢失"的字样。原来所谓的"救援"，其实就是用来自全球各地的其他陌生玩家的游戏存档为你的辅助机阻挡子弹。在赢得"E 结局"的这场最终战斗之后，系统会询问你是否愿意帮助其他仍未通关的玩家，此时如果选"是"，系统就会自动删除玩家在《尼尔：自动人形》中所保存的全部游戏存档——不是在任何修辞的意义上，而是真的从 PlayStation 主机的硬盘中删除。

由于"E 结局"已经是游戏三周目的尾声，玩家此时的游戏时长通常已经超过一百小时，然而随着游戏存档的消失，玩家在这上百小时里的一切努力（无论是已完成的剧情进度还是已获得的道具、技能、成就）都将烟消云散——正如前文所言。玩家在删档后的怅然若失，不是源于对游戏角色的想象性认同，而是源于玩家真实的身体经验。换言之，通过僭越虚拟世界（游戏的软件维度）与现实世界（游戏的硬件维度）的边界，《尼尔：自动人形》中的"死亡"不再是游戏角色的死亡，而是游戏玩家的"死亡"；也不再是游戏之中的死亡，而是游戏自身的死亡。

玩家在游戏最后的选择成为一种既是物质性的也是象征性的伦理行动：当玩家决定为了他人而"死"，即牺牲自己所拥有的全部存档之后，将重新以游戏为"媒介"与现实世界中的其他玩家建立一种既超越游戏文本自身，也超越民族国家疆域的情感联结。与此同时，《尼尔：自动人形》还向我们揭示了以往隐藏在游戏存档机制中的个人主义–消费主义意识形态，因为在"E 结局"中的存档不是为了积累，而是为了耗费；不是为了在怀旧中封存个体的记忆，而是为了在行动中生成集体的未来——这也正是电子游戏超越传统艺术形式的独特魅力所在。

（选自《读书》2023 年第 4 期）

图像的召唤

刘文瑾

人是观看的动物。随着技术图像时代的到来，看与被看的可能均得到了前所未有的发展。人们习惯于每天长坐在数字窗 Windows 背后，依据自己的喜好接收各种信息。新媒体模糊了公共领域和私人领域的界限，给看和被看带来了极大的解放。全民短视频的时代仿佛打开了光与影的潘多拉魔盒。元宇宙不仅挑战了传统的时空观，也挑战了既有的人生观。技术图像带来了令人无比兴奋的前景：《流浪地球 2》中，死去的丫丫和图恒宇不仅可以"复活"在元宇宙，而且可以同时拥有多维空间的平行场景，存在即是看与被看！

无须等到元宇宙降临的那天，今日人们已深感，由于社交媒体的扩大效应，图像存在的重要性时常远超真实的人和事。为了看与被看，几乎任何场所都安置了镜头。与此同时，那些不能显现为图像的事物，那些因为流量不足而被迫出局的事物，那些无法被看到的事物，只能被遗忘和失踪。然而，数图时代的繁华表象也激发我们回到图像的本原，思考图像到底意味着什么。

一、图像的本原：对不可见者的指示和呈现

图像自古便激发着人类莫大的热情：从万年前的拉斯科洞窟壁画，到数千年前的贺兰山岩画；从古希腊的断臂维纳斯，到唐朝的乐山大佛；从敦煌莫高窟的飞天，到弗拉基米尔的圣像。古今中外，无论原始初民还是现代市民，也无论是凭借拙朴的泥土还是先进的电光技术，人类创制和观看图像的激情从未稍歇。即便历史上由于宗教或社会变革曾发生过多次破

坏偶像运动，但图像的魅力始终长存。

自古以来，图像便承载着脆弱的人类永生的希冀。图像之美首先不在于图像自身，而来自其对不可见之物的指示和替代。贡布里希在《艺术的故事》中告诉我们，图像有种类宗教的起源，和远古人类的恐惧和巫术相关。稍有博物馆经历的人都深有体会：最初的艺术来自墓葬，陵墓是最早的博物馆。无论是先秦兵马俑还是西汉马王堆，也无论是埃及金字塔还是印度泰姬陵，人类最瑰丽的艺术宝藏源于死亡的激励和馈赠。媒介学者雷吉斯·德布雷在《图像的生与死：西方观图史》中一针见血地指出，图像的诞生在很大程度上源于死亡的创伤和驾驭恐惧的需要，对此人们可从词源学中寻到许多蛛丝马迹：拉丁文里，"*imago*"（图像）的本意是逝者面容的蜡质模具，"*figura*"（形象）的原意是幽灵；"idole"（偶像/肖像）源于古希腊语"*Edôalon*"，意为死者的魂灵；"sign"源于希腊文"*Séma*"，墓碑；"representation"（表现）在典礼用语里指铺上丧布，以备葬礼之用的空棺材。图像是对虚无的拒绝和对生命的另类延续。

我最难忘的经历之一，是在博物馆遭遇法尤姆木乃伊肖像。进入空气凝重、色彩深沉的古埃及展馆，穿梭于年代久远的棺椁、雕塑和木乃伊之间，忽见色彩明丽、栩栩如生的木乃伊肖像注视着你。一双超常比例的大眼炯炯有神，生机盎然，无言地述说着生之眷恋。在对画像的观看中，我仿佛一下子穿越时光，找到语言，不仅理解了肖像画，也理解了这个看来久远而古怪的木乃伊世界。画像不只是一件墓葬，更是一扇窗户，传递着从死亡世界而来的对生的凝望。而观者透过自己的目光、意识与身体，将这幅外在的图像转化为了感知和记忆，成为一幅内在的图像，由此而实现了像的"复活"。这"复活"虽有别于埃及亡灵的期待，但终究以别样的方式完成了他们在人间的回归。

这些盛行于公元1~4世纪的木乃伊肖像。画风深受希腊罗马文化的自然主义影响，人物形象远比传统的木乃伊面具和墓葬绘画要生动立体而富于个性，甚至已经有了一些现代感。然而，较之文艺复兴以来的个人肖像，木乃伊肖像仍具有标志性的统一特征，即画中人向此世投来那种聚精会神的目光。无论被画者的性别、年龄、身份和面貌有何差异，也无论画师的材料、风格和时代背景有何差别，画面对凝视的凸显是一致的，这明显源于同一种概念模式。这种强大的概念模式统一了一切差别，使得所有画面都传递出同一种永恒而相似的凝视,同一种聚精会神,以及同一种死的忧伤与生的眷恋。这些肖像不仅属于那个盼望有朝一日复活的亡灵,也属于那些战栗着面对死亡之虚无的生者——当他们凝视着画像中的凝视时,便能感受到死亡的叹息与复活的盼望。

这些具有宗教意味的世俗画像,这相交于生死临界点上的凝视,深刻影响了中世纪的圣像画。拜占庭圣像画诞生于公元4世纪左右,同样具有统一而明显的绘画概念与图式。只不过圣像画以不可见者的目光代替了死者的凝视,让人们在对圣像的注目中想象那不可见的彼岸,并感受来自彼岸的注视。在圣像中,上帝不是被再现,而是在场,宛如透过窗户的光。画面则是一扇可以透光的窗户:重要的是不仅看到窗户本身,更要看到那透过窗户的光。对圣像的“看”,要通过祈祷和灵性的视觉。因此,圣像画意义的实现有赖于人们“看”的方式的改变,甚于对不可见之上帝的再现。而这其实不仅是圣像,也是一切经典名作的特点。艺术的终极是对不可见者的呈现,这不仅取决于作品,也需要观者能够“看见”。观看并非纯然被动的行为,观者的注意力是作品得以“复活”的条件,观看的“力量”也形塑了再现的方式。

二、喻象的力量:寓不可见于可见之中

作为一种文化,观看与再现方式在西方的形成要追溯到公元前后几个世纪的两希文明张力;一方面,是希腊文明对视觉感官及与之相连的人类智识的高扬;另一方面则是希伯来文明对“眼目之欲望”的节制和对圣言之倾听的重视。不过在希伯来文明中,视与听不是非此即彼,而是相互转化的。对圣言的倾听赋予了“看”一种新的精神内涵,开启了双重视力的可能。正是在双重视力的交汇中,当下现实可以获得另一维度的意义,有如鸭兔图效应,然而却是上帝之城在地上之城的喻象。

希腊人对美的热爱体现为造型艺术的发达和对看的重视。他们创造出了足以与他们的城邦文明匹敌的伟大造型艺术,无论那是关于人类自身之视象的雕塑和绘画,还是关于对外在世界之视象的建筑和戏剧。人体圆雕作为希腊造型艺术的核心,体现出他们对“看”的热情,最终是要透过世界来塑造自我。戏剧的本质是对城邦共同体生活的观看:“theatre”跟

"theory"一样，皆以希腊文的"*thea-*"（看）为词根，本义是"一个看的地方"。人们在这里观察个体同他人的关系，观照城邦共同体的互动。德布雷说：生命于我们意味着呼吸，对希腊人意味着观看；我们的"最后一口气"对希腊人是"最后一眼"，失明对他们则意味着死亡。

随着罗马帝国对基督教文化的接纳，《圣经》在历史中的介入赋予了观看和再现一种新的精神内涵，不是通过对视觉的简单否定，而是通过开启另一维度的视力。奥古斯丁在《忏悔录》中说："我向你睁开了无形的眼睛。"而这个"你"，上帝，是不可见的。贡布里希指出，随着基督教的兴起，欧洲艺术家对希腊化时期崇尚的优美和谐、技艺精湛不再趋之若鹜，而是试图获得新的效果，即如何通过自己的作品传递神圣的信息。而且，不仅艺术作品的旨趣发生改变，人们的欣赏方式也发生了深刻变化。圣像的目的不是博取视觉的愉悦和震撼感，而是向人们的内心启示那不可见者，让人们透过对可见之物而向不可见者"睁开无形的眼睛"。

这种表现和观看方式的差异与重组同样体现在以语言为媒介的文学再现中。在《摹仿论：西方文学中现实的再现》里，奥尔巴赫开篇便揭示了荷马史诗与《旧约》写作之间的差别。荷马笔下，希腊世界的展现清晰、完整，面面俱到，一览无遗，犹如阳光照耀下可将一切尽收眼底的露天圆形剧场。事件的因果关系和人物的心理活动都巨细无遗地披露出来，没有疏漏、留白与裂缝，却缺少时间层次和主观视角。而《旧约》的叙事特点则是微言大义、神秘莫测，难以捉摸。这里的时间地点不明确，读者只能推想；人物内心的思想和情感没有表达出来，需要揣摩。荷马文体追求现时性和可见性，没有叙事的高潮、目的和紧张感。而《旧约》的叙事则朝着某个隐匿的方向发展，一气呵成，只突出对行为目的有用的现象，强调高潮，却淡化各高潮间的事件。《旧约》叙事充满了现时与终末、可见与不可见的张力，饱含个体信仰与人类历史互动的紧张。

从随后两千年的西方文学片段中，《摹仿论》勾连出这两种不同的再现和观看传统如何"混用"，从而发展出对西方文化影响深远的喻象化再现与解读。"喻象"（*figura*）既是看也是被看的方式，是将某一事件或叙事理解为对另一超验事件或形象的表征，由此赋予其超越性维度，例如将此时此地的人生视为一段天路历程。这种关联影响人们的精神和意志，革新个体灵魂和社会风尚。奥尔巴赫深受维科影响：维科将人类历史视为精神塑造的结果，《摹仿论》则揭示了喻象作为一种精神力量对西方文学传统的塑造，以致萨义德在为其出版五十周年所作的序中指出，此书是关于基督教对千年文学之影响的最佳描述。

喻象作为西方文艺的"神学"内核，其神圣源头虽在世俗时代已被淡化和遗忘，但作为一种别样的看和被看方式，它依然保留在文化习得中。在技术图像化时代和景观社会，这别样的看和被看仍会不经意地回到人们心头，在艺术作品中得到表现，唤起现代人的乡愁。无论是莫奈富有朦胧诗意的印象画，还是马斯科神秘而气场十足的抽象大色块，都在诉说对某种不可见性的眺望。这隐晦的喻象思维让我们有似曾相识之感，很容易想起中国的诗画传统。那些意境与留白，不经意间应和了现代艺术对不可见者的乡愁，因而在当代重新焕发活力。

三、盲与视：于此时此地"睁开无形的眼睛"

"无形的眼睛"并非奥古斯丁首创，而是他对希腊古典文化和《圣经》的借鉴与融合：盲诗人荷马在缪斯神力的帮助下获得了内在的视力，他比普通人看得更久远；俄狄浦斯王由于血气冲动而盲目，竟犯下弑父娶母的过错，于是他刺瞎了自己那双鲁莽无知的眼睛；圣保罗的皈依经历了失明和复明，并伴随着对神圣声音的倾听；耶稣治好生来瞎眼的人，他说："我到这世上来为了审判，使那看不见的能够看见，能看见的反而成了瞎眼的。"（《约翰福音》9：39）如果说盲与视的对照在希腊文化中主要关涉认识能力，在《圣经》文化中则主要关涉灵性状态。

在漫长的中世纪洗礼后，融会两希传统的"盲与视"主题继续在但丁、莎士比亚和弥尔顿等文艺复兴前后巨擘的著作中回响。《神曲》中的但丁，在配得进入天堂注视贝雅特丽齐的灵魂之美前，先得失去原有的视力：他忏悔流泪，痛苦地承受与贝雅特丽齐面对面时，因罪疚造成视觉不适，甚至晕厥过去。如果说莎士比亚的《李尔王》是对俄狄浦斯王之盲目的变奏，那么《失乐园》的作者盲诗人弥尔顿的意象，则犹如一个沐浴着基督教光辉重生的现代荷马。作为基督教史诗作者，无论是代表天主教传统的但丁还是代表新教传统的弥尔顿，都没有脱离此时此地来想象天堂和地狱，他们坚持在对此世生活的洞察中"睁开无形的眼睛"。弥尔顿如同荷马一样，凭借神赐的内在视力尽情"观看"，对宏大场景、感官冲击和心理矛盾肆意铺陈。而不同在于，荷马着眼于外在世界的冲突，弥尔顿则着意于内在灵界的搏斗。由此，弥尔顿既解构了古典元素，使其受制于基督教的灵性关怀，又丰富了人们对《圣经》和信仰的理解方式，开拓了基督教人文主义的历史和文化想象。经由那引领他的内在的光明，弥尔顿在革命失意后的黑暗时代，在年老体衰的暮年，仍得以保持希望的目光，朝向那不可知的一切。

《失乐园》以古典主义的史诗笔法，重构了《圣经》中亚当、夏娃经不住撒旦诱惑而偷食禁果，从而被逐出伊甸园的细节。借此重构，弥尔顿反思了以知识为对象的"眼目的欲望"。这也是对现代人的"盲与视"的预见。对于追求知识，晚年的弥尔顿较写作《论出版自由》的青年时代谨慎。他看到，求知欲在堕落的人类那里，容易受到权力欲的支配，无法得到合理而有节制的使用，但与此同时，他并未否定一切知识的价值。对以爱情和知识为代表的人类经验，他始终持辩证态度，看到这些人类经验的两面性。《失乐园》的结尾则反映出：失去乐园与其说意味着被弃，不如说是另一种救赎的开端———一种在此岸展开的救赎。韦伯在《新教伦理与资本主义》中指出，这一结尾体现了新教徒重视尘世，承认今生，要在日常的家庭、职业和社会生活中成圣的思想。

事实上，新教文化一方面极大冲击了圣像画传统，另一方面促使西方艺术转向一个更贴近现实的方向。以17世纪的荷兰绘画为例，画家们在面布上摸索如何在对日常生活的忠实再现中融入美和道德。这些作品既体现了画家高超的职业技能，也表现了他们作为生活观察者的含蓄歌颂与谴责。带着对生活和世界的爱，他们精微而写实地再现了普通人的生活细节，以节制来体现敬意。在他们那里，在那个特定的历史时期，绘画的内容和意义基本一致：绘画之美就是对事物的自然再现，而无须美化、异化、印象化或抽象化。

托多罗夫精辟地指出，17世纪荷兰绘画的成就有赖于那个时代的生活信息：那是一个"蒙福"的时刻，人们透过灵性之眼看见了受造物之美（托多罗夫：《日常生活的颂歌——论17世纪荷兰绘画》）。他的言下之意是，在那个历史时刻，灵性之光和自然之光几近重合，犹如指向十二点的指针，长针和短针基本叠加在一起，使得受造物的灵性呈现与其自然呈现十分接近。

作为 17 世纪荷兰画家的翘楚，伦勃朗如同绘画界的弥尔顿，在画布上展开了清教古典主义的探索。他代表绘画史上的时代转折点，上承融汇自然主义和巴洛克风格的卡拉瓦乔，下启赋予日常生活以本真意味的扬·维米尔。在伦勃朗笔下，神圣家族酷似邻家肖像，至圣所便是普通人家的起居室，终极时刻则是日常生活中的瞬间。由此产生了绘画作品中的"文体混用"，即，以对高贵事物的表现手法来展示普通人的日常生活，从而赋予其别样的光芒和质地。伦勃朗发现了一种对不可见者的新表达：不再仅仅通过传统的宗教题材和对此题材的传达，而是对当下生活的瞬间报以终极意味的一瞥，并在这一瞥中依稀洞见画中人丰富的内心活动。面对如此杰作，心有灵犀的观者仿佛被瞬间开启了"无形的眼睛"。

除了浸润着人间烟火气的宗教题材作品，伦勃朗最著名的，当属他孜孜不倦的自画像。他的自画像同他的宗教画、风俗画，以及个体觉醒的时代背景形成了互文。在这个光荣和屈辱交织、苦难与希望并存的时代，被逐出乐园的亚当、夏娃在尘土中汗流浃背、泪流满面地活着。透过自画像，伦勃朗既是审视自我，亦是审视每一个体人类谜样的存在。他以其作品中常有的灵性知觉，忠实而客观地打量着人群中他最熟悉的"这一个"，既不美化，也不异化，更像是一种质询、忏悔和悲悯。

四、面容的召唤：看，即是爱

在绘画史中，一个令人着迷的现象，就是对人脸的再现，无论那是圣像还是人像。一方面，人脸常是绘画的中心；另一方面，脸又总是跟图像保持张力，人脸拒绝图像。

脸不同于面具，它有变化不拘的表情和目光。脸亦有别于身体其他部位，它是最能表征人体社会文化属性的强"符码"。早期肖像画作为"社会身体"的再现，便力图绘制出一副与被画对象的社会身份相符的面孔。然而，除社会身份外，脸还承载了更为丰富的精神内涵。这种精神内涵不仅源于这张脸本身，也跟脸所激发的他人的感受有关。无论面对怎样一张脸，有心的观者总能有所感悟，产生对话或共鸣。或者，用罗兰·巴特的术语说，可以在其中遇见"刺点"。无论脸的主人是否意识到，对有心的观者，脸总在倾诉而发人深省，因此列维纳斯将"面对面"视为语言的开端。

脸的耐人寻味之处在于其无限可解读性。对此，列维纳新提出了一个著名的说法："他人的面容。""面容"并不等同于脸，而是脸所提示的人的脆弱性与神圣性的共生。"面容"既抽象不可见，却又在场并向我发出召唤。显然，"面容"与脸之间的相似及超越关系有其《圣经》基础。在《圣经》中，人是上帝依据自己的"形象"所造，这一"形象"在希伯来文中作为"*tselem*"，不同于十诫中禁止的人手所造的"形象"（*temouna*）：前者是人与不可见的造物主之间的相似性，后者则是人按照自己的感觉和欲望描画的蓝图；前者是"面容"的根据，后者是人为自己塑造的"脸面"或"偶像"。

基于上帝自隐的传统，在西方图像史中，不仅对上帝，甚至对人脸的"完整"再现，都时而会引起僭越的忧虑，因为人脸分有上帝的"形象"。另一方面，这种思想也酝酿了对圣像与肖像，乃至对绘画艺术的自反性理解：图像的意义是对图像自身的超越和对不可见者的朝向。观看，因而可以超越感官层面，而成为同不可见者的精神关联，仿佛在回应一种冥冥中的召唤。15 世纪，库萨的尼古拉在《论图像》中，通过"神"的词源"*théos-*"与"看"的词源"*thea-*"的接近，强调看是神与世界的真正联系。他写道："看，于你，即是爱；爱，于你，即是看。"

正如圣像只能模糊地暗示彼岸的在场，肖像也一样，只能追求与脸的肖似或神似，而无法对脸进行"整全"再现，更加无法再现"面容"。哲学家们喜欢把伦勃朗持续一生的自画像同奥古斯丁的《忏悔录》和蒙田的《随笔集》进行对照，以说明自我从不停滞的流动性、生成性和难以把握。尽管同文字相比，绘画显得更为切实具体，但脸对图像的逃逸，丝毫不亚于自我对自传的背离。这种张力恰恰构成了自画像的迷人之处，使得富于艺术家气质的伦勃朗沉迷其中，锲而不舍。

贡布里希指出，作为肖像画家的伦勃朗，总是力图画出具有完整特征的真实个体，仿佛让人觉得在跟活生生的人物面对面。或许正因如此，伦勃朗更明白，对人和脸的"完整"再现，只是一种可望而不可即的追求，却是艺术家无法舍弃的追求。为此，自青年时代便享有盛誉的他，晚年却很难靠卖画为生。他听见图像的召映，想要"看"得更多，以致超越了自己的时代。

（选自《读书》2023 年第 9 期）

人人都爱地下城

任　青

　　年初，《流浪地球2》带火了"地下城"概念。在影片中，地球踏上无法回头的流浪之旅，只有艰苦的地下城才能为文明提供必要的保护。那么诸君，福利来了，如果你有志于科学事业，要打造一个属于自己的地下宫殿，或者有志于投资创业，想搞一支"地下城概念股"，恭喜你！请阅读本篇文章！

　　好的，我收回上面的话，想打造真正的地下城，可不是那么容易。遥想笔者当年，小学入学，雄姿英发，和同学凑钱买了一套画册，内容全是世界未解之谜。书中有个故事颇为惊悚，讲述南美某支挖矿队，没日没夜地炸山开矿，大家满面尘灰烟火色，两鬓苍苍十指黑，终于把山炸开了，赫然出现一个通向地底的洞窟！队员们壮着胆子深入洞穴，却在地宫深处看到了身长两米、全身雪白的地底人，这地底人毫无怜悯地追上他们，将每个人开膛破肚……在小小年纪的我看来，这个号称"真实事件"的故事的确惊悚恐怖。害怕之余，我也仔细思考过：这世界上真的有地宫吗？或者地下城只是人们的幻想呢？

　　带着这个疑问，我打开了奶奶家存放煤球和工具的小屋。"未解之谜"里说，地下城市通往地表有七个出口，我坚信奶奶家的平房里能摊上一个。我很快将目标锁定在小屋外面堆放竹竿的角落，那里还长着一棵无人问津的巨大梧桐树。于是我扒开竹竿，真的发现了一个洞！不过洞有些小，看来奶奶家住的是迷你版的地下种族。于是我好奇地把手伸了进去——真相大白，那只是一个天然形成的刺猬的窝。

　　"既然刺猬能住到地下，人类凭什么不可以！"当时和我一起探秘的小伙伴发出了灵魂之问。可我还小，不知该如何作答。后来，他长大了，成了银行行长，我们失去了联系，但我知道，他有可能会看到本文，我可以在这里对他隔空喊话，也可以更用心地将这些知识介绍给好奇的学生和所有读者——那就是人类文明的地下遗存、现代人打造地下城的探索，以及未来建造太空地下城的可能性。所以，话不多说（已经很多了），让我们进入神奇的科学地下城之旅！首先，咱们从三类科学切面，分析人类现有地下城建设的成功典范。

下水道科学——巴黎隐秘的地下城市

我们的第一站是欧洲。著名的《歌剧魅影》描述了隐藏在歌剧院地底的神秘湖泊，这也使巴黎的地下暗河闻名遐迩。实际上，巴黎在逾千年的发展史中，形成了错综复杂的地下空间，其中包括下水道、采石场、运河渠道、地下墓穴以及十几座弃用的幽灵地铁站，组成了绵延一百三十千米的巴黎地下城区。如今，这些地下遗存大部分已变成旅游景点，其中最著名的是下水道系统和地下墓穴，而下水道称得上巴黎的一处科学奇迹。19世纪50年代，拿破仑三世不堪忍受首都的交通混乱、垃圾遍地和屎尿横流，要求塞纳区行政长官乔治·奥斯曼改造出一个新巴黎。于是，顶级城市规划师奥斯曼男爵开始了惊天地泣鬼神的大拆大建。他拆掉了绝大部分中世纪城区，首次将一座城市作为"整体"重新规划，并铁腕推动建设。十几年后，世界上第一次出现了拥有公厕、休闲长椅、林荫大道以及高效率交通辐射网的大都会。此外，奥斯曼男爵与著名建筑师厄热·贝尔格朗合作，设计了整套城市地下排水系统，贝尔格朗指挥建筑队，沿着街道路径挖掘下水道，精准到了对应街道门牌号的程度。他挖掘的地下通道极其高大宽阔，总长度达六百千米，不仅人类可以行走顺畅，甚至可以行船，一举解决了城市排污问题，被誉为"城市的良心"。值得一提的是，贝尔格朗还采用了一些独特的清污工具，比如清污车、清污船以及电影《料理鼠王》中出现过的巨型清污球。从此，巴黎不再担心倾盆大雨和管线倒灌，为发展成现代化大都会铺就了一条宽敞的"地下通路"。直到如今，一千多名专业人员仍在这个地下城中工作着，保养维护庞大的人造地下水世界。

如果说下水道系统为活人排忧解难，那么地下墓穴则是亡故者的寝园。墓穴位于巴黎地下二十米，原本是一些废弃的巨型采石场。对人口密度极高的巴黎来说，处理死者比照顾活人更伤脑筋。自 15 世纪以来，巴黎一直存在"逝者无地安葬"的问题，只好将尸体大量埋在教会公墓，到了 18 世纪下半叶，巴黎多次暴发瘟疫，公墓再也无法承载尸体的数量，造成尸体外溢，更加剧了城市的疫病。法王路易十六颁旨，将平民公墓内的尸骸悉数迁往由采石场改建成的地下墓穴。在随后的一百年中，城市管理者向墓穴中至少存放了六百万具遗体——真是难以想象的庞大数字！逝者的骨头于通道两侧整齐而复杂地排列着，在巴黎宽阔的地下空间中形成了一个个骨质的堡垒，望之如同通达地狱的极端美学。如今，地下墓穴的一小段开放成为旅游景点，而等待参观的游客即使冬天也在排着长长的队伍——好吧，这既是历史的见证，也是人类好奇心的证明，愿所有逝者安息。

【主题拓展】

2014 年，约翰·道达尔拍摄了伪纪录电影《地下墓穴》（*As Above, So Below*），讲述考古学、符号学教授为了点石成金术深入巴黎地下坟场冒险的故事，片中对阴暗逼仄的地下墓穴展现到位，部分恐怖桥段精彩。(不过，你若有密集恐惧症和幽闭空间恐惧症的话……)

再循环科学——东京大深度地下空间

下面我们把视线转向亚洲。如果说巴黎地下城仅满足于打通地面二十米之下的"浅层"，那么日本东京则看重大深度空间利用的探索。自 20 世纪 50 年代以来，人口密度巨大的东京已在地下中浅层建成地下街道、交通线网、商业区等综合体，但由于城市的不断发展和十几条地铁线路的纵横穿插，中浅层地下空间的利用趋于饱和。80 年代，著名学者尾岛俊雄提出了建设封闭性再循环系统（Recycle System）的设想，即开发利用城市地表五十米之下的深层空间，并使用工程手段，将多种循环系统有机地组织在深层地下空间中。按照尾岛的设想，该系统可以从废弃物中回收热能进行供暖，将污水处理后重复使用，甚至建设中产生的泥土也可以再利用，从而补足资源短板，大幅度提高地上、地下生活质量。在尾岛理论的推动下，日本政府决定开展四十至一百米大深度地下空间开发的相关研究，并于 21 世纪初颁布《大深度地下公共使用特别措施法》和《地下深层空间使用法》，实现大深度开发的法治化管理。在成熟的地下工程施工技术加持下，2000 年竣工的东京地铁大江户线最大埋置深度已达到四十九米。近年来，地下连续墙技术（泥浆护壁、开挖深槽、灌筑水下混凝土）也飞速发展，采用该技术施工的立坑，深度已经达到一百四十米。目前，在多方推动下，建设"网络交叉点上的地下综合体"这一概念已得到广泛认同，综合体预期将由地铁、地下街、地下城市、共同沟（即公用管线空间和供检修人员行走的隧道）组成，朝着更加系统有序、可循环的网络迈进。尾岛俊雄当年的设想，正渐渐由梦想变为现实。

【主题拓展】

虽然科学技术过硬，但日本科幻电影似乎更喜欢讲一些柔软的时间穿越故事，去赢得长久的共情，堤真一主演的《穿越时光的地铁》正是与地铁有关的时间穿梭故事。主角走在地铁通道中，跟随早已去世的哥哥的身影冲出隧道，却发现从 2006 年回到了 1964 年，并且得到了重新体验一切的宝贵机会。阿部宽主演的《超时空泡泡机》没有进入地下，而是钻进洗衣机里，去逆转 90 年代初的泡沫经济危机（顺便安抚大美女广末凉子）。现实中，我们也许不会得到这样的机会，但是，只经历一次的生活自有它的美好，比如你正在阅读这篇文章，此刻便是生命中不可复现的小小宝贵时刻，或许多年以后，当你在挖掘真正的太空地下城时，会突然想起这一刹那的时光，谁又能说得定呢！

设计的科学——蒙特利尔的辉煌成就

接下来，我们再看看北美发生了什么。如果给世界上的超级大都会搞一个排名，纽约、伦敦、巴黎、东京是我们最先想到的名字。那么，全世界最大的地下城市在哪里呢？估计大部分人猜不出正确答案——位于加拿大魁北克省的"岛市"蒙特利尔。蒙特利尔拥有四百一十万人口,是巴黎的三分之一、东京的九分之一,但这是一座环境严酷的城市,拥有长达五个月的漫长冬季,每年最冷的时候,气温会降到-35℃左右,一年累积的降雪量多达两米以上。到了夏季,蒙特利尔人又要受到高温湿热的考验,7月的平均温度达到32℃,湿度100%。在这种极端气候条件的催化下,蒙特利尔人开凿了史上规模最大、可容纳人口最多的地下城市。地下城的设计者是我们很熟悉的人物——贝聿铭。自1954年开始,贝聿铭规划了蒙特利尔的维莱-玛丽广场区域,设计了别具一格的地下商业街,汇聚起大量人流,成为庞大地下城的发源地。经过几十年的发展,蒙特利尔打造出了叹为观止的地下城市,其中地下通道长达三十二千米,地下城建成面积达到四百万平方米,连通了全市超过八成的办公写字楼和超过两千家商店。在地下城中,甚至建有奥林匹克公园、艺术广场、展览厅、大教堂、两所大学和七家大型酒店,每天有五十万人在地下城中生活和穿梭。蒙特利尔地下城展现了人类建设地下空间、躲避严酷自然环境的理想状态,也为未来可能出现的生活方式提供了范本。由于杰出的地下空间设计加持,2006年,蒙特利尔被联合国教科文组织评为"设计之城"。

【主题拓展】

如果说蒙特利尔展现了人类地下城的理想状态,那么乔治·卢卡斯1971年的长片处女作《500年后》(THX1138)则预测了一个完全相反的黑暗未来。片中,未来的地下城到处都是监控装置,居民全被剃光了头,连名字都被剥夺,每人只拥有一个数字编号,每天服用控制思想的药物,日复一日从事着繁重的体力劳动。虽为处女作,本片在镜头语言、前瞻性、想象力等方面却令人惊艳,启发了《撕裂的末日》《逃出克隆岛》《未来水世界》等多部相似题材的影片,是一部具有标杆意义的实验性科幻电影。

刚刚,我们回顾了人类建设地下城的典型成果,相似的例子还有新加坡规划开发的多层地下城市、冷战末期为避难而建的芬兰赫尔辛基地下城等,由于篇幅所限,不能一一尽数。相信在未来,只要解决空间联网规划、环境控制、垃圾处理、资源循环等问题,建成可容纳更多人的地下超级城市指日可待。那么，我们可以进一步畅想，在太空中、在其他星体上，有没有可能修建供人类栖居的地下城呢？其实，在科学发展的框架内，还真的有可能实现。比如离我们最近的好邻居，也是目前人类唯一踏足过的地外星体——月球。

向太空去！——未来的月球熔岩管地下城市

熔岩管（Lava Conduit）是月球上的一种地质构造，顾名思义，是由熔岩的流动所形成的管道状洞穴。地球上也存在这类熔岩管构造，最宽的仅有二十米左右，但在月球的低重力环境下，熔岩管直径可以达到地球上的几百乃至上千倍！2011年，人类在月面马里乌斯丘陵（Marius Hills）首次发现了熔岩管，随后十年，探测器已在月球上找到三百多个熔岩管洞穴入口，有的洞穴预测长度达到几十千米。这些熔岩管洞穴的存在，为建设地下城提供了得天独厚的条件，在管道内部，月面不利于人类生存的诸多难题都可迎刃而解。首先是辐射问题，根据《空间科学与技术》（Space: Science & Technology）期刊发表的一项研究，深度超过六米的熔岩管基本能免于宇宙射线和太阳辐射的伤害，太阳耀斑和太阳粒子事件也基本不会影响熔岩管内部环境。此外，月球表面存在大量"月尘"，即在太阳风作用下形成的带电尘埃，易吸附于机器上，对设备和人体非常有害。幸运的是，太阳辐射一般无法到达熔岩管内部，所以熔岩管中月尘含量极少，足以把危害程度降到最低。同时，熔岩管内部拥有坚硬的玄武岩壁，夹杂铁和钛化合物，管内气温相对温和，可以降低维持温度方面的能源消耗。最后，由于月球内核已冷却，月面已经超过十亿年没有火山爆发，现有的熔岩管均是极早年间的产物，这些熔岩管能够在月球上长期存在，即证明其自身结构足够稳定，足以承受陨石撞击和月震的考验。总之，月球熔岩管简直是为修建地下城"量身定制"！如果终有一天，人类能够踏上移民地外天体的旅途，它将成为先驱者维持生存、储备物资的第一站和建设大规模聚居点的最佳选择。地下城，在月球上不再是遥不可及的梦！

【主题拓展】

如果你对所谓"未解之谜"感兴趣，肯定听过坊间流传的一个传说——月球是空心的！"月球空心说"的支持者甚至提出了一些证据，比如阿波罗12号撞击月面导致月球像铃铛一样发出长时间的震动。但实际上，对月球转动异常模式的探测、绕月飞行器轨道研究和长期积累的地震数据都不支持月球空心说，而月球在撞击下能够发出长时间震动，只是因为月面岩石比地球干燥，月震波在表层衰减得比地球更慢。不过，著名导演、视效大咖罗兰·艾默里奇还是以"月球空心说"为立意，拍摄了一部大片《月球坠落》（*Moonfall*），满足了大家的好奇之心。那么，呃……咱们退一万步讲，如果月球真的是中空的话，算不算一个超大的地下城嘞？

（选自《科幻世界》2023 年第 8 期）